그림자 황후 1

그림자 황후 1

초판 1쇄 발행 2022년 10월 25일

지은이 손정미
펴낸이 정성욱
펴낸곳 이정서재

편집 정성욱
마케팅 정민혁

출판신고 2022년 3월 29일 제 2022-000060호
전화 02)732-2530 | FAX 02)732-2531
이메일 jspoem2002@naver.com

ISBN 979-11-979343-5-3 (04810)

* 이 책의 국립중앙도서관 출판시 도서목록은 서지정보유통시스템 홈페이지(http://seoji.nl.go.kr)와 국가자료공동목록시스템(www.nl.go.kr/kolisnet)에서 이용하실 수 있습니다.
* 잘못된 책은 구입하신 서점에서 바꿔 드립니다.
* 책값은 뒤표지에 있습니다.

— 이정서재는 도서출판 더소울의 문학 브랜드 입니다.

손정미 역사소설 1

그림자 황후

이정서재

작가의 말

내가 명성황후를 진지하게 만나게 된 계기는 일본의 한국 문화재 약탈 역사를 들여다보면서였다. 이전까지는 구한말 역사 소설은 쓰지 않겠다고 생각하고 있었다. 망국의 역사가 어둡고, 억울하고 답답해 덮어두고 싶었다. 그러나 명성황후와 고종의 궤적을 더듬어가다 보니 내가 잘못 알았던 부분이 너무 많았다. 명성황후의 진짜 얼굴을 드러내 보이고 싶었다.

우리는 명성황후와 고종에게 '왜 부패한 조선을 개혁하지 못하고 외세에 나라를 빼앗겼느냐'고 비난한다. '외세에 질질 끌려다니다 결국 나라를 망하게 했다'고 돌을 던지고 있다.

명성황후와 고종의 시대는 수백 년 묵은 폐습이 쌓여 둑이 무너진 것이었다. 조선은 아전의 봉급과 지방 행정 비용을 중앙에서 내려주지 못했다. 지방 행정 규모는 갈수록 커져갔고, 자체적으로 비용을 조달해야 하는 아전의 농간과 부패는 갈수록 심화됐다.

명성황후와 고종은 사치를 부리기 위해 매관매직을 한 것이기보다 개화와 부국강병을 이루기 위해 거만금 이상의 돈이 필요했다. 명성황후와 고종에게 흠결도 있지만 당시 상황을 다면적으로 바라볼 필요가 있다.

명성황후는 20대 중반 이후 줄곧 불면에 시달렸다. 늘 암살의 위협을 받았기 때문이다. 명성황후는 그러나 굴하지 않고 강인한 정신력과 카리스마로 난세를 헤쳐나갔다.

고종에 대해 '무능하다'는 암군暗君 이미지도 일본이 시작한 이미지 조작이었다. 고종의 외교 고문으로 측근에서 일했던 미국인 오웬 데니는 고종을 현명하고 용감하며 강인한 왕이었다고 밝혔다. 이 같은 발언은 그를 조선에 보낸 청나라의 입장을 정면으로 거스르는 일이었지만 데니는 솔직하게 발언했다.

명성황후는 생전에 고종의 그림자처럼 뒤에서 기민하게 활약했다. 명성황후는 고종이 사랑한 왕비이자, 누이이자, 어머니 같은 존재면서 가장 신뢰하는 동지였다. 일본의 극악무도한 정치테러로 시해된 이후에는 우리에게 그림자처럼 조용히 말을 건네고 있다. 명성황후를 '그림자 황후'라 한 이유이다.

명성황후가 꿈꿨던 조선은 행복하고 자유롭고, 힘 있는 나라였다. 목숨을 걸고 나라를 지키기 위해 싸운 영웅이었다.

일본의 몇몇 핵심 인사는 조선이 무서운 잠재력을 가진 민족인지 알고 있었던 듯하다. 아니면 그토록 조선의 역사를 말살하고 왜곡하는 데 혈안이 되지 않았을 것이다. 나라의 역사는 정신이고 영혼이기 때문에 그 무서운 힘을 알았던 듯하다. 《그림자 황후》가 명성황후와 구한말 역사에 대한 우리의 집단 무의식을 조금이라도 바꿔놓는 계기가 되길 빈다.

이번 작품을 쓰면서 어떤 때는 칼날 위를 걷는 듯 아찔했고, 어떤 때는 바람 한 점 없는 망망대해를 노 하나 들고 건너는 막막함에 빠지곤 했다. 거칠고 먼 항해를 마치고 항구에 도착했다는 사실만으로도 가슴 벅차다. 내가 《그림자 황후》를 쓰면서 역사와 대화를 나눈 것처럼, 독자 여러분도 그런 신이한 경험을 맛보길 바란다.

보배로운 조상님께 깊은 고마움을 올린다. 이 책이 나오기까지 셀 수 없이 많은 분이 도움을 주셨다. 이 자리를 빌려 진심으로 고맙다는 마음을 전하고 싶다. 내 글쓰기의 원천인 가족에게 사랑하고 고맙다는 말을 하고 싶다.

2022년 9 월 청룡동에서

손정미

차례

1부

세상을 가지고 싶은 소녀

꽃 속의 꽃

1858년 봄.

한 줄기 빛이 방 안으로 스며들고 있었다. 무거운 밤을 내몰려는 듯 새벽빛은 집요하게 온몸을 파열시키듯 확장해가고 있었다.

닭 우는 소리에 깬 계집아이는 자리에서 발딱 일어났다. 자기 전 얼굴에 발라둔 면약面藥을 척척 만져본 뒤, 좁쌀 죽 위에 뜬 물로 얼굴을 조심스레 닦아냈다. 돼지 다리를 푹 고아 아교처럼 만든 면약을 바르고 자면 얼굴이 고와졌다. 10년은 젊어 보이는 어머니의 비법이었다.

계집아이는 민자영, 민치록의 외동딸이었다.

갈가마귀 같은 머리 때문인지 두 눈은 유난히 맑고 반짝였다. 곧고 가늘게 뻗은 코와 입꼬리가 살짝 올라간 입술이 상큼해 보였다. 입술은 투명한 데다 고운 홍색이라 오미자 열매를 문 듯했다. 목이 길고 가늘어서 얼굴은 더 작아 보이고 어깨는 가냘펐다.

면약을 발라서일까 백합같이 흰 얼굴에 광채가 나는 듯했다.

자영은 매무새를 갖춘 뒤 치마를 팔랑이며 사랑채로 달려갔다.

민치록은 얼굴을 닦고 옷을 갈아입고 있었다. 몸이 안 좋은 민치록의 안색은 누르스름하니 기름기가 없었다.

"일찍부터 무슨 일이냐?"

민치록에겐 귀한 딸이지만 몸이 불편한 뒤로는 전만큼 아껴주지 못했다. 몸이 아프자 의욕이 나지 않았다.

자영은 재빨리 아버지의 표정을 살핀 뒤 어깨를 주무르기 시작했다.

"무슨 일이야?"

민치록의 쉿소리 나는 목소리가 울렸다. 자영은 눈을 반짝이며 아버지를 쳐다보았다.

"아버님 다른 집에서 서책을 빌리고 싶습니다."

"뭐라? 집에 있는 책도 많은데.《사기》를 읽어라."

"아이참 아버님도 그건 이미 읽었어요."

자영은 치마를 팔랑이며 아버지 앞에 앉았다.

'《사기》를 벌써 다 읽었다고?'

민치록은 속으로 놀라고 있었다.

"무슨 책을 보고 싶다는 게야?"

"자·치·통·감·강·목을 보고 싶습니다."

자영은 제목을 한 자 한 자 힘주어 말했다.

"네가 어떻게 《강목》을 읽는다고. 책도 한두 권이어야지."

민치록은 손을 내저었다.

자영이 자세를 곧추세우고 앉았다.

"아버님이 책을 읽으면 세상을 가질 수 있다고 하셨잖아요. 책을 많이 읽으면 어떤 어려움을 당해도 책에서 그 길을 찾을 수 있다고 하셨잖아요."

"거 참."

민치록은 딸이지만 자영이만큼 총명한 아이를 보지 못했다. 민치록은 자영이 1남 3녀 중 다 죽고 하나 남은 자식이라 어려서부터 글을 가르쳤다. 사내아이 못지않게 가르치고 싶었다.

가르칠수록 쏙쏙 흡입하는 아이였다. 하나를 가르치면 열을 아는, 어쩌면 생이지지生而知之일지 몰랐다.

민치록은 그런 자영을 보면서 인현왕후를 떠올렸다.

인현왕후의 부친 민유중의 직계인 민치록은 자영을 보며 '이 아이가 혹시 왕후가 되지 않을까'라고 은밀히 속으로 생각해봤다. 원경왕후와 인현왕후 두 분의 왕후를 배출한 여흥 민

씨가 아닌가. 그러나 안동 김문이 왕비를 계속 내고 있으니 어림없는 일이었다.

"이 근방에는《강목》을 가진 집은 없을 거다."

민치록은 기침을 한바탕해댔더니 목이 쉬었다.

"그럼 어디 있어요?"

"한양에서도 큰 대가 집에나 있겠지."

자영은 고개를 갸우뚱하며 골똘히 생각에 빠졌다. 자영에게 사서史書만큼 재미나는 책도 없었다. 읽고 싶은 책이 생기면 꼭 봐야만 살 것 같았다.

민치록은 자영을 바라보다 2년 전 일이 떠올랐다.

'아버님 저는 언제 과거를 보나요? 부지런히 글을 읽어 장원급제하고 싶어요.'

'자영아, 여자는 과거를 볼 수 없단다.'

그때 민치록은 자영의 얼굴에 나타난 표정을 잊을 수가 없었다. 분노와 땅이 꺼질 듯한 허탈함, 소름이 끼칠 만큼 반항적 표정이 자영에게서 내비쳤다.

자영의 얼굴에 피가 몰려 새빨개졌다. 순간 민치록은 자영이 까무러치는 줄 알았다.

자영은 이후 더 지독하게 책을 읽어댔다.

"저 한양에 다녀올래요."

"허허, 어디라고 한양을 간단 말이냐."

민치록이 목에 힘을 주며 타일렀다. 계집아이를 혼자 보낼 수도 없고, 그렇다고 형편에 교군轎軍을 빌려 태워 보낼 수도 없었다.

"나으리, 초계입니다."

계집종이 미끄러지듯 들어와 이불을 개기 시작했다. 순간 찌푸렸던 민치록의 미간이 스르르 풀어졌다.

"나으리, 어제는 잘 배우고 왔습니다."

자영은 평소 듣던 초계의 목소리가 아니라고 느꼈다.

민치록은 초계를 동네 기생에게 보내 가야금과 창을 배우게 했다. 귀한 손님이 왔을 때 기생을 부를 여유는 없으니 초계에게 가야금을 가르쳐 손님 앞에 내놓겠다는 이유였다.

신이 난 초계는 기방을 들락거리며 소리와 가야금을 배웠다. 민치록은 비 내리는 날이나 울적한 날이면 초계를 불러 가야금을 뜯게 했다. 안방마님인 이 씨가 좋아할 리가 없었다.

작은 손으로 방을 훔치던 초계가 한쪽 구석에 세워진 가야금을 두 팔로 꼬옥 안아 옮겼다. 그 밑자리도 닦겠다는 것인데 마치 사내를 안은 듯했다.

이를 보던 민치록의 얼굴과 목덜미가 불그레해졌다.

자영은 아버지의 묘한 표정을 보았다.

자영은 끼니를 굶기 시작했다. 꼭 이루고자 할 일이 있을 때 부모에게 반항하는 방법이었다.

어머니 이씨가 매를 들어도 굽히지 않았다. 화가 난 이 씨가 어둡고 찬 뒷방으로 자영을 집어넣었다.

"아기씨 한양에서 손님이 오셨다고 그만 나오시랍니다."

초계는 뒷방에서 벌을 서던 자영에게 말했다.

사랑채에는 통통한 뺨에 혈색이 좋은 사내가 앉아 있었다.

"네가 자영이로구나."

그는 씨익 웃으며 자영을 반겼다.

"아주 총명하게 생겼습니다. 하핫."

"오라버니다."

민치록의 아내 이 씨는 쓸쓸한 표정으로 사내를 쳐다보았다.

자영보다 스물한 살이나 많은 민승호. 촌수는 멀지만 양자 입적을 생각하고 있던 조카였다.

대를 잇기 위해 양자를 들여야 하는 민치록과 이 씨의 마음은 스산했다.

민치록은 샐쭉해져 있는 자영을 쳐다보았다. 떼를 쓸 때는 밉더니 문득 측은해 가슴이 빠근했다.

'저것이 아들로 태어났더라면 얼마나 좋았을까.'

자영은 승호를 빤히 쳐다보았다.

"오라버니 한양 가실 때 저도 따라갈래요."

"뭐 뭐? 한양엔 뭐 하러 가려고?"

승호는 당황해 콧등에 땀이 배었고, 민치록과 이 씨를 번갈아 쳐다보았다.

"한양에 가서 《강목》을 빌려보고 싶어요."

"자영아!"

이 씨는 딸을 향해 혀를 찼다.

"《통감강목》 말이냐? 《강목》은 우리 집에도 없는데? 하하 여자 선비가 났구나. 같이 가자꾸나. 《강목》 하나 구하지 못하겠느냐. 내가 꼭 찾아주마. 제가 자영이를 데려갔다 무사히 보내겠습니다."

자영은 시원시원한 승호의 말이 듣기 좋았다.

다음날 새벽 자영은 조랑말을 빌려 타고 길을 나섰다. 자영은 작은 갓을 쓰고 얇고 검은 너울로 얼굴을 가렸다. 사내 종이 따라붙었다.

처음으로 장거리 여행에 나선 자영은 가슴이 두근거려 앞섶이 터질 것 같았다. 의연한 척하면서도 말의 갈기를 단단히 붙들었다. 말의 배를 조인 허벅지가 부들부들 떨렸다.

땔감으로 쓸 나뭇가지를 집채만큼 짊어진 소가 지나가고 말린 미역 등을 맨 보부상이 잽싸게 지나갔다. 명승지를 찾아 유람을 떠나는 사내들과 뭇자리를 보러 가는 무리들도 적지 않았다.

마을을 벗어나자 온통 봄 산이었다.

연둣빛 아지랑이가 먼 산을 너울처럼 휘감고 있었다. 풋풋

한 진달래가 진중한 산을 흔들고 있었다. 산벚꽃은 막 옷을 벗으려는 듯 상큼하면서도 고혹적이었다.

자영은 낯선 볼거리와 예상치 못했던 풍광으로 가슴이 벅차올랐다. 규방 밖의 새로운 세상이었다. 알 수 없는 강렬한 기운이 자영을 어디론가 끌어올리는 듯했다.

왕후족

"저기가 한양이다."

승호가 자영을 보며 소리쳤다.

여행에 지칠 대로 지친 자영이 그 소리에 눈을 반짝 떴다.

숭례문을 지나자 자수정 같은 밤이 내려오고 있었다. 산에 피어 올린 봉화가 영롱한 홍옥처럼 반짝였다. 통행을 금하는 인경 소리가 들리자 낯선 곳에 왔다는 비릿한 생경함이 몰려왔다.

새로운 시간이 다가오고 있는 것 같은 설레임이 몰려 왔다.

"이곳이 인현왕후께서 머무셨던 감고당이란다."

자영은 승호를 따라 안국동 집으로 들어갔다. 장희빈에게 빠진 숙종이 왕비인 인현왕후 민씨를 대궐 밖으로 내쫒았을 때 머물던 친정집이었다.

자영은 아버지로부터 인현왕후의 후손임을 누누이 들었다.

인현왕후는 쫓겨나 친정으로 오자 가족들을 다른 곳으로 보내고 홀로 지냈다. 사람들의 출입을 금하고 아래채에서 생활했다. 뚫어진 문에 창호지도 바르지 않고 그야말로 죄인처럼 지냈다. 안마당의 잡초도 뽑지 않고 우물과 측간 다니는 길만 남겨 놓아 폐옥처럼 변해버렸다.

결국 장희빈은 사약을 받고 인현왕후는 환궁해 현숙한 양처의 모범으로 남았다.

"자영이도 인현왕후님처럼 좋은 아내가 되어야지?"

"저는 원경왕후님을 닮고 싶은걸요."

"뭐라?"

승호는 놀라서 자영을 쳐다보았다.

원경왕후는 힘을 보태 태종을 조선의 왕에 오르게 한 왕비 아닌가. 원경왕후도 여흥 민씨가 배출한 왕비였지만, 외척을 견제하려는 태종이 왕후의 남동생들을 죽여 쑥대밭으로 만들었다.

"원경왕후님이야말로 태종대왕님을 도와 나라를 열고 조선을 반석 위에 올린 분이시잖아요. 원경왕후님이 낳으신 세종대왕님은 가장 위대한 임금이시구요."

승호는 작은 입으로 꼭꼭 집어 말하는 자영을 보며 할 말을 잃었다.

해가 완전히 떨어지면 여염집 여자들은 문밖으로 나올 수 있는 시간이 된다.

자영은 승호의 손위 누이이자 친척 언니인 민 씨에게 인사를 올렸다. 이하응의 아내인 민 씨는 운현궁에서 오는 길이었다.

"어찌 이렇게 작은 아이가 한양까지 왔느냐?"

표정이 돌처럼 굳었던 민 씨가 작고 떨리는 목소리로 자영을 반겼다.

민 씨에게 자영은 촌수는 멀지만 동생이었다. 자영은 깊은 바닷속 진주처럼 독특하고 단단한 아름다움을 가진 아이였다. 명랑하면서도 다부진 눈빛이 사람을 끌어당겼다.

민 씨는 순간 둘째 아들 명복의 얼굴이 떠올랐다.

'명복이도 저 아이처럼 명민하고 기품 있는 규수를 만나야 할 텐데.'

"서책에 대한 욕심이 어찌나 많은지 《통감강목》을 보고 싶다고 떼를 써서 데려왔습니다. 그나저나 어디서 《강목》을 구해야 하나…."

승호는 자영을 쳐다보다 유자화채를 한 모금 마셨다. 잘게 채를 친 유자의 쌉싸름함이 오미자 물의 달달함에 감겨 일품이었다. 아리함을 시원한 배가 흔들었다. 승호는 화채 속에 든 붉은 석류 알맹이를 오독오독 씹었다.

"자영아, 서책이 그렇게 좋으냐?"

민 씨는 자영을 보며 인자하게 물었다.

이하응은 대갓집과 기생집을 오가며 술이나 마시는 자로 이름이 났지만, 민 씨는 노론 집안 출신답게 부덕이 있었다.

"예."

자영은 선하게 생긴 민 씨를 보며 생글거렸다. 유자화채를 마신 자영의 입술이 홍화를 바른 듯 붉게 보였다.

"그럼 대궐의 규장각에 가서 놀면 되겠구나. 규장각에는 서책이 무진장 많으니 호호."

민 씨는 말해놓고 무안한지 입을 가리고 조용히 웃었다.

승호는 누이의 웃는 얼굴을 오랜만에 보았다. 이하응의 기행과 등쌀에 웃음기가 없어진 누이였다.

자영이 제 방으로 물러가자 승호는 누이의 눈치를 살폈다. 오늘따라 예사롭지 않은 분위기가 돌아 아까부터 궁금하고 불안했다.

'자형이 또 무슨 일을 저질렀나.'

"승호야, 이걸 좀 단단히 숨겨줘라."

민 씨는 주위가 조용한지 바짝 귀 기울이다 보따리를 내밀었다.

"이게 뭔데요?"

승호가 보따리를 풀어보려고 하자 민 씨가 와락 빼앗았다.

그 바람에 보자기가 벌어지면서 안에 든 서책이 삐죽이 나와 버렸다.

"안돼."

민 씨가 황급히 자신의 입을 틀어막았다. 보따리 속 서책은 《천주성교공과》, 천주교 기도서였다.

승호의 얼굴이 하얗게 질렸다.

"누님."

승호는 눈알이 튀어나올 듯 얼굴이 시뻘겋게 변했다. 누이의 어깨를 꽉 잡았다. 입을 다물지 못하고 화가 나 씩씩거렸다.

민 씨는 부들부들 떨며 동생의 눈을 마주 보지 못했다. 금세 포도청 포졸들이 방망이를 들고 뛰어 들어올 것만 같았다. 천주학쟁이로 몰리면 쇠사슬로 온몸을 칭칭 묶고 장대로 주리를 틀었다. 포졸 두 명이 힘껏 장대에 힘을 주면 다리 가죽이 벗겨지고 피투성이가 됐다.

"집안을 멸족시키렵니까?"

승호가 이빨 사이로 짐승 같은 신음 소릴 냈다.

일본 조슈長州 번의 하기.

"리스케, 게으름 피우지 말고 열심히 하라."

쇼카손주쿠松下村塾를 열고 있는 요시다 쇼인은 제자들을 가르치다 구석에 쪼그리고 앉은 리스케를 보고 소리쳤다. 리스케는 학우들이 자신보다 지위가 높은 무사의 아들들이라 주눅이 들었다. 하지만 이를 악물고 열심히 하고 있었다. 얼굴이 유난히 창백해 '조롱박'이라는 놀림을 받았다.

리스케는 교실에도 들어가지 못하고 밖에서 수업을 들어야 했다. 지독하게 가난했던 아버지가 무사에게 입양되는 바람에 최하급 무사의 지위를 얻었다. 그러나 리스케의 일상은 변함이 없었다. 허드렛일을 하는 시종으로 현관에 꿇어앉아 하염없이 대기하는 신세였다. 주인이 가마를 타고 수천 리를 갈 때 리스케는 등짐을 지고 뛰듯이 따라가야 했다.

미국 페리 함대가 도쿠가와 막부에 개국을 강요하면서 일본은 크게 흔들렸다. 위기를 느낀 막부는 전국의 각 번에 에도(도쿄)의 경비를 지원하라고 명했다. 리스케는 조슈 번이 파견한 경비원에 뽑혀 에도로 나오면서 바깥세상을 구경했다. 각 번의 백성들은 허가 없이는 자신이 사는 번을 벗어날 수 없었다.

리스케는 에도에서 구리하라 료조의 눈에 들어 그의 조수가 되는 행운을 잡았다. 구리하라는 리스케에게 무사도를 가르치면서 말타기를 가르쳐주는 특혜를 베풀었다. 중급 무사 이하 신분은 승마를 할 수 없었지만 이를 무시하고 가르친 것이다.

"리스케, 일어나라."

구리하라는 새벽 4시 동이 트기 전 잠들어 있는 리스케를 깨웠다. 촛불을 켜놓고《논어》《맹자》같은 한학을 가르쳤다.

"리스케 무사는 전장에서 짚신이 없을 때도 있다. 그걸 견뎌야 하니까 평소에도 맨발로 다니는 훈련을 해라."

구리하라는 처남인 기도 다카요시에게 리스케를 소개해주었다. 요시다 쇼인에게 보내 계속 공부할 수 있도록 한 사람도 구리하라였다. 리스케는 요시다 쇼인의 쇼카손주쿠에서 은인 같은 다카스기 신사쿠와 평생 친구가 되는 이노우에 가오루를 만나게 된다.

리스케의 눈동자는 잠시도 가만있지 않았다. 상대의 생각을 재빨리 읽고 몸을 낮추거나 기분을 좋게 만들어야 하기 때문이었다. 뱀 같이 빠르고 유연했다. 리스케는 몇 번의 개명을 거쳐 이토 히로부미라는 이름을 갖게 된다.

한양

자영이 집을 나서자 골목에선 밥을 짓느라 잔가지를 태우는 고소한 냄새가 피어올랐다. 갓 씻은 듯 말끔한 새벽 공기에 나뭇가지 타는 냄새가 살가웠다.

자영은 민승호에게 한양을 돌아보고 싶다고 졸라 마침내 허락을 받았다. 사내종이 하품을 쩍쩍해대며 앞장섰다.

거리로 나오자 짚을 얹은 삼간초가들이 올망졸망 몰려 있어 누런 파도가 일렁이는 듯했다. 골목길은 나뭇가지를 집채만큼 짊어진 황소와 사람 한 명만 서면 더 이상 지나다닐 수 없을 만큼 좁았다. 골목 도랑에는 집집마다 버린 쓰레기로 악취가 진동했다. 웃통을 벗은 사내아이들은 더러운 개들과 깔깔거리며 놀고 있었다.

제법 큰 길이 나왔다. 가마꾼은 목을 빳빳하게 젖힌 대신의 교자를 쥐고 걸어가고 있었다. 갓이나 삿갓을 쓰고 흰 도포 자락을 날리며 휘휘 걷는 자들이 많았다. 뒷골목으로 접어들자 소금과 곡물을 실은 나귀로 북적였고, 암소에 물통을 실어 나르게 하는 물장수가 비키라고 소리쳤다.

칠패의 생선시장에는 숭어와 도미, 소라 등이 갯내음을 풍겼다.

"미나리 넣고 푹 끓이면 좋겠네."

사내종은 입맛을 다셨다.

다닥다닥 붙은 좁은 가게는 짚신, 삿갓, 촛대, 담뱃대, 목침, 부채, 말안장, 곶감, 말린 미역을 내놓고 살 사람을 기다리고 있었다.

"뭐 필요하오?"

어디서 나타났는지 에누리가 사내종의 팔을 잡으며 물었다.

"필요한 거 없소."

사내종이 에누리의 팔을 내치며 따라오지 말라고 팔을 내저었다. 따라오던 에누리가 이빨 사이로 침을 뱉으며 다른 사람을 잡기 위해 두리번거렸다.

비단가게 상인은 자영과 사내종을 무심히 쳐다보며 담뱃대를 물었다. 짐을 옮기거나 잔심부름을 하는 사내아이도 비스듬히 서서 담뱃대를 문 채 지나가는 사람을 쳐다보았다.

"어머나!"

자영은 화들짝 놀라 사내종의 뒤로 숨어버렸다.

뭔가 손을 잡는 것 같아 돌아보니 원숭이가 허연 이를 드러내며 히죽거리고 있었다. 뒤에는 원숭이를 데리고 다니며 재주를 보여 엽전을 버는 자가 있었다. 그러고 보니 한쪽에서는 장대를 높이 세우고 재주꾼이 아슬아슬한 줄타기를 하고 있었다. 자영은 저도 모르게 입이 쩍 벌어졌다.

자영은 사내종을 따라 가장 넓은 중앙대로로 나왔다. 태양빛이 강렬하게 내리쬐어 모든 걸 환히 밝혀주는 듯했다. 불안정했지만 어딘지 모르게 안온했다. 알 수 없는 어떤 정기가 둘러싸는 듯했다.

"저기 잘 보슈. 임금이 사시는 대궐이요."

사내종은 콧등을 문지르며 자영을 내려다보았다.

"저기가 대궐이라고?"

자영은 이마에 맺힌 땀을 닦으며 물었다.

궁궐은 막 하늘을 향해 날아가는 듯했다. 날카롭지는 않지만 상서로운 기운을 타고 하늘을 향해 비상하려는 새의 형상이었다. 세심하면서도 현란한 색채가 눈부셨고 우아하면서도 장중했다. 거대한 문을 지키고 있는 군졸들의 눈빛은 다른 곳에서 보기 힘든 긴장감이 있었다. 지나가는 사람들을 쏘아보듯 눈빛이 지엄했다.

자영은 조금이라도 더 대궐을 잘 보려고 까치발을 했다.

'궁궐에 사는 사람들은 어떤 사람들일까? 궁궐에서 살면 얼마나 좋을까.'

"아기씨도 저런 데서 살고 싶소? 히힛 왕비로 간택되면 된다우."

사내종은 지푸라기를 씹으며 농을 쳤다.

자영은 대궐이 품 안으로 들어오는 듯했다. 아니 자신이 세상에서 가장 찬란한 옷을 입고 들어가는 환영을 보았다.

'한양 간 아기씨는 언제 오는 거야?'

초계는 빨랫감을 가지고 냇가로 가 앉았다. 나으리의 병세가 급속하게 나빠지자 마님은 한양으로 사람을 보냈다. 자영을 서둘러 불러오게 한 것이다.

'나으리가 안 계시면 난 어쩌지.'

초계는 나으리 덕분에 가야금도 배우고 귀여움도 받고 있는데 돌아가시면 어쩌나 앞이 캄캄했다.

'날 눈엣가시처럼 여기는 마님이 팔아버릴까.'

퍽퍽.

초계는 심란해 방망이로 속적삼을 사정없이 두드렸다. 저도 모르게 힘주어 두드리다 보니 물이 튀어 치마가 젖어버렸다.

"에라 모르겠다."

초계는 빨랫감을 물속에 우르르 쏟아붓고 발로 밟기 시작했다.

'나으리가 빨리 나으셔야 할 텐데….'

첨벙거리며 빨래를 밟다 미끄러져 그만 물에 빠져버렸다.

"사람 살려!"

물에 벌렁 나자빠진 초계가 소릴 질렀다.

"에구 사람 살…."

당황한데다 바닥이 미끄러워 계속 자빠졌다.

"뭐하는 짓이여."

이때 누군가 물에 뛰어들어 초계를 끌고 나왔다.

따각, 따각.

초계는 시퍼렇게 질린 채 이를 딱딱 부딪치며 떨었다.

봄이지만 한기가 가시지 않은 물도 차가웠고, 온몸이 젖어 드러난 몸이 부끄러웠다. 초계는 황급히 가슴을 가리며 돌아앉았다. 초계의 가슴이 엎어놓은 하얀 박같이 동그랗고 소담스러웠다.

소년도 초계를 끌고 나오느라 온통 젖어버렸다. 소년은 흰 이를 드러내며 씨익 웃었다. 커다란 입과 가지런한 이가 퍽 싱그러웠다.

해가 그림자를 길게 끌며 넘어가고 있었다.

소년은 재빨리 나뭇가지를 주워 모아 불을 지폈다.

“이리 와 옷부터 말려.”

젖은 몸으로 돌아갈 수도 없던 초계는 하는 수 없이 불을 등지고 비스듬히 앉았다.

소년은 달수였다.

큰아버지가 여주에서 농사를 넓혀가기 시작하자 정읍에 살던 달수네를 불렀다. 정읍의 수령과 아전 등쌀에 이를 갈던 달수 아버지는 식구를 데리고 여주로 와버렸다. 큰아버지 집에 달수네 가족이 살기 시작했다. 아이가 없는 큰아버지는 달수와 이제 갓 태어난 동생 호랑이를 자식처럼 귀여워했다.

‘호랑이’는 어머니가 임신했을 때 호랑이가 품에 뛰어드는 꿈을 꿔 지었다. 사람들은 가뜩이나 호랑이한테 물려가 죽는데 이름이 그게 뭐냐며 잔소리를 해댔지만 달수 아버지는 개의치 않았다.

“어라.”

초계의 코에서 피가 흘렀다. 달수는 급히 두건을 벗어 피를 닦아주었다. 톡 튀어나온 초계의 이마가 이뻤다. 달수가 초계에게 다가갔을 때 소녀의 체향이 코끝을 찔렀다.

달수는 크진 않지만 딱 바라진 어깨가 꽤나 넓어 힘깨나 쓸 것 같았다. 햇볕 아래 드러낸 얼굴은 반질거리며 까맸지만 두 눈의 대칭이 정확하고 곧바른 코와 반듯한 입술이 보기 좋았다.

사내라는 게 저런 걸까. 한기에 떨던 초계는 잠시 멍하니 달수를 바라보았다.

"저리 비켜."

초계는 갑자기 몸을 빼며 달수를 밀쳤다. 그 바람에 초계가 엉덩방아를 찧었다.

"아얏."

"히히, 고것 봐라 맴을 잘 써야제."

달수는 흰 이빨을 드러내며 웃었다.

초계가 갑자기 울음을 터뜨렸다.

"어라! 왜이랴. 장난으로 그런 것인디."

달수가 초계의 손을 잡아 일으켜주자 울음소리는 서글퍼졌다.

"으앙."

초계는 목 놓아 울음을 터뜨렸다. 어제 일을 생각하니 울음이 터져 나왔다. 초계는 어머니로부터 한 노파가 찾아왔다고 들었다. 초계 어머니는 분을 참지 못하고 씩씩거리다 딸을 쥐어박았다.

"이년아, 어느 양반놈이 널 팔라고 왔단다."

"나를 왜 뭣 땜에?"

초계는 날벼락 같은 소리에 가슴이 철렁 내려앉았다.

"그러게 왜 기방엔 기어 들어가 이년아."

초계 어머니는 맥이 풀리는지 쓰러지듯 퍼질러 앉았다.

"기방 들락거릴 때 어느 썩을 놈이 봤는가 보다. 어쩔 것이야."

울음소리가 커졌다.

"그놈의 첩이나 될 텐데. 마누라한테 머리털 다 뽑히고 죽도록 맞고 내쫓기면 어쩌누."

초계는 멍하니 울고 있는 어머니를 바라보았다.

"새끼라곤 하나밖에 없는데 아이고 이를 어쩌누."

초계는 어제 일이 떠올라 정신이 아득해졌던 것이다.

"울지마여. 괜찮을 것이여."

달수가 꺼칠한 손으로 초계의 눈물을 닦아주었다. 절벽 끝에 선 초계를 어루만져주는 따스한 손이었다. 초계는 달수의 품에 안기고 싶은 걸 꾹 참았다.

소녀의 슬픔

"복復! 복! 복!"

지붕 위에 올라간 자가 북쪽을 보며 민치록의 속적삼을 휘휘 흔들었다. 애타는 소릴 듣고 다시 돌아오라. 망자의 혼을 부르는 소리는 바람을 타더니 무심히 흩어졌다.

민치록은 자영이 한양에서 돌아오자마자 기다렸다는 듯 숨을 거뒀다. 망치로 머리를 때리듯 급작스러운 죽음이었다.

자영은 아무리 참으려 해도 쉴 새 없이 눈물이 흘렀다.

어머니 이씨는 울음을 터뜨리다 실신하기를 거듭했다.

탁탁-.

자영의 귀엔 아버지가 사랑채에서 재떨이에 장죽 터는 소리가 들려왔다. 책을 읽고 암송을 잘하면 곶감을 하나씩 내어주던 아버지. 그 크고 마른 손이 자영을 쓰다듬는 것 같았다. 장죽을 터는 소리, 아버지의 손이 동시에 자영에게 몰려들었다.

'아버님 제가 해드릴 게 많았는데 왜 벌써 가셨어요.'

어디에 계신 걸까. 자영은 자신이 지붕 위에 올라가 아버지를 부르면 다시 살아 돌아올 것만 같았다.

'제발 제발 아버님을 돌려주세요. 제발.'

자영은 치밀어 오르는 울음을 삼키느라 목구멍이 찢어질 것 같았다.

'어머니와 난 어떻게 되는 걸까.'

'종들은 죄다 달아나지 않을까.'

자영은 여러 생각으로 머릿속이 어지러웠다. 이 씨는 숨을 가쁘게 몰아쉬며 정신을 차리지 못했다.

'정신 차려.'

자영은 손톱에서 피가 나는 줄도 모르고 주먹을 움켜쥐었다.

여흥 민씨 문중 사람들이 모여 민치록의 소렴小斂을 준비하면서 양자 문제도 꺼냈다. 민치록은 미처 양자 들이는 일을 마무리 짓지 못하고 돌아갔던 것이다.

자영은 폭이 넓은 대수장군에 머리에는 개두를 쓰고 수질을 머리에 두른 채 앉아 있었다. 자영의 귀에 '치구의 아들 승호' '양자'라는 말이 들려왔다. 민치록의 대를 이을 양자 입적에 대해 이야기하는 것이었다.

'왜 여자는 대를 잇지 못할까?'

자영은 슬픔에 설움이 더해져 현기증이 났다.

'이러고 있을 때가 아니야.'

자영은 벌떡 일어나 문중 사람들에게로 나아갔다.

"저도 아버지 소렴을 하겠습니다."

"뭐라?"

사람들은 열 살도 되지 않은 계집아이가 죽은 아버지의 소렴을 하겠다고 나서자 놀라 자빠질 지경이었다. 시신을 옷과 이불로 꽁꽁 묶는 일이었다. 시신에 손을 대야 하는 일로 어른들에게도 쉬운 일이 아니었다.

"아이야, 그건 어른들이 할 일이다."

상례를 주관하는 집사자가 자영을 측은하게 보며 타일렀다.

"아이가 볼 일이 아니다. 어머니한테 가 있거라."

"아닙니다. 돌아가신 아버님의 자식이라곤 저 혼자입니다. 어머니는 슬픔을 가누기 어려우시니 제가 상주 노릇을 하겠습니다."

"거 참. 네가 나설 자리가 아니라니까."

자영은 어른들의 표정이 날카로워지는 걸 보자 손톱이 살을 파 들어갈 정도로 주먹을 세게 쥐었다.

"조선에서는 일찍이 부모님이 돌아가시면 딸도 아들과 번갈아 가며 제사를 모셨습니다. 지금은 상례가 바뀌었지만 전혀 없던 일이 아닙니다."

"지금 무슨 소릴 하는 게야?"

"소녀가 옛 분재기를 보니 딸에게도 아들과 똑같이 재산을 나누었다고 적혀 있었습니다."

자영은 자식에게 상속분을 기록하는 집안의 오래된 분재기 分財記를 본 적이 있었다. 분재기에 아들과 딸이 똑같이 전답은 물론 노비까지 고르게 상속받는 걸 보고 놀랐다. 분재기의 일은 100년 전이었지만 분명한 사실이었다. 자영은 아버지의 말을 기억했다.

"옛날 족보엔 딸 이름과 외손자, 외손녀 이름까지 올렸단다."

생전의 민치록은 여자로 태어난 자영을 물끄러미 바라보며 말했다.

"그랬어요. 아버님?"

자영은 눈을 빛내며 아버지의 손을 잡았다.

"자영아, 영길리(영국)라는 나라가 있거든."

"예 아버님."

"그 영길리가 청국을 쳐들어올 만큼 강한 나라다."

민치록은 목소리를 낮추며 속삭였다.

"참말요?"

"그 영길리를 다스리는 사람이 여왕이란다."

"여왕이 나라를 다스린다고요?"

자영은 놀라서 작은 입을 다물지 못했다.

"우리 자영이가 영길리 같은 나라에서 태어났다면 여왕이 됐을지도 모르지."

민치록은 자영의 머리를 쓰다듬었다.

"우리나라에서 여왕이 되면 되잖아요."

자영은 어깨를 딱 펴며 말했다.

"그게 말이다… 지금은 임금이 계시니 안 되지."

당황한 민치록이 둘러댔다.

"신라 때도 여왕이 다스렸잖아요."

"아… 그땐 그랬지."

민치록은 할 말을 잃었다.

"거참 맹랑한 것 같으니라고. 거 밖에 누구 없소? 이 아일 데리고 나가소."

자영의 소릴 들은 문중 어른이 빽 소릴 질렀다.

"주자의 가례만 아시고 어찌 조선 전례에 대해서는 어두우십니까?"

자영은 지지 않고 눈을 부릅떴다. 문중의 사내들은 밀려드는 문상객 앞에서 여자 아이와 말씨름하기도 민망했다.

"에잇 알았으니 정 원하면 하거라."

월창月窓

달수는 지게를 지고 가면서 자신이 어디를, 어떻게 가는 줄도 몰랐다.

'강 씨 집에 쌀 팔고 오너라.'

큰아버지 심부름을 듣고 지게에 쌀가마니를 얹었다. 코끝에는 오직 초계의 체향만이 맴돌았고 그 향에 취해 어질어질했다. 자신의 발이 어떻게 움직이는지 주위에 무엇이 지나가는지 전혀 몰랐다. 지름길로 가기 위해 논두렁을 걷다 발을 헛디뎌 자빠질 뻔했다. 초계의 암팡진 눈매와 통통한 목, 앞섶이 벌어진 저고리가 계속 어른거렸다. 그럴 때마다 달수는 온몸의 근육이 터질 듯 부풀어 올랐다. 다리속곳을 단단히 조여 매야 할 판이었다.

'초계 고것이 백여시여.'

달수는 제 뺨을 철썩 갈겼다.

'정신 차려.'

달수는 빨리 강 씨에게 쌀을 넘기고 냇가로 달려갈 참이었다.

"쌀 가져 왔소."

달수는 기다리고 있던 강 씨 앞에 쌀을 내려놓았다. 강 씨는 한미한 양반가의 여자처럼 보였다. 곱상한 티가 있었다. 종들은 보이지 않고 강 씨가 직접 나와 쌀을 받았다.

"이거 가져가거라. 쌀값이다."

강 씨는 쌀값이라며 마루에 놓인 베 한 필을 가리켰다.

"흡 고것이…."

달수는 등에서 땀이 났다. 큰아버지가 베로 가져올 경우 적어도 두 필은 받아와야 한다고 단단히 일러두었던 것이다.

"두 필은 주셔야 한당게요."

달수는 머리를 긁적이며 웃었다.

"내 형편이 그러질 못하니 어쩌겠느냐."

강 씨는 마루에 털썩 주저앉으며 가슴이 답답한 듯 내뱉었다. 강 씨는 늙수그레한 서가 놈이 나타날 줄 알았다. 어리지만 다부진 어깨와 나무통 같은 다리를 가진 달수를 보자 은근 반가웠다.

"그럼 이것도 가져가거라."

강 씨는 소매 안에 손을 넣더니 뭔가 쑤욱 꺼냈다. 눈같이 새하얀 백자 위에 청화로 꽃을 그린 작은 연적 같았다. 손안에 쏙 들어오는 작고 이쁜 기물이었다. 작은 다섯 개의 꽃이 그려진 귀하고 앙증맞은 백자였다.

"농사짓는 놈이 연, 연적을 엇다 쓴디요."

그 말을 한 달수의 얼굴이 빨개졌다. 글을 모른다는 게 새삼 부끄러웠다. 달수는 탐이 났지만 큰아버지에게 쥐어박힐 생각을 하니 울상이 되었다.

"지가 디지게 맞아…."

"이놈아, 이건 연적이 아니야. 분수기粉水器야."

"부 분수기요? 분수기가… 뭔디요?"

달수는 코를 씰룩이며 물었다. 초계를 생각하자 일각이 아까웠다. 여기서 이렇게 머무를 새가 없었다.

"분을 갤 때 물을 조금씩 따라 붓잖아 그때 그 물을 담아두는 그릇이야 이 녀석아."

강 씨는 달수를 쥐어박는 시늉을 했다. 강 씨는 어느새 기운이 나 물오른 파초 같았다.

"이게 얼마나 귀한 건 줄 알아? 임금님이 쓰는 왕실 가마에서 나온 것이야."

그제서야 달수는 분수기란 것을 받아 이리저리 돌려보았다.

"아무리 임금님꺼라도 안 되여라. 큰아부지한테 디지게 맞아부러….”

그때 강 씨가 왈칵 눈물을 쏟았다.

“그게 어떤 건지 알고 니눔이 흑흑흑.”

강 씨는 갑자기 설움이 복받쳤다. 끝까지 간직하고 싶었던 분수기를 내놓을 수밖에 없는 자신이 한스러웠다. 꽁꽁 덮어 두고 싶었던 일이 떠올라 주체할 수가 없었다.

강 씨는 전답도 노비도 거의 없어진 몰락한 양반집에 시집왔다. 그러나 몇 년 안 돼 어린 신랑을 먼저 떠나보냈다. 스무 살도 안 된 때였다.

아이도 없이 청상과부가 된 강 씨는 집에 갇혀 베 짜는 일로 하루를 보냈다. 유일한 낙이라면 한 달에 두어 번 근처에 사는 사촌언니네 집에 밤마실 가는 일이었다.

부유한 역관의 집에 시집간 사촌언니는 풍족하고 자유로웠다. 밤마실에는 자신처럼 과부가 된 또래의 홍 씨도 끼였다. 사촌언니와 둘러앉아 세 명이 낄낄대는 시간이 강 씨가 사람으로 숨을 쉬는 때였다. 형부는 역관인지라 장기 출타가 많아 여인네들에겐 딱 안성맞춤이었다. 글을 잘하는 사촌언니의 성격은 거침이 없었다.

“월창아.”

사촌언니가 강 씨를 월창이라고 불렀다.

강 씨는 꿀에 떡을 찍어 입에 넣으려던 참이었다. 떡을 내려놓고 눈을 곱게 흘겼다.

"월창이가 뭐야? 기생 이름같이."

"내가 지은 네 호號다. 이제부터 월창이라 부를 거야."

"왜 하필 월창이유?"

떡을 오물거리던 홍 씨가 물었다.

"가여운 것. 그럼 과부댁이라 부르랴?"

"아이 참 언니."

"창에 뜬 달이나 보며 사내를 그리워할 게 뻔하니 월창이라 부르련다 호호호."

"어머머… 언니두."

강 씨는 얼굴을 빨갛게 물들이며 성을 냈지만 곧 웃어 넘겼다. 사촌언니는 홍 씨가 측간에 간 틈을 타 두툼한 손으로 좌경座鏡 밑에서 뭔가 꺼냈다.

"이거 가져가라 월창아."

은근한 목소리로 말했다.

"어서 빨리 넣어. 누가 오기 전에."

사촌언니가 찔러 준 것은 사내 엄지만한 토우土偶였다. 머리를 풀어헤친 여자와 남자가 벌거벗고 있는 토우였다.

"어맛 이게 뭐야?"

강 씨는 화들짝 놀라며 받은 토우를 사촌언니 치마폭에 던졌다.

"망칙해라."

"쯧쯧 우리 집 언년이가 나물 캐다가 산에서 주운 거야. 조선 때 것은 아닌 것 같고. 옛날 사람들은 이런 걸 갖고 놀았던가 봐 호호호."

사촌언니는 벌거벗고 있는 남녀 토우상을 손으로 쓰윽 문지르더니 강 씨의 소매 안에 깊숙이 넣어줬다.

이때 홍 씨가 들어오며 엎어지듯 앉았다.

"나두 보여주소."

"뭘?"

사촌언니가 시치미를 뚝 뗐다.

"밖에서 다 들었우."

홍 씨는 킥킥거리며 두 사람을 번갈아 쳐다봤다. 강 씨는 하는 수 없이 토우를 꺼내 보여줬다. 손이 떨리고 얼굴이 화끈거렸다.

"여기 불이나 붙여라."

사촌언니가 눈을 가늘게 뜨며 장죽을 강 씨에게 내밀었다. 강 씨는 떨리는 손으로 장죽 구멍에 불을 붙여줬다.

"너두 한 대 필래?"

사촌언니가 강 씨에게 장죽을 내밀었다.

"아냐…."

"이거 빨면 답답할 때 가슴이 뻥 뚫려."

"다음에…."

강 씨는 다음번에 피겠다며 몸을 뺐다.

"갖기 싫으면 이거 내가 가져갈까?"

홍 씨가 토우를 바짝 손에 쥐며 말했다. 눈을 반짝이며 강 씨의 눈치를 살폈다.

"그건 월창이한테 준 거니 돌려줘. 다른 거 생기면 그때 줄 테니. 욕심두 많다."

사촌언니가 장죽을 재떨이에 탁탁 두드렸다.

"나두 밤마다 창에 뜬 달 보며 눈물로 지샌다구."

홍 씨는 아까운 듯 토우를 두 손으로 꼭 쥐어본 뒤 던져줬다.

"월창이랬지? 월창이는 이래저래 좋-겠다."

"과부 팔자가 뭐가 좋아. 어린 것이 얼마나 가여운지."

사촌언니는 장죽을 깊숙이 빨며 홍 씨를 가볍게 나무랬다.

"몸종이 그러는데 월창이 옆집 사는 사내가 월창이에게 홀딱 반했다던대."

"뭐야?"

강 씨는 놀라 소릴 질렀다.

"지금 무슨 소릴 하는 거야. 농을 해도 참."

강 씨도 옆집에 홀아비가 산다는 말은 들었다. 시어머니가 더 눈에 불을 켜고 강 씨의 몸가짐을 감시한다는 것도 알았다. 그 홀아비가 자신을 흠모하다니. 처음 듣는 이야기였다. 가슴이 사정없이 뛰어 터질 것 같았다.

“뭐라고? 자세히 말해봐.”

사촌언니는 장죽을 치우고 바짝 당겨 앉았다.

“하이고 이제야 대접이 달라지네. 차가 다 식었수.”

사촌언니는 여종을 불러 안주와 죽엽주를 내오라고 했다.

“오랜만에 재미난 얘길 들으니 기운이 나네. 한잔씩 하자.”

“어머님 아시면 큰일 나.”

강씨는 손을 내저었다.

“더 웃긴 건 그 사내가 꽤나 미끈하게 생겼다고 하네.”

홍 씨의 목소리가 끈적해졌다. 홍 씨는 눈을 게슴츠레 뜨고 선 말을 이었다.

“미끈하게 생긴 선비가 상사병을 앓다 과부 보쌈하는 거 아닌지 모르겠네.”

“과부 보쌈?”

사촌언니가 부리부리한 눈을 찢어질 듯 크게 떴다.

“저리 사느니 차라리 과부 보쌈이 낫긴 하겠다.”

“언니두 참.”

그러나 강 씨의 목소리는 허공을 훠이훠이 날고 있었다.

‘누굴까? 옆집 산다는 선비가.’

강 씨는 비단 도포를 입은 잘생긴 선비가 눈앞에 어른거렸다.

“이게 그 유명하다는 죽엽주요? 입안에 착 감기네.”

홍 씨는 어포를 뜯으며 죽엽주를 넘겼다.

"하여튼 담장 너머로 봤는지 월창이한테 홀딱 반했대. 뭐 쪽지라도 받은 거 없수? 흐흐."

귓볼까지 빨개진 강 씨는 가슴이 벌렁벌렁 뛰어 숨이 가빴다.

"월창아, 너도 한잔 해라."

정신이 멍해진 강 씨는 저도 모르게 술잔을 들었다.

주루룩.

강 씨의 술잔에 죽엽주가 부어졌다. 강렬한 향이 방안에 가득했다. 마치 옆 집 선비가 강 씨에게 술잔을 채워주는 듯했다.

"켁."

목구멍을 넘어가는 술이 맹수의 발톱처럼 할퀴고 흘러내렸다. 목구멍을 태운 뒤 온 몸을 태우는 듯했다. 강 씨의 몸이 불에 달군 듯했다.

선비에 대한 말을 들은 다음 강 씨는 시어머니의 눈치를 더욱 살폈다. 되도록 일찍 잠자리에 들려 했지만 잠이 오지 않아 괴로웠다. 긴 밤이 더 지리해졌다.

월창.

'달은 내 마음을 알까?'

강 씨는 그날 밤부터 옆집에 산다는 미끈한 선비를 상상하기 시작했다.

속치마를 벗고 먹을 갈다

해가 떨어지자 찌는 더위가 물러서는 듯했다. 시어머니가 며칠 불공을 드리러 가자 계집종마저 휴가를 받아 훌렁 나갔다.

강 씨는 오랜만에 맘 편히 몸을 씻기로 했다. 커다란 나무통에 뜰에 핀 꽃을 꺾어 물에 띄웠다. 꽃 향이 코끝을 스치더니 온몸으로 스며들었다.

풍덩.

온몸이 나른해진 강 씨는 물속으로 들어갔다. 맑은 물속으로 들어가 자맥질을 하는 소녀처럼 천천히 그리고 매우 부드럽게.

'아 얼마 만에 맛보는 자유로움인가.'

물속에서 긴 강 씨의 머리카락이 천천히 춤을 추기 시작했다. 따뜻한 물이 강 씨의 몸을 어루만졌다. 봉긋 떠오른 보름

달이 강 씨의 머리를 쓰다듬고, 희고 둥근 어깨와 미끈한 다리를 고루 애무했다.

'아-.'

강 씨는 달빛에 취해 눈을 스르르 감았다.

'이렇게 죽은 나무처럼 살아야 하는 걸까? 언제까지나?'

언제까지라도 그 속에 침잠하고 싶은 걸 억누르며 나무통에서 나왔다.

강 씨는 배꽃같이 흰 몸을 속곳과 가슴가리개로 둘렀다. 자신을 물끄러미 내려다보는 보름달이 강 씨의 몸을 눈부시다는 듯 훑어 내리고 있었다. 달빛이 부끄러워 강 씨는 방으로 또르르 기어들어갔다.

보자기에 고이 싸두었던 대슘치마를 펼쳤다. 스란치마를 풍성하게 보이기 위해 안에 입는 대슘치마. 대슘치마는 잠자리 날개처럼 얇디얇아 몸이 훤히 비쳤다. 강 씨의 눈부신 여체가 여리여리하게 비쳤다. 강 씨는 그대로 눈을 감고 마루에 크게 누워버렸다.

"놀라지 마시오."

"엑."

강 씨는 후다닥 일어나 팔로 가슴을 가렸다.

"헉, 누구요?"

강 씨는 덜덜 떨리는 손으로 속적삼을 주워 입었다.

"도, 도도둑."

너무 놀란 강 씨는 말이 제대로 나오지 않았다.

"쉿."

나무 그림자 밑에서 한 사내가 불쑥 튀어나왔다. 상투를 튼 얼굴이 상아처럼 맨질한 사내였다. 사내치고는 코가 오똑하니 시원하게 뻗었다.

"쉿. 제발 조용히 하시오."

"누군데."

"쉿. 옆집에 사는 홍가라고 하오. 놀라게 해서 미안하오."

사내는 날 듯이 다가와 강 씨의 입술에 손가락을 댔다.

"제발 해치려는 게 아니니 큰소리만 제발 제발 이렇게 빌겠소."

사내는 두 손을 싹싹 빌며 애원했다.

'옆집에 산다는 홀아비가 이 사람인가?'

달빛에 보이는 사내의 얼굴은 들은 대로 미끈했다.

'더 웃긴 건 그 사내가 꽤나 미끈하게 생겼다고 하네.'

'하여튼 담장 너머로 봤는지 월창이한테 마음을 홀딱 뺏겨 버렸대.'

홍 씨가 말한 게 떠올랐다.

"제발 해치려는 게 아니니 안심하오."

사내는 싹싹 빌던 두 손을 어느 틈엔가 강 씨의 다리에 올려

두고 있었다. 사내의 손이 몹시 뜨거웠고 강 씨의 다리는 불에 덴 것처럼 화끈거렸다. 강 씨는 정신없이 옷을 챙겨 입었다. 몸을 돌린 채 물었다.

"무슨 일이기에 여자 혼자 있는 집의 담을 넘었소이까?"

강 씨의 젖가슴이 오르락내리락 하며 뛰고 있었다.

"내 전부터 그대를 흠모하고 있었소."

사내의 목소리는 아까보다 침착해져 있었다. 목소리에 달착지근한 뭔가가 담겨 있었다.

"오늘 달빛이 너무 좋아 마당을 거닐다…."

"사람을 부르기 전에 어서 물러가십시오."

강 씨는 옷고름을 급히 매며 말했다. 손은 여전히 덜덜 떨렸다.

사내가 뒤에서 강 씨를 와락 껴안았다.

"악. 이- 이거 놓으시오."

강 씨가 몸을 빼내며 낮은 소리로 악을 썼다. 담 너머로 소리가 나가면 끝장이었다.

"어서요."

"내 이 자리에서 맞아 죽어도 더 이상은 내 마음을 숨기지 않으리다."

사내가 강 씨의 촉촉한 머리에 자신의 얼굴을 묻었다. 머리를 파고 든 사내의 코끝이 느껴져 강 씨의 온 몸이 뒤집어졌다.

사내의 눈가에 물기가 묻었다.

"그대가 날 거부한다면 여기서 아예 맞아 죽겠소."

사내가 강 씨의 두 손을 움켜쥐고 놓지 않았다. 도저히 사내의 손은 뿌리칠 수 없을 만큼 강했다.

"그대가 밤낮으로 고생만 하는 걸 보면서 속이 탔소. 이 곱고 어여쁜 손으로 거친 일만 하고."

사내가 강 씨의 두 손을 입으로 가져갔다.

"이리 곱고 젊은데 서럽고 힘든 밤을 내가 왜 모르겠소."

순간 강 씨의 몸이 찌르르했다.

"이 손 놓으세요. 나는 일부종사할 몸입니다."

"외로웠을 거요."

사내가 강 씨를 힘주어 안았다.

강 씨 눈에는 막대기를 들고 달려들 시어머니, 집안을 더럽혔다고 펄펄 뛸 아버지, 침을 뱉는 사람들의 모습이 어른거렸다.

"더 이상 내 맘을 숨기지 않을 것이오. 내 보쌈을 해서라도 그대를 데려올 것이오."

'아-.'

강 씨는 머릿속이 하얗게 되었다.

"이걸 주고 싶었소."

사내는 뭔가를 강 씨에게 쥐어주었다. 조약돌같이 하얀 분수기였다. 분을 갤 때 넣는 물을 담아두는 작은 기물.

"아직 어린데 이 고운 얼굴…."

강 씨는 순간 지루하고 힘들기만 한 긴 하루하루가 엄습해 왔다. 새벽닭이 울면 일어나 달이 넘어갈 때까지 바느질로 하루를 보내는 나날. 끝이 안 보이는 날들이 숨 막혔다.

"그 약조 잊지 마세요."

"내 어찌 사내로서 한 번 뱉은 말을 식언하겠소. 염려마시오."

강 씨는 눈을 감았다.

그날 밤 강 씨의 온몸에 불꽃이 터졌다.

강 씨의 하루는 이제 달라졌다. 좌경을 보는 일이 잦아졌고 시어머니의 눈을 피해 수시로 분수기를 꺼내 어루만졌다. 그 날 밤의 희열이 불꽃처럼 살아났다. 화색이 돌고 바느질하는 손도 빨라졌다.

저녁을 물린 시어머니가 시원하다는 듯 말을 꺼냈다.

"이제야 두 다리를 뻗고 편히 자겠다."

"왜요 어머니?"

"눈이 늑대같이 교활해 보이던 옆집 홀아비가 한양으로 떠났다는구나."

바느질하던 강 씨의 손이 툭 떨어졌다.

"한양서 꽤나 산다는 집에서 사위를 삼았다나. 고놈 잘 갔다, 잘 갔어."

시어머니는 주름진 얼굴이 펴지도록 웃었다.

'그럴 리가 없어.'

강 씨는 그날 이후 한동안 일어나지 못할 정도로 몹시 앓았다. 강 씨가 겨우 기운을 차리자 이번엔 시어머니가 갑자기 숨을 거뒀다. 양반집이라고 떠들썩하게 상을 치르면서 그나마 남았던 재산마저 바닥이 드러났다.

"젊은 것이 이게 무슨 꼴이야. 맘고생이 얼마나 심했으면."

사촌언니는 예사롭지 않은 품새를 갖춘 여인과 들이닥쳤다. 여인은 뽀얀 얼굴에 행동에 품위가 있었다.

강 씨는 정신을 차리고 사촌언니와 여인을 맞았다.

"인사올려라. 우리 집 고모님이시다."

강 씨는 그제서야 첩지를 한 여인이 오 상궁이란 걸 알았다. 역관인 형부의 누이가 대비전의 상궁이라 들었다.

오 상궁은 조용하지만 날카롭게 강 씨를 살펴보았다.

"네 사는 게 막막할 것 같아 고모님을 모셔왔다. 대비전에서 붓을 잘 놀리는 궁녀를 급히 구한다고 하기에 모시고 왔어."

"역시 나이가 너무 들었네."

오 상궁은 머리를 저었다.

"어릴 때 궁에 들어와 법도도 익히고 해야 하는데."

"이제 스물도 안 됐어요. 아휴 그럼 예까지 오셨으니 재주나 보고 가세요."

사촌언니가 애가 타서 졸랐다.

대비전에선 당장 문안 편지와 궁중 발기를 써야 하는 궁녀가 부족해 발을 구르고 있었다. 한 상궁이 갑자기 죽은 데다 다른 한 명이 사정이 있어 출궁하는 바람에 상황이 급해졌다. 대비마마는 바깥과 긴밀하게 주고받을 봉서가 많다며 서사 궁녀를 빨리 대라고 성화였다.

"어디 솜씨나 한번 보자."

오 상궁은 한숨을 내쉬었다.

대비마마는 글씨를 까다롭게 보는 편이라 보통 솜씨로는 성에 차지 않았다.

강 씨는 갑자기 눈이 번쩍 뜨였다.

지긋지긋한 이 집과 배신감에서 벗어날 수만 있다면 무엇이든 해야 했다. 어려서부터 궁체를 잘 쓴다고 소문난 강 씨였다.

강 씨는 정성스레 먹을 갈며 호흡을 가다듬었다. 흰 속치마를 마루 한가득 펼쳤다. 강 씨는 무엇에 홀린 듯 언문을 써 내려갔다. 어린 소녀의 해맑은 얼굴 같은 궁체가 방긋방긋 웃으며 유려하게 흘렀다.

"흐음…."

오 상궁의 입에서 신음 소리가 흘렀다. 대비마마가 아끼던

한 상궁의 절정기 필체만큼 아름다우면서도 절제된 글씨였다.

'옳지. 저 정도면 제조 상궁도 반대하지 않겠는걸.'

오 상궁은 강 씨를 쏘아 보았다.

"궁중이 궁금宮禁인 줄은 아느냐?"

"예?"

강 씨의 등에 땀줄기가 흘러내렸다.

"궁에서는 보지도 듣지도 말하지도 말아야 한다. 이를 어기면 뼈가 부서져라 매를 맞고 심하면 목을 매달아 죽어 나가지."

얼굴이 창백해진 강 씨가 마른침을 삼켰다.

"견딜 수 있겠느냐?"

"하오면…."

"견딜 수 있겠느냐 물었다."

"예 할 수 있습니다. 아니 견딜 수 있습니다."

오 상궁의 얼굴이 차분해졌다.

"입궁 시기를 택해서 빨리 들어오거라."

동백꽃

1863년.

방 안 백자 화분에는 동백이 붉디붉은 꽃봉오리를 막 벌리려는 듯했다. 소담스런 꽃봉오리 속에 관능적 자태를 품고 있어 감각을 자극했다. 가슴을 파고드는 강렬한 색과 은은한 꽃향이 서로 젖어 들면서 막연히 설레게 했다. 벽에는 자신 있게 휘두른 난蘭 그림이 규중의 분위기를 세련되고 품위 있게 이끌었다. 난 줄기는 낭창하게 꺾이는가 싶더니 기운차게 뻗어 호기로웠다. 흥선군 이하응이 아내 민 씨를 위해 그려준 난이었다.

자영은 이하응의 집 안채에서 민 씨를 기다렸다. 자영의 어머니는 남편 민치록이 돌아간 뒤 결국 민승호를 양자로 들였다. 3년 상을 마치고 여주를 떠나 한양 안국동으로 옮겨왔다.

이하응의 아내는 여흥 민씨로, 촌수는 멀지만 자영의 친척 언니이며 민승호의 친누이였다.

자영은 기다리는 동안 서안書案에 놓인 《사씨남정기》를 읽고 있었다. 몇 번이나 읽었지만 볼 때마다 재미났다. 소설에 푹 빠진 자영의 두 볼이 갓 따온 복숭아처럼 발그레했다. 호기심 많은 검고 커다란 자영의 눈망울은 책에서 떨어질 줄 몰랐다. 섬세하게 보이는 콧날은 정성껏 다듬어 놓은 옥 같았다. 입술은 붉고 투명해서 석류알 같아 달아 보였다. 희고 가느다란 목이 도도해 보일 정도로 곧고 길었다.

열세 살이 된 민자영은 몰라보게 달라졌다. 어미 품을 벗어난 어린 사슴처럼 준수했다.

"어머니, 어머니."

안방 문을 활짝 열며 이명복이 숨 가쁘게 뛰어 들어왔다.

"어-."

급히 뛰어 들어온 명복은 자영을 보고 놀라 넘어질 뻔했다. 자신을 뚫어지게 쳐다보는 자영을 보자 명복은 입만 벌리고 서 있었다.

어여쁜 소녀였다. 명복이 골목에서 얼굴을 본 계집아이들은 아기를 들쳐업고 코를 훌쩍거리는 무리들이었다. 양반집 소녀의 얼굴을 코앞에서 보기는 처음이었다. 고운 남색 치마에 진

분홍 저고리를 입은 자영은 동백꽃이었다. 명복은 얼굴이 빨개져 어쩔 줄을 몰랐다.

'남녀가 칠세부동석인데.'

부끄러워서일까, 온돌방이 더워서일까. 명복의 온몸이 달아올랐다.

자영은 명복을 쏘아보듯 바라보았다. 명복의 콧날이 시원하게 내리뻗었다. 벌어진 어깨와 튼튼한 다리는 책보다 놀기를 좋아한다는 걸 보여주었다. 명복의 튼 손이 붉고 거칠어 보였다. 명복은 바깥에서 한참 날리고 온 연과 얼레를 쥐고 있었다.

자영은 책을 옆으로 물리고 허리를 꼿꼿이 세웠다.

"네가 명복이냐?"

명복은 자신의 이름을 당당하게 부르는 목소리에 꿈쩍 놀랐다.

'씨이- 누군데 사내 이름을 함부로 불러?'

명복이 씩씩거릴 때 어머니 민 씨가 나타났다.

"자영이가 왔구나."

민 씨는 자영과 아들의 어색한 분위기에 얼떨떨해하며 반겼다. 자영이 자리에서 조용히 일어나 두 손을 가지런히 모았다.

"명복아, 인사드려라. 안국동 아주머니시다."

"네?"

명복은 이하응의 둘째 아들이었다. 열두 살이 된 명복은 자영에게 한 살 어린 조카였다.

"자영이가 그동안 몰라보게 컸구나. 더 예뻐지고."

민 씨는 자영의 손을 다정하게 잡으며 감탄했다.

"인사드리래도 명복아?"

민 씨는 명복을 바라보며 부드럽게 말했다. 명복은 무안해져 홱 몸을 돌려 방을 나왔다.

"저런저런… 예쁜 아주머니한테 부끄럽나 보구나. 호호."

민 씨는 아들이 나간 자리를 보며 인자하게 웃었다.

'나이도 비슷하니 부끄럽기도 하겠지. 우리 명복이도 자영이처럼 의젓하고 글 잘하는 어진 신부감이 나타나야 할 텐데.'

민 씨는 새삼 자영을 사랑스런 눈으로 바라보았다.

'자영이는 어쩜 이렇게 귀태가 날까.'

민 씨는 어린 자영의 품위 있는 몸가짐에 탄복했다.

자영은 명복의 뒷모습을 조용히 바라보았다. 알 수 없는 묘한 느낌에 휩싸였다.

방에서 뛰쳐나온 명복은 어머니의 말을 듣는 순간 몸에서 힘이 쭈욱 빠져나가는 걸 느꼈다.

'아주머니라고?'

알 수 없는 서운함이 몰려왔다.

'왜 하필 누이도 아니고 아주머니야?'

명복은 다시 높은 하늘을 향해 연을 띄우기 시작했다.

그해 12월 8일(음력) 철종이 승하했다.

철종이 마지막 숨을 거두자마자 조 대비는 임금의 옥쇄를 재빨리 거두어들였다.

드디어 임금의 옥쇄를 쥔 조 대비의 손과 가슴이 사정없이 떨렸다. 괴한이라도 나타나 자신을 베고 옥쇄를 탈취해가지 않을까 벌벌 떨었다. 조 대비는 옥쇄를 꽁꽁 깊이 숨기고 나서야 겨우 숨을 쉴 수 있었다.

"누구 없느냐? 찬물을 가져오너라."

조 대비는 찬물을 급히 들이키자 그제서야 뿌옇던 눈앞이 제대로 보였다.

끄으윽-.

조 대비는 짐승의 울부짖음처럼 터져 나오는 울음을 틀어막았다. 답답하고 억눌렸던 가슴을 탕탕 쳐댔다. 눈앞에 지난 세월이 펼쳐지자 걷잡을 수 없이 눈물이 터져 나왔다.

'주상.'

조 대비는 누구보다 총명했던 남편 효명세자가 왕위에 오르지도 못하고 승하한 뒤 한시도 마음 편할 날이 없었다. 시아버지(순조)가 꺾지 못한 안동 김씨 세족들은 조 대비의 풍양 조씨를 견제했다.

조 대비는 아들인 헌종이 자신의 무릎에서 죽어갈 때 옥쇄부터 챙기던 시어머니(순원왕후 김씨)의 얼음장 같았던 모습이 떠올랐다. 누구도 넘보지 못한 안동 김씨의 선봉에는 김조순의 딸 순원왕후가 있었다. 안동 김씨와 순원왕후는 아들 없이 돌아간 헌종의 후계자로 철종을 맞아들였다. 유배지 강화도에서 농사를 짓고 살던 '강화도령' 이원범이 임금의 자리에 오른 것이다. 안동 김씨는 '강화도령' 철종에게 김문근의 딸을 왕비로 안겼다. 김문근의 딸이 왕비가 되면서 그들의 세도를 이어갔다.

'강화도령' 철종은 국정을 장인인 김문근과 '외아저씨'인 김좌근에게 맡길 수밖에 없었다. 농사나 짓던 자가 뭘 할 수 있겠는가.

조 대비는 효명세자가 일찍 승하하지 않았다면 왕비에 오를 수 있었다. 시아버지인 순조의 허락 아래 대리청정을 하던 효명세자는 왕과 다름없었다. 영민했던 효명세자는 안동 김씨 등쌀에 신물을 내던 아버지를 대신해 이들을 물리치고자 했다. 조 대비는 조만영의 딸로, 안동 김씨를 조금씩 거둬내며 풍양 조씨의 세도를 예고하고 있었다.

세자가 대리청정을 하자 세자빈에게 머리를 조아리며 굽신대던 사람들. 그러나 효명세자가 급사하자 사람들은 무섭게 빠져나갔다. 상궁과 나인들의 눈빛도 달라졌다.

조 대비는 아들인 헌종이 왕위에 올랐지만 안동 김씨 세력을 이겨내지 못했다. 헌종마저 승하하자 다시 하루하루를 가슴 졸이며 살아왔다.

'강화도령' 철종도 후사 없이 승하했다.

드디어 다음 왕을 지정할 권한이 왕궁의 최고 어른인 조 대비에게 돌아왔다. 조 대비는 이 순간만을 기다려왔다. 이제는 호랑이 등에 탄 형세가 됐다.

눈앞에 흥선군 이하응이 떠올랐다.

'제 둘째 놈이 똑똑합니다.'

이날을 대비해 이하응은 조대비에게 둘째 아들 명복을 얘기해 놓았다. 조 대비는 은밀히 손을 내민 이하응도 믿을 수 없었다.

'이하응도 언제 등 뒤에서 비수를 꽂을지 모르지….'

영조의 증손인 남연군의 아들 이하응. 안동 김씨 세력들이 왕통의 씨를 말려버린 상황이었다. 왕위 계승의 가능성이 있는 종친은 역모로 얽거나 서학을 믿는다는 이유로 죽여버렸다. 안동 김씨의 칼날을 피해 몸을 보전해온 이하응은 극도로 조심했다.

'흥선군 이하응의 손이 필요해.'

뜬눈으로 밤을 샌 조 대비가 바깥에서 기다리던 영의정 김좌근과 대신들을 불렀다. 조 대비의 눈에서 광채가 흘렀다. 조 대비는 한글로 된 교지를 내렸다.

"흥선군의 제2자 명복이 익종(효명세자)의 대통을 잇게 하라."

열두 살 명복, 왕위에 오르다

"정신 바짝 차리거라. 혹여라도 실수한다면 매로 다스릴 것이야."

궁궐의 침방針房나인들은 상공尙功(정6품 상궁)의 카랑카랑한 목소리에 머리털이 곤두섰다. 침방나인들은 새 임금이 즉위례에 입을 대례복을 짓느라 정신이 없었다. 새 임금의 용금치(용포)와 누비옷 짓기 등 할 일이 태산이었다. 한겨울이라 따뜻한 솜을 넣은 세누비 옷도 필요했다. 침방나인들은 좁쌀보다 더 조밀하게 바늘땀을 떠야 하는 세누비를 앞에 두고 한숨을 지었다. 세누비를 하다 보면 눈알이 빠질 것 같았다. 당분간 격일 교대는 꿈도 못 꾸었다.

수방繡房나인들도 마찬가지였다. 대례복인 구장복九章服의 용을 가장 정교하고 화려하게 수놓아야 했다.

열 살 무렵 생각시로 궁에 들어와 바늘과 색실로 세상을 배운 나인들이었다. 바늘과 실로 세상 어떤 것도 창조해낼 수 있는 손들이었다. 살을 파고들 것 같은 용의 발톱과 물방울을 튕기며 날아오르는 용비늘. 모두 침방나인들의 손에서 생명을 얻었다. 이들은 바늘과 금실로 보이지 않는 세계의 오묘한 기운과 왕실의 영광을 드러냈다.

대비전의 지밀至密상궁이 침방과 수방나인들을 다그쳤다. 지밀상궁은 대비를 모시는 측근으로, 침방과 수방과 달리 다섯 살부터 궁에 들어와 법도를 익혀야 했다. 대비뿐 아니라 임금과 중전을 각각 모시는 지밀상궁들은 가장 영민한 자들로 최고의 대우를 받았다.

조 대비의 언문 편지와 교지를 쓰는 서사상궁도 준비를 단단히 하고 있었다. 궁체가 아름다워 대비의 귀여움을 받고 있는 '월창'이라 불리는 강 상궁도 때를 만난 듯 각오를 하고 있었다. 강 상궁은 입궁 시기는 턱없이 늦었지만 궁체가 누구보다 단아하고 손이 빨라 대비가 특명 상궁으로 올리고 총애했다.

무수리들은 윗전인 나인과 상궁들의 눈치를 살피며 저희들끼리 속닥였다.

"새 임금님이 오신대잖아."

"흥선군 둘째 아드님이래."

"쉿. 누가 듣겠다."

창덕궁은 새 임금을 맞이하는 긴장감으로 팽팽했다. 궁궐을 지키는 금군禁軍은 경비를 두텁게 했고, 수문장은 궁문을 출입하는 자에 대한 단속을 까다롭게 했다. 입궐하는 신하들은 새로운 소식을 하나라도 더 들으려 몸과 마음이 바빴다.

"명복아!"

흥선군은 웃음기 없는 얼굴로 아들을 불렀다.

"예 아버님."

흥선군의 옆에는 부인 민 씨가 촉촉한 눈으로 어린 아들을 바라보았다. 민 씨는 얼른 다가가 아들 명복의 통통한 손을 꼭 쥐었다. 이제 다시는 이렇게 맘 놓고 잡아볼 수 없을 것이다. 순간 민 씨의 치마 위로 눈물이 툭 떨어졌다.

"흠흠."

흥선군이 민 씨에게 헛기침을 했다. 흥선군은 거무스레한 눈을 가늘게 뜨고 아들 명복을 응시했다.

"지금부터 내 말 잘 듣거라. 너는 오늘 궁에 들어갈 것이야."

"예?"

명복은 아버지 흥선군과 어머니 민 씨의 얼굴을 번갈아 보았다.

"이제 나라의 임금이 된다."

흥선군은 흥분하지 않고 차분하게 말했다.

"무슨 말씀인지요 어머니."

명복은 영문을 몰라 만만한 어머니를 애타는 눈으로 바라보았다.

"오늘부터 너의 어머니는 대비마마이시다. 명심하거라."

조 대비로부터 명복을 왕궁으로 맞아들이라는 명을 받은 영의정 김좌근이 도승지 민치상 등을 이끌고 운현궁으로 왔다. 운현궁은 기와가 내려앉고 마당에는 바싹 마른 나뭇잎과 먼지가 뒹굴었다. 도승지 민치상이 조 대비의 교서를 상 위에 올려놓았다.

명복은 아버지가 지시한 대로 상 앞에 무릎을 꿇고 앉았다. 그 앞에서 민치상이 대비의 교서를 읽었다. 명복은 교서가 놓인 상을 향해 네 번 절한 뒤 교서를 받아들었다.

명복이 복건과 도포로 갈아입고 검은 가죽신을 신고 나와 말이 끄는 가마인 가교駕轎에 올랐다.

매서운 추위에도 운현궁 주변에는 사람들이 구름처럼 몰려들었다.

"흥선군 아들이 임금이 된다네."

"참말이야? 세상에나."

털을 단 남바위를 쓴 양반은 밀려드는 사람들 틈에 갓이 부서질세라 단단히 부여잡았다. 쓰개치마를 두른 여인과 얹은머리를 한 여자들도 뒤섞여 까치발을 했다. 챙이 넓게 퍼진 전모를 쓴 기생은 고운 얼굴이 추위에 발갛게 돼도 자리를 지켰다. 삿갓을 눌러쓴 사내들은 목을 길게 빼고 두리번거렸다. 소년들도 뒤질세라 비집고 들어왔다.

"명복이가 참말로 임금이 되나요?"

"허허. 이제 함부로 입에 올려선 안 된다."

누군가 엄중한 목소리로 꾸짖었다.

유생들은 발이 시려 동동 구르면서도 구경거리에 눈을 떼지 못했다. 먼지를 뒤집어 쓴 개들은 주변을 맴돌며 컹컹 짖어댔다.

'헉.'

명복은 창덕궁 돈화문 밖에 줄지어 선 백관들과 맞닥뜨렸다. 자신을 향해 일제히 허리를 굽히는 백관들의 모습이 꿈만 같았다.

'이건 꿈일까? 난 여기서 뭘 하고 있지?'

명복은 작은 가슴으로 숨쉬기도 벅찼다. 가교에서 내려 가마꾼이 메는 여輿로 갈아탔다. 명복을 태운 가마가 돈화문의 작은 문을 지나 창덕궁으로 들어갔다.

임진왜란 때 경복궁이 타버리는 바람에 창덕궁을 법궁으로 쓰고 있었다. 궁궐의 세련된 단청의 화려함이 눈을 압도했다.

날렵하면서도 유연하게 뻗은 전각의 곡선이 웅장하면서도 깊은 아름다움을 풍겼다. 화강암을 세심하게 손질해 깐 어도御道는 명복 자신이 걸어가야 할 길에 대한 막연한 암시를 던져주는 듯했다.

창덕궁 처소로 온 명복에게 내관과 상궁이 인사를 올렸다.

"황 내관이라 하옵니다."

"김 상궁이옵니다."

명복은 모든 게 낯설고 고단해 눈이 빠질 것 같았다.

'모든 걸 조심 또 조심하거라.'

귀에는 아버지 이하응의 차갑고 날카로운 목소리가 맴돌았다. 명복은 당장 집으로 돌아가고만 싶었다. 동무들이 자신을 찾고 있을 것만 같았다.

'어머니, 어머니, 어디 계세요.'

명복은 끝내 울먹였다.

'울면 안 되느니라.'

아버지의 호통이 들리는 듯해 명복은 주먹으로 눈물을 훔쳤다. 명복은 딸꾹질이 났다.

"대례복을 가져왔사옵니다. 혹여 옥체에 맞지 않으실까 하여 미리 대령하였사옵니다."

희고 고운 피부를 가진 나인이 조심스레 대례복을 상궁에게 건넸다. 상궁은 어리둥절해 하는 명복에게 가벼운 미소를 지으며 아뢰었다. 상궁은 어린 임금이 귀여우면서도 가여워 코끝이 시큰했다.

'어린 나이에 이곳이 얼마나 낯설고 힘드실까.'

"즉위례 때 입으실 옷이옵니다."

상궁이 명복 앞에 대례복을 펼쳤다.

구장복과 면류관이었다. 하늘의 신성함을 상징한 산과 빛나는 덕을 상징한 불꽃, 아홉 가지가 장식된 구장복은 왕의 신성함을 드높였다. 펼쳐놓은 구장복은 짙은 푸른색. 마치 푸른 새벽안개 같았다. 상서로운 새벽을 알리는 안개 같기도, 미로처럼 앞길을 알 수 없는 안개처럼 보이기도 했다.

익성군翼成君에 봉해진 명복은 빈전殯殿에서 어보를 받았다.

철종의 시신을 모신 빈전은 냉기만 흘렀다. 능이 갖춰지기까지 수개월이 걸리므로 시신이 상하지 않게 밑에 얼음을 채워 설빙設氷을 했다.

명복의 즉위례는 창덕궁 인정문에서 거행됐다. 면류관의 9줄 옥구슬은 움직일 때마다 일렁이며 어린 임금, 명복의 시야를 가렸다.

즉위례에는 문무백관이 참석했고 단연 금관조복을 입은 흥선대원군 이하응에게 시선이 쏟아졌다. 이하응은 금칠을 한 양관을 쓰고, 관을 고정시키는 비녀에도 금칠을 했다. 붉은 조복에 옥을 단 띠를 두른 이하응은 달라졌다. 세도가를 찾아다니며 술이나 얻어먹다 조롱당하던 이하응이 아니었다.

김좌근은 슬쩍 대원군을 쳐다보았다.

'내게 난을 그려 병풍으로 바치던 이하응이 아닌가.'

이때 흥선대원군은 김좌근을 무심히 쳐다보았다. 흥선대원군의 시선은 김좌근을 별 관심없다는 듯 스쳐지나간 뒤 대례복을 입은 아들에게로 향했다.

순간 김좌근의 등짝에 서늘한 냉기가 흘렀다. 적의를 띤 눈길보다 무심한 눈빛이 더 소름 끼쳤다.

'그래도 난 다른 놈들처럼 무례하게 대하진 않았으니까….'

김좌근은 입맛을 다시며 스스로를 위로했다. 하지만 권력의 냉엄함을 잘 아는 김좌근이었다. 갑자기 목이 콱 메었다.

철종의 상중喪中이라 음악은 삼가고 즉위례를 끝냈다.

이명복이 조선의 새 임금으로 등극하는 순간이었다.

어린 왕에게 벗이 생기다

창덕궁 관물헌.

"전하, 새로운 내용을 시작하기 전에 어제 배우신 것을 암기해보시옵소서."

어린 왕에게 《소학》을 강의할 강관講官이 아뢰었다.

"음…."

왕은 갑자기 눈앞이 캄캄했다. 평소에도 암기가 쉽지 않았는데 오늘따라 한 글자도 생각나지 않았다.

"어…."

강관이 깊이 숙였던 고개를 슬며시 들어 왕을 쳐다보았다. 심기가 편치 않았지만, 제자가 왕이라 화를 낼 순 없었다.

"전하, 황송하오나 촌각을 다투어 학업에 맹진하셔야 하옵니다. 대왕대비 마마께서 전하의 학문이 빨리 나아지시길 손꼽아 기다리고 계시옵니다."

함께 참석한 조경하가 아뢰었다. 조경하는 대왕대비인 조 대비의 조카였다.

"빈전에 올리는 제사와 기우제에 가느라 바빴소."

왕은 뾰로통하게 뱉었다. 전에는 강관의 지적을 받으면 잔뜩 겁을 먹었다. 이제는 자신이 왕이라는 걸 느끼면서 오금이 저릴 만큼 위축되지는 않았다.

'나도 열심히 하고 있다고.'

열세 살 어린 왕은 신하들의 얼굴에 이렇게 외치고 싶었다. 왕은 매일 철종의 빈전에 올리는 제사와 여러 의례에 참석하느라 《소학》을 외울 시간이 턱없이 부족했다. 그뿐인가. 매일 대왕대비뿐 아니라 왕대비, 대비에게 문안 인사를 올리는 일이 첩첩이 기다리고 있었다. 가뭄이 심해 대왕대비가 기우제에도 참석하라는 명을 내렸다.

"알았소."

왕은 조 대비가 신뢰하는 조경하의 얼굴을 보며 시무룩하게 말했다. 저도 모르게 한숨이 나왔다.

끼루룩 끼루룩.

불을 밝히고 《소학》을 읽던 왕은 새소리에 창밖을 바라보았다. 커다란 둥근 보름달이 안겨 올 듯 가까이 보였다.

끼루룩.

새소리가 마치 어미를 찾아 우는 새끼인 듯했다.

'어머니….'

순간 주르륵 눈물이 떨어졌다. 왕의 눈물이 얇은 종이 위로 번져나갔다. 내관과 상궁, 나인들이 겹겹이 있건만 왕궁에는 어둠과 적막감만 내려앉았다. 자신만 홀로 앉아 있는 듯했다. 나이 많은 신하들에게 배우는 경연은 어렵고 지루했다. 배우고 익혀야 할 것만 수두룩한 왕궁이 못 견디게 답답했다.

'어머니….'

"전하, 어찌 눈물을 흘리시옵니까."

김 상궁이 조용히 다가와 명주 수건을 올렸다.

"아니다. 물러가거라…."

밤에 왕이 눈물 흘린 일이 알려지자 대왕대비와 대원군은 대궐에서 운현궁으로 통하는 문을 만들었다. 왕이 궁 밖으로 나갈 때는 신하와 군졸 수십 명이 배종하고 시위하느라 번거로웠다. 어린 왕이 부모가 그리우면 조용히 운현궁을 찾을 수 있도록 문을 낸 것이었다. 대원군이 왕을 격식 없이 만나기 위해서도 필요한 문이었다.

"주상《소학》의 진도는 많이 나가셨소?"

대왕대비는 통통한 어린 왕의 얼굴을 바라보며 물었다. 속으로 뜨끔한 왕은 가슴이 파르르 떨렸다.

"예 어마마마. 열심히 하고 있사옵니다."

인자한 눈으로 왕을 바라보던 대왕대비는 지밀상궁에게 눈짓을 했다.

"데려오너라."

문이 열리자 사내아이가 들어왔다. 금박을 입힌 비단옷을 입은 사내아이가 씩씩하게 들어왔다. 사내아이의 크고 검은 눈은 초롱초롱했다.

"전하에게 절을 올려라."

"예 절 받으세요."

사내아이는 어린 왕에게 넙죽 큰절을 올렸다. 왕은 또래로 보이는 사내아이의 등장에 긴장했다. 궁에서 사내아이는 허드렛일을 하는 시동 말고는 보지 못했다.

"주상, 이 아이는 포도대장의 아들입니다."

대왕대비가 인자하게 웃으며 말했다.

"이범진이라고 합니다."

아이는 고개를 들더니 방긋방긋 웃었다.

"주상이 어린 나이에 궁에 들어와서 외로워 하길래 가끔 불러 어울릴 수 있는 아이를 물색했어요. 대원군이 추천했습니다."

왕은 갑자기 할 말을 잃었다. 괜히 울컥했다.

"범진이는 앞으로 전하를 성심껏 모시도록 하여라."

"예."

왕이 섬세한 표정을 가진 소년이라면, 이범진은 이목구비가 굵직굵직했다. 두 사람 모두 개성을 지닌 미소년이었다.

"전하 이거 드십시오."

왕과 함께 대왕대비전에서 물러난 이범진은 소매에서 뭔가 부스럭거리며 꺼냈다. 종이를 펼치자 엿이 나왔다. 왕은 덥석 집어 반으로 뚝 분질러 입에 넣었다.

"꿩엿입니다. 히히."

"이건 처음 먹어보는데 맛이 좋구나."

오랜만에 엿을 녹여 먹자 그간 쌓였던 설움과 외로움도 녹아내렸다.

"이 맛이야."

왕은 생과방에서 대령하는 맛난 다과를 맛보지만 집에서 먹던 엿이 그리웠다.

"원하시면 또 싸오겠습니다."

궁녀 이씨

"김 상궁 있느냐."

"예에-. 김 상궁 아뢰오."

"매우 마렵다."

"예에-. 대령하겠사옵니다."

김 상궁의 지시로 나인이 서둘러 매우틀(왕의 변기)을 들여왔다. 한 자 정도 높이의 매우梅雨틀에 앉은 왕이 용무를 마쳤다. 왕이 용무를 마치자마자 기다리던 나인이 서둘러 매추(잘게 썬 여물)를 뿌린 뒤 가지고 나갔다.

나인은 손놀림이 빨랐다. 무엇보다 단아하고 이쁘장했다.

왕은 물러가는 나인을 무심히 쳐다보다 퍼뜩 기억이 떠올랐다.

'저 아이는 그날 김 상궁과 함께 왔던 나인 아냐.'

남색 치마에 옥색 저고리. 엉덩이까지 내려오는 댕기를 맨 모습이 눈에 확 들어왔다. 윤기 흐르는 머리가 생기있게 느껴졌다. 잘록한 허리가 유난히 도드라졌다. 시간이 흘러 어린 소년에서 남성의 성정이 나타나기 시작한 왕이었다.

다음날 밤 왕은 매우틀을 대령하라고 명했다. 그러나 전날 침전에 들어왔던 나인이 아니었다.

"너는 누구냐?"

살짝 짜증이 난 왕이 나인에게 힐난하듯 물었다.

"예에-. 변애련이라 아뢰오."

"어제 매우틀을 들고 왔던 나인은 누구더냐?"

소년 왕의 목소리는 날카로워졌다.

"소-소인은 알지 못 하옵니다."

나인은 왕이 화를 내자 쩔쩔매며 몸 둘 바를 몰랐다. 눈치 빠른 김 상궁이 재빨리 다가왔다.

"전하, 소인에게 말씀하시옵소서."

"어제 들어왔던 나인이 누구냐고."

"이순아라 하옵니다."

"내일부터는 그 아이에게 매우틀을 들게 하라."

김 상궁으로부터 명을 받은 지밀 소속의 이순아는 가슴이 벌렁거렸다.

왕이 지밀나인을 콕 찍어 불렀다는 소문은 순식간에 퍼졌다. 또래는 물론 선배 상궁들도 이순아를 흘깃흘깃 쳐다보기 시작했다. 그날 밤 시간이 되기 전에 이순아는 팥비누로 몸의 곳곳을 닦았다. 머리카락도 정성 들여 감았다.

지루하게 기다리던 밤이 왔다. 이순아는 바짝 조여 맨 저고리가 답답했다.

왕도 밤이 오기를 목이 빠지게 기다렸다. 왕의 침소에 어둠이 내려앉자 이순아가 들어섰다. 더 예뻐진 이순아를 보자 왕의 얼굴이 빨개졌다.

김 상궁이 곁눈질로 왕의 용안을 재빨리 살폈다.

"너는 누구냐?"

왕은 짐짓 모른 척 큰 소리로 물었다.

"예에-. 이순아라 아뢰오."

이순아의 얼굴이 복숭아빛으로 물들었다. 목소리가 윤이 나는 게 옥구슬이 구르는 듯했다. 몸매가 훤칠하고 피부가 갓 씻어놓은 배추처럼 희고 미끈했다.

왕은 하마터면 손을 뻗어 얼굴을 만져볼 뻔했다. 입술은 자두처럼 붉었다. 풍만한 가슴과 균형 잡힌 몸매가 한 떨기 매괴를 떠올렸다.

'전하가 물러가라고 하실 때까지 머물러 있거라.'

이순아는 조용히 침을 삼키며 김 상궁의 지시를 떠올렸다.

바짝 긴장한 탓에 몸이 불덩이처럼 달아올랐다.

"이순아라 하였느냐?"

왕은 짐짓 힘을 주는 바람에 변성기를 맞은 목소리가 쭉 갈라졌다. 자신의 갈라진 목소리에 힘이 빠졌다.

"예에-."

이순아는 지존의 고상한 모습에 혼이 나갈 것 같았다.

그날 이후 왕은 단조롭던 궁궐 생활에 재미를 붙였다.

처음엔 반찬 수만 10가지가 넘는 수랏상에 입이 쩍 벌어졌다. 상궁이 생선 가시까지 발라주자 감격했다. 그것도 시간이 지나자 시큰둥해졌다. 왕이 침전인 동온돌에서 잘 때, 빙 두른 곁방에는 직숙하는 상궁들이 머물렀다.

유모가 봉보부인이 되어 함께 입궁했다는 점이 그나마 위안이었다. 유모가 몸을 씻겨줄 때나마 긴장을 조금 풀 수 있었다.

왕은 이순아의 희고 깨끗한 얼굴과 풍만한 몸을 떠올리면 뜨거운 피가 돌았다. 아랫배에 힘이 들어가면서 두둥실 뜨는 기분이었다. 큰아버지에게 살풋 들었던 사내의 성정이란 이런 것일까. 소년 왕은 억제하기 힘든 호기심과 열기에 몸살을 앓을 지경이었다.

왕궁의 상궁과 나인들은 행동거지가 산뜻하면서도 절도가 있었다. 미인이 많았고 상냥한 표정에 품위가 있었다. 지밀상궁인 김 상궁도 쉰 살이 넘었지만 우아했다.

지밀 소속의 나인은 가장 가까이에서 왕을 모시기에 5세 이전부터 궁에 들어왔다. 《소학》《내훈》 등을 읽어 글도 알아야 했다. 지밀나인들은 침방과 수방보다 지위가 높고 외모도 수려하며 총명했다.

왕은 생과방에서 식혜와 떡을 내오라 명한 뒤 수시로 이순아와 이야기를 즐겼다.

"오늘 밤 침전에 들도록 해라."

"네, 마마님."

비번이라 처소에서 쉬고 있는 이순아에게 김 상궁이 찾아왔다. 몸이 떨리고 정신이 없었다. 이순아는 급히 몸을 씻은 뒤 분화장을 하고 깊숙이 감춰뒀던 장미유를 귀밑에 발랐다. 유방을 살살 문질렀다. 붉은 기가 돌면서 탐스럽게 보이고 싶었다.

"진즉에 비단신을 빨아놓길 잘혔네."

처소 일을 거드는 비자婢子가 팔랑거리며 들어왔다.

"아 참. 한가위 때 하사받은 버선을 신으슈. 하사받은 버선을 신으면 운이 좋다니께."

비자는 저도 모르게 소리를 높였다.

"쉿."

이순아는 비자의 입을 틀어막았다.

"웬 방정이야. 목이 달아나려고."

주위 눈들이 독사처럼 이순아를 주시하고 있었다.

왕은 아직 어느 궁녀에게도 관심을 보인 적이 없었다. 그랬기에 이순아에 대한 왕의 행동은 큰 바람을 일으키고 있었다.

이순아는 동온돌로 향하는 길이 오늘따라 좁고 길게만 느껴졌다. 지밀상궁과 나인들이 귀를 바짝 대고 자신을 지켜보고 있을 것만 같았다. 긴장한 바람에 치마를 밟고 비틀거렸다.

"정신 바짝 차리거라."

김 상궁이 침착하게 일렀다.

이순아가 침전의 동온돌에 도착했다. 장지문이 스르르 열리자 비단 이불에 앉은 왕이 이순아를 뚫어지게 쳐다보았다.

승은承恩을 입다

장지문이 열리는 동안 궁녀 이순아는 바들바들 떨며 고개를 들지 못했다. 몸이 휘청거렸다. 김 상궁이 재빠르게 이순아의 팔을 붙들어 주었다. 이순아는 순간 눈물이 핑 돌았다. 김 상궁의 손이 따뜻했다.

각 처소, 각 방의 나인들은 물론이고 상궁들도 저마다 뒤돌아서서 한숨짓는 이들이 한둘이 아니었다. 500명이 넘는 궁녀들이 주상 한 사람을 지아비로 보고 사는 세상이었다. 그중 승은을 입는 궁녀는 열 명이 채 되지 않았다.

너댓 살 때부터 궁에 들어와 15년 정도가 지나야 나인이 되었다. 다시 15년 정도가 지나야 상궁이 되었다. 긴 여정이지만 승은을 입으면 특별 상궁이 되었다. 왕을 모시기만 하면 되었다.

김 상궁은 이순아가 궁에 들어오자 딸처럼 머리를 빗겨주고 가르쳐주던 '스승 항아님'이었다. 궁에서는 어떻게 말을 해야 하는지, 어떤 용어를 쓰는지, 엄한 궁중 법도를 배웠다. 김 상궁에게 언문과《소학》읽는 것도 배웠다.

지밀 소속인 김 상궁은 다른 방의 상궁들에 비해 품격이 높고 인물도 좋았다. 이순아에게 김 상궁은 어머니이자 스승이었다. 꽃다운 나이에 왕의 손길 한 번 받아보지 못한 김 상궁에게도 오늘은 이순아가 부러움의 대상이었다. 김 상궁의 쓸쓸한 세월이 이순아의 가슴을 후벼 파는 듯했다. 김 상궁은 곁방으로 물러나 새우잠을 자며 직숙을 할 것이었다.

장지문이 스르르 닫혔다. 향로에서 은은한 향이 배어 나오고 있었다.

"곱구나."

열네 살 왕은 눈앞의 이순아를 보자 몹시 설레었다. 자기도 모르게 이순아의 이쁘게 솟은 가슴을 쳐다보다 황급히 눈을 돌렸다.

"가까이 오라."

이순아가 조심스럽게 무릎으로 기어갔다. 왕은 손을 뻗어 곁마기에 넣고 있던 이순아의 손을 잡았다. 약간 거칠지만 희고 통통한 손이었다. 이순아도 왕의 손을 잡은 채 파르르 떨었다.

"너에게 줄 게 있다."

왕은 보료를 들추더니 뭔가를 쥐어 주었다. 초록 비단에 나비를 정성스레 수놓은 자그마한 향낭이었다.

"황공하옵나이다. 마마."

이순아가 등을 구부려 절을 올렸다. 그 바람에 머리를 묶은 자줏빛 댕기와 풍만한 엉덩이 선이 드러났다. 뜻하지 않게 이순아의 유방이 왕의 손에 닿았다.

왕도 이순아도 놀랐다. 왕이 이순아를 일으킨 뒤 촛대의 불을 껐다. 불을 꺼야 직숙하는 상궁과 나인들의 눈과 귀가 조금이라도 흩어질 것 같았다.

왕이 이순아의 고름을 풀었다.

"속적삼이 매우 부드럽다."

"예에- 마마."

이순아의 목소리는 농염하게 변해 있었다.

왕은 이순아의 다홍치마를 벗긴 뒤 숨을 들이켰다. 속곳에 단 향낭에서 사향이 퍼져 나온 것이다. 향은 눈 깜짝할 사이에 두 사람을 묶어놓았다. 걷잡을 수 없는 격정을 불러왔다.

이순아의 자두처럼 붉은 입술은 달았다. 왕은 박꽃 같은 유방을 두 손에 쥐자 정신이 없었다.

'악.'

이순아가 이를 악물고 비명을 참았다.

"왜 그러느냐?"

왕은 미간이 좁혀진 이순아를 보자 놀랐다. 변성기인 목소리는 근심스럽고 초조했다.

이순아는 혹여 왕의 심기를 해칠까봐 방긋 웃었다. 그제서야 왕도 마음이 놓여 이순아의 속으로 깊이 들어갔다.

"괜찮으냐?"

"예에 - 황공하옵니다. 마마."

이순아의 눈에 주르륵 눈물이 흘렀다. 환희와 고통이 뒤섞인 눈물이었다. 헤매던 왕은 뭔가 알아차린 듯 탐닉했다.

'이런 것인가.'

왕은 처음 맛보는 희열에 울컥했다. 세상의 지존이 된 실감을 비로소 하게 됐다. 정신이 아득하고 쓰러질 듯 힘이 들었지만 황홀했다.

이순아의 눈에 감격의 눈물이 고였다.

왕은 여느 때처럼 대왕대비전에 아침 문안 인사를 올리기 위해 찾았다. 고단함과 흥분이 가라앉지 않아 다리가 말을 듣지 않았다. 부스스한 왕의 얼굴을 보고 대왕대비가 빙긋이 웃었다. 상궁으로부터 지난밤 궁인 이 씨가 시침侍寢했다는 이야기를 들었다.

"주상 잘 주무셨소?"

대왕대비는 차를 권하며 은근히 물었다.

"예 어마마마."

어린 왕의 얼굴이 후끈 달아올랐다.

마침 대원군도 대왕대비전에 들었다. 대궐의 모든 일을 꿰고 있는 대원군 역시 지난밤 일을 듣고 있었다. 왕은 대원군의 얼굴을 슬쩍 살폈다. 어린 왕의 콧잔등에 땀이 배었다. 대원군은 사내로 여물어가는 아들을 지그시 쳐다보았다.

"용안이 썩 좋지 않으십니다. 옥체를 상하는 일이 없도록 하시옵소서."

대원군은 아들의 소식이 싫지는 않았지만 그렇다고 반기기만 할 수도 없었다.

"예 명심하겠습니다."

왕은 지난밤의 쾌감이 다시 떠올랐다.

'저 아이도 가례를 올릴 나이가 되었구나. 어떤 왕비가 좋을까?'

어린 왕과 흥선대원군의 눈이 서로 맞부딪쳤다.

너울이 벗겨지다

“아기씨 마님께서 내일 낙산사로 불공드리러 간다고 차비하시래요.”

자영은 여종 초계의 소리에 깜짝 놀랐다.

“불공드리러 낙산사까지 간다고? 어머님은 어디 계시니?”

“운현궁에서 전갈이 와서 가셨어요.”

“가까운 곳도 아니고 낙산사까지 간다니 무슨 일일까?”

자영이 고개를 갸우뚱하자 외가쪽 언니인 이 씨가 한마디 했다.

“어제 그러시더라. 너 좋은 곳으로 시집가게 불공드려야겠다고.”

자영은 그 말에 얼굴이 붉어졌다.

“에휴- 좋은 혼처가 나면 뭐하니 조선에서 계집 팔자라는 게….”

이 씨는 타구에 침을 퉤 하고 뱉은 뒤 장죽을 끌어당겼다. 각진 얼굴이었지만 시원한 이마며 작은 눈과 입이 다부졌다. 그러나 시집살이 10년 만에 쫓겨나 친정으로 돌아온 ‘소박데기’였다.

“언니는 어떡하다 이렇게 됐어요?”

이 씨도 열다섯 나이에 시집을 갔기에 혼기를 맞은 자영에게 예사롭지 않았다.

“썩어 문드러진 내 속을 말하자면 밤을 새도 모자라지.”

이 씨는 동백기름을 바른 머리를 쓰윽 문지르더니 재떨이에 장죽을 털었다.

“시집살이 맵다 맵다 말로만 들었지 그렇게 고약한 줄 누가 알았겠니. 새벽닭 울면 일어나 물길어다 솥에다 밥 짓고 시어머니, 시아버지 눈치 살피며 진지 올리랴, 낮에는 시어머니가 해놓으라는 옷 바느질로 날이 새고 다시 저녁 지어 올리고 이불 깔아 드리고 나면 밤이야. 어디 손 좀 보자. 아직은 이렇게 곱지. 나도 너만큼 고왔더랬어. 지금은 곰같이 됐지만. 흥 그 썩을 서방놈이….”

“형부가 왜요?”

“밤마다 마누라는 힘들어서 끙끙거려도 모른 척하더니, 하루는 떡하니 첩을 끼고 들어왔지 뭐야."

"형부가요?"

"시부모 하는 말이 뭔 줄 아니? '니가 너그러운 마음으로 다 품어라. 그게 부덕이다'라는 거야. 처음엔 이를 악물고 참았지. 소박맞은 계집이 얼마나 비참한지 아니까. 하루는 서방놈이 와서 손에 낀 금가락지를 빼라는 거야."

"금가락지는 왜요?"

"첩년이 탐난다고 하니까 빼라는 거였어."

이 씨는 두 남녀가 눈앞에 있는 듯 이를 갈았다.

"내 칼을 받으라며 식칼을 들고 달려갔지. 그 죽일 놈이 날 들어 내동댕이치는 게 아니겠어. 그 년은 달아나고."

씩씩거리던 이 씨가 자영에게 내뱉었다.

"그날로 쫓겨났다. 투기하는 여편네라고. 계집으로 태어난 게 죄지."

자영은 어머니 이씨와 함께 낙산사로 떠났다.

말군(승마용 여자 바지)을 입은 자영과 이 씨는 말을 오래 타서인지 지쳐 버렸다. 멀고 먼 일정이었다. 바닷가 정자에 앉아 잠시 쉬기로 했다. 기운차던 해가 물러가고 있었다.

자영은 바다를 내려다보았다. 동해는 처음이라 신기하고 그 광활한 풍경에 가슴이 벅찼다. 진갈색의 바위를 덮치는 파도

소리가 귀를 울리고 천지를 울렸다. 거대한 물결은 모든 걸 집어삼킬 듯 광폭하게 밀려와 커다란 파문을 일으켰다. 고고함을 간직하려 해도 흔들어대는 거친 파도 때문에 불가능했다. 우레 같은 파도 소리가 천지를 울렸다. 바다가 검푸르게 변하면서 기암의 형상도 꿈틀대는 용으로 변하고 있었다.

'나는 어떻게 될까?'

좋은 혼처를 구하지 못하면 차라리 혼자 살까.

'못난 사내를 만나 갑갑하게 사느니….'

바람에 실려 어디론가 날아갔으면 싶었다.

'아니야. 내가 세상을 바꿔놓을 거야.'

바람이 거세지면서 자영의 얼굴을 가리고 있던 너울이 벗겨졌다.

하늘에서 보랏빛 기운이 내려앉더니 감미로운 향기가 주위를 감싸 돌았다. 옥피리 소리가 들리고 좋은 기운이 돌기 시작했다. 사방에서 분홍 꽃잎이 날렸다. 천상에서 내려온 듯한 귀부인이 자영을 내려다보고 있었다.

'누구세요?'

'아가 나는 인현왕후다.'

귀부인의 모습은 대수머리에 왕비의 대례복인 적의를 입은 모습으로 바뀌었다. 침착하면서도 맑은 얼굴을 한 인현왕후가 자영을 바라보았다.

'왕후마마.'

자영은 큰절을 올리며 감격의 눈물을 흘렸다. 광채를 발하는 얼굴은 위엄이 있고 고상했다. 왕후의 용안이 낯이 익었다.

'너는 마땅히 내 자리에 앉게 될 것이다.'

'왕후님 뭐라 하시었어요?'

'너에게 커다란 복을 줄 테니 영원히 이 나라를 편안하게 하거라.'

인현왕후의 자취가 사라졌다. 어느새 옥피리 소리와 향기도 사라졌다.

잠에서 깬 자영은 숨을 가쁘게 몰아쉬었다.

"왜 그러니?"

어머니 이씨도 덩달아 깼다.

"예 기이한 꿈을 꿨어요."

새벽 예불 소리를 알리는 종이 울렸다. 어머니 이씨가 땀에 젖은 자영의 이마를 쓸어넘겨 주었다.

"아가 한양으로 돌아가는 대로 운현궁으로 가자."

"운현궁은 왜요?"

"나도 모르지. 만나 뵈면 알겠지."

자영의 가슴이 크게 뛰기 시작했다.

왕비 간택

이 씨는 자영을 데리고 대원군의 운현궁으로 갔다.

이 씨는 자영의 외모를 신경 써서 다듬었다. 숱이 많고 검은 머리카락을 곱게 땋은 뒤, 복福자를 금박한 제비부리댕기를 드리웠다. 댕기 윗부분에는 옥판을 달아 고급스럽고 화려하게 보이게 했다. 송화색 저고리에는 향갑 노리개를 단정하게 달았다. 길이가 짧고 품이 꼭 끼는 저고리에 풍성한 다홍치마를 입으니 호리호리한 몸매가 돋보였다. 노론 집안답게 저고리는 날렵한 당코깃을 달았다. 금수錦繡를 두르고 비단으로 곱게 지은 운혜가 맵시를 완성했다.

이하응, 대원군의 위세는 몰라보게 달라졌다.

지난날 마른 낙엽이 뒹굴던 낡은 운현궁이 아니었다. 대왕대비의 명에 따라 운현궁은 크게 개축되어 4개의 문이 세워지고 주위를 지키는 장졸들의 무리로 사뭇 삼엄했다.

사랑채에는 대원군과 자영의 양오라버니인 민승호가 함께 앉아 있었다. 자영은 민승호를 아버지처럼 의지했다. 민승호는 대원군이 자영을 불렀다는 말에 바짝 긴장하고 있었다. 부대부인이 된 누이로부터 자영을 왕비 후보로 천거했다는 말을 들었다.

학창의를 입은 대원군은 송곳 같은 얼굴로 자영을 맞았다.

자영의 빼어난 자태는 점수를 후하게 줄 만했다.

"서책을 좋아한다고 들었다. 무슨 책을 즐겨 읽느냐?"

자영은 머릿속에《춘추春秋》가 설핏 지나갔다.

"《여자 소학》입니다."

자영의 차분하고 맑은 목소리가 방안 가득 울렸다. 입으로 튀어나온 답은《여자 소학》이었다.

"어느 구절이 떠오르느냐?"

대원군은 자영의 눈빛을 놓치지 않으며 거푸 물었다.

> '내측에 가로대, 며늘이가 싀어버이를 섬기대 부모 섬김과 갓치 하야 닭이 처음 울거든 다 세수하고 양치질하며 머리 빗고 머리털 감초고 비녀 곳이고 머리털 좇즈며 옷 닙고….'

자영은 서책을 두세 번 읽으면 아예 외워버렸다.

"하하하. 자영이가 저리 총명합니다. 대원위대감."

손에 땀이 배던 민승호가 무릎을 치며 웃음을 터뜨렸다.

"기억력이 좋구나."

"부끄럽습니다."

자영은 다소곳하게 말했다.

대원군은 쌍꺼풀이 깊게 패인 눈을 가늘게 뜨고 자영을 쳐다보았다. 대원군의 눈에서 불꽃이 튀었다.

자영의 까만 흑요석 같은 눈이 이를 모두 받아내고 있었다.

대원군은 여흥 민씨 여자들에게 편안함을 갖고 있었다. 어머니가 여흥 민씨였고, 어려서 외가에서 자란 이유도 있을 것이다. 아내 역시 여흥 민씨였는데 한 번도 투기를 부리지 않았다.

여흥 민문은 좌의정과 우의정을 비롯해 예조판서와 이조참판, 대사성을 배출한 명문이었다. 대원군은 자영의 특출난 명민함이 거슬렸지만 아비가 없으니 안동 김문 같은 일은 없을 거라 여겼다.

1866년 1월 1일 대왕대비 조씨는 전국에 성적成赤을 하지 말라고 하교했다. 얼굴에 분을 바르고 연지 곤지를 찍는 것을 말한다. 왕의 가례를 위한 금혼령이었다.

전국의 12세부터 17세에 이르는 사족 처자들의 혼례는 금지되고 사대부들은 딸의 처녀 단자를 올려야 했다. 처녀 단자에는 성과 생년월일시, 본관, 부친과 조부와 증조부, 외조부의 품계와 관직을 적었다. 왕비 간택에는 가문과 부덕, 용모가 중시되었다. 간택에 뽑힐 경우 예복과 가마를 준비해야 하는 비용문제로 어려움을 겪는 집도 적지 않았다.

왕비의 초간택은 2월 25일 12시에 이루어졌다.

자영은 예법에 따라 다홍치마와 분홍 속저고리 위에 송화색 저고리를 입었다. 마지막으로 예복인 초록색 견마기를 입었다. 머리는 낭자머리에 도투락댕기를 매었다. 금박을 입힌 길고 화려한 도투락댕기를 늘어뜨리자 한 송이 꽃 같았다.

초간택에서 첨정 민치록의 딸 자영과 유학幼學 김우근의 딸, 현감 조면호의 딸, 영令 서상조의 딸, 용강 현령 유초환의 딸 5명이 뽑혔다.

재간택은 나흘 뒤인 29일 오전 9시에 이루어졌다.

전례를 따르면 보통 3명 정도가 뽑히지만 이번에는 민자영, 한 명만 뽑혔다. 삼간택에 나올 자영에게 대왕대비 조씨는 미리 옷을 하사했다. 자영은 소례복인 초록색 당의를 입고 노리개 석 줄을 달고 족두리를 올렸다. 비단 당의를 입은 자영은 우아하면서도 금강석처럼 빛났다.

"에고 내 딸아!"

이 씨는 가슴이 벅차오르면서도 깊은 근심에 몸 둘 바를 몰라 딸의 손을 잡았다.

삼간택은 3월 6일 오전 9시 창덕궁 중희당에서 이루어졌다.

대왕대비는 삼간택 자리에 정원용 등 시원임 원로 대신들과 여러 종신宗臣들을 불렀다.

"삼간택에 올라온 민치록의 딸에 대해 의견들이 있으시오?"

대왕대비가 대신과 종신들을 둘러보며 물었다. 대왕대비 조 씨는 고종을 양자로 들였기 때문에 며느리를 간택하는 자리였다. 대신들과 종신들은 이미 대왕대비와 대원군 간에 이야기가 다 된 걸로 눈치채고 있었다. 누구도 이의를 달지 않았다.

"아름답고 극진하니 나라의 복이로다."

대왕대비는 고개를 숙이고 있는 자영의 손을 어루만지며 크게 기뻐했다.

"나라의 대혼大婚이 결정되었으니 경하드리옵니다."

"대왕대비 마마, 경하드리옵니다."

"나라의 경사이옵니다. 경하드리옵니다."

신하들의 경하가 이어졌다.

자영은 귀가 웅웅 울렸다. 얼굴과 온몸이 불덩이처럼 달아올랐다.

'내가 진정 왕비로 간택된 거야?'

여흥 민문이 배출한 원경왕후와 인현왕후가 떠올랐다.

'나는 조선 최고의 왕비가 될 테야.'

삼간택을 마친 자영은 세수를 한 뒤 가래머리로 고쳤다. 수壽와 복福을 금박으로 입힌 초록색 원삼으로 갈아입었다. 여섯 명이 매는 가마를 타고 50명의 호위를 받으며 별궁인 운현궁으로 향했다. 전례에 따르면 어의궁於義宮으로 가야 하지만 이번엔 운현궁으로 모시라는 명이 내려졌다.

16세 민자영은 이제 별궁에서 궁중 법도를 익히는 왕비 수업을 받아야 했다.

조선을 뒤흔든 혼례

김좌근은 대원군이 청수동 별장으로 오겠다고 기별을 보내자 나합과 함께 벌벌 떨고 있었다.

나합은 나주 출신 기생으로, 김좌근의 애첩이었다. 나주합부인이라는 의미로 '나합羅閤'이라 했다. 안동 김씨의 거두인 김좌근의 총애를 업고, 지방 수령 자리를 주무르자 얻게 된 별칭이었다.

안동 김씨의 60년 세도를 이끈 순원왕후 김씨가 김좌근의 누이였다. 김좌근은 영의정에 세 번 오를 정도로 근根자 돌림 중에서도 막강한 권세를 누려왔다.

김좌근은 며칠 새 볼이 옴폭 패이고 눈 주위가 거무스레해졌다. 얼마 전 대왕대비가 나합을 고향으로 쫓아내라는 엄명을 내려, 나합과 울고 있던 중이었다. 다른 여인에게 눈을 돌렸다는 이유로 나합이 김좌근의 뺨을 갈긴 것이 발단이 됐다.

대왕대비는 "천첩이 감히 재상 행세를 하면서 뇌물을 받아 치부하고 대신의 얼굴에 손찌검까지 했으니 당장 쫓아내라." 고 명했다.

합閤이라는 것은 정승이 아니면 받을 수 없는 호칭인데 천한 기생이 이를 사용했다는 이유도 있었다.

"대원위 대감 어찌 여기까지 납시었습니까?"

김좌근은 떨리는 몸을 이기며 대원군에게 몸을 굽혔다.

"대왕대비 마마가 진노하셔서 큰일이오. 닷새 안에 나주로 가야 한다고 날짜까지 못박으셨다지요."

김좌근은 대왕대비란 말에 꺼질 듯 신음소리를 냈다.

"이러실 게 아니라 쪼까 목이나 축이고 시작하시랑게요. 호호."

나합은 간드러지게 웃으며 준비해둔 술상을 들여왔다. 매끈한 백자주병에 담긴 이화주를 따랐다. 술잔으로 이화주 떨어지는 소리가 크게 울렸다.

나합은 갑자기 대원군에게 큰절을 올렸다. 나합은 유방의 곡선이 드러날 정도로 저고리를 짧게 지어 입고 띠로 가슴을 동여맸다. 짧은 저고리와 치마 사이를 동여맨 야릇한 선이 남자를 자극했다. 붉은 스란치마도 강렬했다.

"갑자기 왜 큰절을 하느냐?"

대원군은 야릇한 미소를 지으며 물었다.

"경사랑게요 대원위 대감. 간택도 했겠다 이자 곧 며느님 보실 테니 경사랑게요."

"경하드리옵니다. 대원위 대감."

김좌근도 머리를 조아렸다.

"고맙소. 헌데 그건 그렇고 대왕대비 마마의 진노를 어찌 풀어드려야 할지 모르겠소. 대감과의 옛정도 있어서 나 몰라라 하기도 그렇고 참."

"지가 죽을 죄를 지었응게 지발 말씀 좀 잘 드려 주시랑게요."

나합이 병풍 뒤에서 뭔가를 끙끙거리며 가지고 나왔다. 보자기를 풀자 묵직한 돈궤가 나왔다.

"10만 냥입니다요."

나합은 은근한 목소리로 말했다.

"대궐 경사에 필요할 테니 쓰시라고 준비했어라."

대원군은 김좌근을 쳐다보았다.

"경복궁을 짓는데 진척이 더디고 있어 답답하오. 거금의 원납전이 들어와야 할 텐데 그것도 막막하고…."

대원군은 경복궁을 위해 원납전을 요구하고 있었다.

"어매 어찌까. 대감이 준비하란 걸 깜빡 했당게요."

나합은 입술을 깨물며 다시 병풍 뒤로 가 궤를 하나 더 밀고 나왔다.

"우리 나으리 모시고 한양에서 살 수만 있게 해주시쇼."

나합의 얼굴이 울상이 되었다.

"두 사람의 정이 깊은 지 오래인데 어찌 생이별을 하겠나."

대원군이 던진 말이었다.

1866년 3월 9일 오전 8시 왕이 혼례를 요청하는 의미로 신부 집에 살아있는 기러기를 보내는 납채례納采禮가 행해졌다.

11일 낮 12시 혼인의 정표로 예물을 바치는 납징례納徵禮가 이뤄졌으며, 17일 낮 12시에는 신부에게 길일을 알리는 고기례告期禮가 치러졌다. 20일 낮 12시에는 신부를 왕비로 책봉하는 교명敎命과 책보冊寶를 전달하는 책비례冊妃禮가 이어졌다.

21일 오전 8시 왕이 별궁인 운현궁으로 가 왕비와 함께 창덕궁으로 돌아오는 친영례親迎禮가 펼쳐졌다.

왕실의 성대한 가례에서 백미가 친영례였다. 봉황의 화려한 깃털처럼 갖가지 색깔의 비단으로 차려입은 문무백관과 장졸들, 궁인들이 펼치는 일생일대의 장관이었다.

"물렀거라, 물렀거라."

구경나온 사람들을 단속하기 위해 붉은 전립을 쓴 뇌자牢子들이 붉은 막대기를 휘두르며 주변을 정리했다.

한성부 판윤과 좌윤·우윤이 모습을 드러내고 사령을 앞세운 예조 판서와 호조 판서 등이 말을 타고 나타나면서 성대한 막이 올랐다. 금빛 양관을 쓰고 금칠한 비녀까지 찌른 당상들은 비단으로 지은 붉은색 조복을 입고 엄숙한 모습으로 나타났다. 사헌부 당상의 뒤를 이어 병조의 당상과 금부도사가 나타나고 대기수와 취기수를 앞세운 호위 부대가 나섰다.

공작의 깃털로 장식한 전립을 쓴 훈련대장을 선두로 말을 탄 중군과 교련관들이 행렬을 이어갔다.

거대한 창에 소의 꼬리털을 단 둑기纛旗와 교룡기가 펄럭이며 나타나 왕이 탄 어가가 가까워졌음을 알렸다. 교룡기는 용과 구름을 그리고 가장자리에는 화염을 상징하는 붉은 천을 단 거대한 깃발이었다. 주작기와 황룡기 같은 의장기가 쉴 새 없이 행진하고 붉은 홍개와 푸른 청개가 지나갔다. 금등자, 은등자, 금장도, 은장도, 금월부, 은월부, 봉선鳳扇, 용선龍扇 등 행사를 치장하는 의장물이 꼬리를 물고 이어졌다.

흑단령에 말을 탄 관리와 내시가 뒤를 이었고, 주변에는 활통을 메고 칼을 찬 무관들이 위용을 뽐냈다. 사이사이에 전진을 알리는 북과 멈춤을 알리는 징을 치는 자들이 끼어 거대한 행렬의 속도를 조절했다.

한 무리의 행렬이 지나간 뒤 드디어 왕의 어가가 모습을 드러냈다.

"왕의 어가다."

"어디 어디?"

"아얏, 내 발 밟았어."

누군가 소리치자 백성들은 까치발을 올리며 저마다 왕의 가마를 보려고 안간힘을 썼다. 지극히 화려하고 장중한 행렬을 본 백성들은 잠시 모든 시름을 잊고 조선 왕실의 지엄함에 감동하며 눈물을 흘렸다.

어가 주변에는 별감과 총을 든 무예별감들이 삼엄한 경비에 나섰다. 금군과 말을 타고 갑옷을 입은 호위 군관들이 어가를 호위했다.

어가에 탄 왕도 눈앞에 펼쳐지는 친영례에 입을 다물지 못하고 있었다. 자신을 향해 절을 올리는 문무백관과 백성들을 보자 가슴이 무거우면서 뭉클해졌다.

왕비의 책봉에 쓰인 교명과 옥책, 금보, 명복을 각각 담은 4개의 가마가 분위기를 바꾸었다. 알록달록 채색한 4개의 가마는 아담하면서도 우아한 멋이 있었다. 호위병력인 금군과 오위장, 선전관 등 무장한 장교와 군사들이 나타났다.

마침내 18명의 가마꾼이 메는 왕비의 가마가 나타났다. 가마꾼들은 다홍색 옷에 다홍색 두건을 써 한 송이 분홍색 꽃을 메고 떠가는 것처럼 보였다. 왕비의 가마를 따르는 상궁과 의녀는 말을 타고 짙은 너울을 썼으며 궁중 나인들은 머리에 꽃을 꽂아 분위기를 돋우었다.

가마에 탄 왕비는 구름 위에 둥실 떠 있는 듯했다. 원삼을 입은 내명부와 화려한 예복을 입고 경하해주는 신하들을 보니 꿈만 같았다. 구름처럼 모여든 백성들을 보자 마음 한구석이 뜨거워졌다.

왕비는 순간 정신을 차리고 기원했다.

'천지신명께 비나이다. 나라와 종묘사직을 위해 이 한몸 바치겠나이다.'

특이한 것은 왕비의 가마가 지난 뒤 가마꾼이 멘 교자가 나타났다는 점이다. 이 모든 거사를 주도한 47세 대원군이 탄 가마였다. 영조의 친영례 때 동원된 수는 1,118명. 두 배에 가까운 2,433명이 고종의 친영례에 투입됐다.

무너진 왕권을 세우겠다는 대원군의 야심이 빚어낸 대축전이었다.

첫날 밤

1866년 3월 21일 창덕궁 중희당.

신랑과 신부인 왕과 왕비가 고기와 술을 함께 나누는 동뢰연이 열렸다. 적의翟衣를 입은 왕비는 눈부셨다. 진주 같은 피부에 분을 곱게 바르고 입술을 붉게 해, 한껏 물을 머금은 모란처럼 고혹적이었다.

적의는 붉은색 비단에 100마리가 넘는 꿩을 정교하게 수놓은 대례복이었다. 금색과 붉은색, 파란색, 녹색으로 수놓은 꿩은 살아서 움직였다. 왕비가 움직일 때마다 꿩들이 푸드덕거리며 날아오를 듯했다. 끝단에는 금빛 봉황이 광채를 흩뿌리고 있었다. 가슴과 어깨에 단 둥근 보補에는 다섯 개의 발톱을 가진 용이 눈을 부릅뜨고 있었다. 금실로 세밀하게 수놓은 용은 눈이 살아 있고 구름 하나하나가 상서로움과 생동감을 드러내었다.

왕비의 머리는 가체를 더한 대수大首였다.

커다란 금빛 비녀가 빛나고 옥으로 만든 떨잠은 우아했다. 나비와 꽃을 옥과 비취, 칠보, 홍옥으로 꾸며, 가느다란 철사 위에서 좌우로 파르르 떨렸다. 양쪽 머리 아래 끝에는 봉잠鳳簪을 달아 화려함을 더했다. 봉황의 눈에는 작은 진주를, 머리에는 홍파리, 다리 부분에는 청파리를 감입하여 그 자체가 신묘한 걸작이었다.

비단 적말과 비단 꽃신이 선계의 자태를 갈무리했다.

얼굴이 크거나 목이 짧을 경우 대수에 눌리거나 적의가 부담스럽다. 왕비는 호리호리한 몸매에 얼굴이 작고 가름한 데다 목이 길어 절묘한 균형과 우아함을 한껏 발휘했다.

왕비를 옆에서 부축하는 부무傅姆부터 의례를 인도하는 상의尙儀, 차비들까지 왕비의 자태에 놀라고 흥분했다.

"아휴 저 뒤태 좀 보소. 중전마마가 선녀 아니신가."

"누가 아니래 저렇게 아리따운 중전마마는 처음 보네."

"지금 막 하늘에서 내려온 선녀야."

부복한 상궁들은 왕비의 모습을 곁눈질하느라 바빴다. 가리마에 당의를 입은 차비들은 저들끼리 분주하게 속삭였다.

짙은 색 구장복에 면류관을 쓴 왕도 3년 전 즉위 때와는 확

달랐다. 키도 훌쩍 커지고 눈빛도 한결 깊어졌다. 면류관 아래로 길게 늘어뜨린 영롱한 구슬이 멋을 더하고 있었다.

동뢰연이 치러지는 양쪽에는 매화를 꽂은 커다란 병과 향로가 놓였다. 예복인 원삼을 입은 상식尙食이 왕과 왕비에게 예주인 합환주를 올렸다. 합환주를 함께 마시며 부부로서 몸을 합하고 존귀함과 비천함을 더불어 할 것을 약조했다.

상침尙寢이 요와 이불을 깔았다.

한쪽 벽에는 봉황 10마리가 구름 속을 날고 그 아래로 바위를 사이에 두고 오동나무와 대나무, 난초, 작약이 화사하게 그려져 있었다. 병풍의 모란은 요염함을 겨루듯 요란하게 피어올랐다.

상궁이 불을 끄고 나가자 드디어 왕과 왕비 두 사람만이 남았다. 주변에서 엎드리며 대기하고 있던 젊은 나인들도 모두 물러났다.

왕비는 며칠 동안 실수 없이 가례를 치르느라 입속에 혓바늘이 돋았다. 긴장을 풀지 못하고 숨도 제대로 쉬지 못했다. 조심스레 숨 쉴 때마다 비단 이불이 조용히 오르락내리락 했다.

손가락만 움직여도 이불이 바스락거렸다. 한쪽 구석에 피워 놓은 향로에서 은은한 향이 흘러나오고 있었다.

왕은 두 눈을 감고 있었다. 왕비는 지금까지 본 여인 중 가장 화려하고 아름다웠다. 하지만 얼마 전까지만 해도 안국동

아주머니라고 부르던 사람이 아닌가.

길고 긴 가례를 마치자 이순아의 생각이 간절해졌다. 지금 순아는 뜬눈으로 밤을 새고 있겠지. 순아의 보드랍고 따뜻한 유방을 만지고 싶었다.

왕비는 어둠에 익숙해지자 천장만 뚫어지게 바라보았다. 옆에 누운 사람은 자신의 첫 사내이자 이 나라의 지존인 왕이었다. 문틈으로 파고드는 바람소리만 들렸다. 시간이 흘렀고 숨이 막혔다.

"전하 주무시옵니까?"

참다못한 왕비가 조심스레 물었다. 왕 역시 미동도 하지 않고 누워 있었다.

"전하-."

"그동안 고단했을 테니 그만 쉬시오. 나도 무척 고단하오."

왕이 돌아누우며 처음으로 한 말이었다.

얼마간 대왕대비 등 웃전의 눈치를 보느라 참았던 왕은 곧바로 궁인 이 씨를 찾았다. 대신들과의 지루한 진강이 끝나기만을 기다렸다.

"전하."

가례 기간 동안 마음을 졸였던 궁인 이 씨는 연인을 보자 왈칵 눈물을 쏟았다. 궁인 이 씨는 상궁이 문을 닫자마자 무엄하게도 왕의 품에 뛰어들었다.

"마마."

궁인 이 씨는 눈물로 화장이 지워질까봐 초조했지만 울음을 참을 수 없었다. 왕의 눈에는 그 모습조차 애틋하게 좋았다.

"어디 우리 애기 얼굴 좀 보자꾸나."

왕은 궁인 이 씨의 얼굴을 두 손으로 받쳐 들고 입을 맞추었다. 궁인 이 씨의 눈물이 짭조름하게 입술로 타고 들었다. 얼마나 안고 싶었던가. 왕은 온몸으로 뻗쳐오는 열기를 내몰기라도 하듯 으스러져라 안았다.

"아이 참 아프옵니다. 마마."

궁인 이 씨는 눈물을 거두며 교태 섞인 목소리를 냈다. 봄날 춘정을 이기지 못하는 꾀꼬리의 목소리처럼 왕의 온몸을 처절하게 파고들었다.

왕은 궁인 이 씨의 모든 걸 애무하고 탐닉했다. 궁인 이 씨는 왕비라는 엄청난 벽을 만난 이상 모든 걸 걸고 지켜야 했다. 깊은 곳에 잠자고 있던 야성을 들춰내고, 부끄러워하던 마성을 끌어올렸다. 왕이라는 남자를 굴복시켜야 했다. 자신에게 더 깊이 파고들도록 자극하고 끝없이 만족시켰다. 궁인 이 씨의 몸은 왕을 틀어쥐고 호령했다.

"하하하 그만 뭐든 들어 줄 테니 그만하거라. 하하하."

왕은 환희와 땀으로 뒤범벅이 된 채 소리쳤다. 몇 번이나 서로 솟구쳤는지 몰랐다.

새벽이 부옇게 밝아오고 있었다. 왕은 궁인 이 씨의 매끈한 허리를 손가락으로 그리며 말했다.

"무엄하다 지엄한 상감을 꼼짝 못하게 하다니. 하하하."

"마마, 참말로 뭐든 소첩의 원을 들어주시렵니까?"

이마에 땀이 밴 궁인 이 씨가 길고 짙은 눈썹을 반짝 치켜떴다.

내전 앞뜰에 달이 휘영청 밝았다. 손을 뻗으면 닿을 듯 유난히 크고 가깝게 다가왔다.

왕비는 밤 단장을 고친 뒤 서안을 끌어당겼다. 혹여 전하가 자신을 찾지 않을까 하는 마음에 밤 화장을 거른 적이 없었다. 전하의 발길이 궁인 이 씨에게 가고 있다는 말도 듣고 있었다. 왕비는 긴 밤을 잊기 위해 좋아하는 서책을 읽기로 했다.

대왕대비의 진찬연을 위해 의궤도 가져오라 명했다. 진찬연 의궤에 그려진 전악과 악공의 그림을 보자 아버지가 생각났다. 아버지 민치록은 장악원 관료였다. 여주집 사랑방에는 춤과 예악을 다룬 서책이 수북했다.

"아버님, 이 그림은 무엇이어요?"

"처음 보지? 이건 고구려춤을 그린 것이야."

"고구려춤이요?"

"고구려는 10월에 동맹이라는 제천의식이 있었어. 그때 춘 춤이다."

"제천이라면 하늘에 제사를 올리는 건가요?"

"자영이가 똑똑하구나. 그렇지. 온 나라 모든 백성이 하늘에 제를 올리고 술도 나눠 마시고 춤을 추는 나라의 큰 행사였어. 고구려춤은 아마 조의선인皁衣仙人들이 춘 군무일게다."

"조의선인이요?"

"음… 신라의 화랑은 알겠지?"

"예."

"고구려에 신라의 화랑 같이 하늘의 도를 닦던 신군神軍들이 있었거든."

"그래요? 하늘에 제사는 왜 했어요?"

"우리는 하늘의 자손이니까."

자영은 눈을 동그랗게 뜨고 아버지를 쳐다보았다.

"천손이면 뭐가 달라요?"

"하늘의 도를 잘 생각하고 따르면 크게 이룰 수 있단다."

"어떻게 하면 돼요?"

"삿된 욕심을 버리면 하늘에서 도와주시는 게야."

왕비는 끝없이 물어대는 자신의 머리를 쓰다듬던 아버지가 그리웠다.

'하늘의 도를 잘 생각하고 따르면 크게 이룰 수 있다….'

수상한 그림책

"중전마마, 그동안 무탈하시었습니까?"

왕비는 모처럼 자신을 찾은 부대부인 민씨를 반갑게 맞았다. 왕비는 부대부인을 보자 반가움과 설움이 함께 밀려왔다. 부대부인은 적적한 왕비를 위로하기 위해 친동생인 민승호를 데리고 왔다. 왠지 왕비는 두 사람이 나타났다는 사실 자체만으로도 얼굴이 화끈거렸다.

민승호는 왕비의 창백한 얼굴을 보자 못내 안쓰러웠다.

"마마, 옥체를 상하지 않게 잘 돌보십시오. 그래야 건강한 원자를 보실 게 아닙니까."

민승호는 왕비가 외로운 밤이면 규장각 서책을 들고 지샌다고 들었다.

"예 앞으로는 독서 시간을 줄일까 합니다."

왕비는 억지로 미소를 짓자니 얼굴에 경련이 일 것 같았다.

"마마, 기억나십니까. 구하기 어려운 책들을 대령하라고 얼마나 닦달하셨습니까. 하하하."

"제가 좀 유별난 데가 있지요."

딱딱하게 굳은 왕비의 얼굴이 잠시 풀어지는 듯했다.

"여전히 호학하시니 기쁘게 해드리려고요. 여기 구하기 어려운 서책을 좀 구해왔습니다."

"구하기 어려운 책이요?"

왕비는 달달한 식혜를 권하며 반색을 했다. 언제나 왕비를 기쁘게 하는 것은 책이었다. 민승호가 보자기를 펼치자 중국에서 온 서책들이 나왔다.

"이것 좀 보십시오. 이런 그림은 처음이실 겁니다."

책을 펼치니 바다 옆에 커다란 대로가 뻗어 있고 바다에는 알 수 없는 거대한 물체가 떠 있었다. 대로에는 말이 끄는 수레에 기이한 옷을 입은 양이洋夷가 타고 있었다.

"이것이 무엇입니까?"

민승호가 잠시 주변을 둘러본 뒤 목소리를 낮췄다.

"역관이 가져온 것인데 이곳이 신강申江(상해)이라 합니다."

"신강이요?"

"헌종대왕 시절 서양 오랑캐들이 난동을 부린 적이 있었는데 그때부터 오랑캐들이 신강에 드나들면서 이렇게 변했다고 합니다."

"예 그건 들어서 알고 있어요."

"알고 계신다고요?"

민승호는 깜짝 놀라 되물었다.

"여기 있는 게 거선巨船인가요?"

"예 맞습니다. 거선입니다. 어찌 잘 아십니다."

"아버지 책에서 본 기억이 있어요."

"역시 그러셨군요. 여기서 철포를 쏘기도 한답니다. 연경의 화사들이 베껴 그린 그림입니다. 역관이 인삼을 주고 몇 권 가지고 왔답니다."

부대부인이 근심스런 목소리로 한마디 했다.

"대원위 대감이 아시면 어쩌려고 이런 걸 들고 왔소."

대원군이 척화를 내세우고 있는 마당이라 극히 위험한 일이었다.

민승호가 들고 온 그림책은 왕비의 호기심을 한껏 자극했다.

"말로만 듣던 걸 보다니, 환술 같아."

왕비를 시위하던 지밀나인 중 눈치가 빠른 한 명이 나섰다.

"마마, 대왕대비전 상궁의 형부가 연행에 자주 가는 역관이 옵니다. 그리 궁금하시면 한 번 더 알아볼까요?"

서사 상궁 강씨는 왕비의 명을 받고 형부에게 연경을 드나들며 보고 들은 바를 글로 적어 올리라고 했다. 조정은 역관들이 사행길에 오를 경우 인삼 80근을 주어 사고 팔 수 있게 했다. 이 때문에 역관들은 청나라 사정에 누구보다 민감하고 상세히 파악하려 애썼다.

왕비는 주상에 대한 원망과 비애를 잊기 위해서라도 새로운 관심거리에 정신을 쏟았다. 주상이 찾지 않는 곤전坤殿이란 쓸쓸하기가 말할 수 없었다.

역관이 올린 글은 중국에서 일어난 아편전쟁의 내막이었다. 아버지가 친구인 봉서 선생(유신환)과 나누던 이야기를 들었지만 소상한 내막을 들어 보니 충격이었다.

청에서 엄청난 양의 차를 수입하던 영국은 무역 적자에 비틀거렸다. 영국 노동자들이 차를 즐기면서 수입은 급증했는데 자신들의 수출품인 모직물은 청국에서 별 인기가 없었다. 차와 비단은 인기 품목이라 무역을 할수록 청국이 유리했다.

청은 오랑캐인 영국과 공식 조공 관계를 맺지 않은 이상 영국인이 청의 관리와 직접 대면하는 것조차 허락하지 않았다. 영국의 총영사를 오랑캐 두목이라 생각해 이목夷目이라 불렀다.

영국은 적자를 메꾸기 위해 고민하던 중 인도에서 아편을 생산해 청에 밀매하기 시작했다. 아편은 급속히 퍼졌고 청나라 병사와 농민들까지 중독이 됐다. 청 황족 중에서도 상습적으로 흡식하는 이가 나왔다.

1838년 청의 도광제는 영국 아편을 엄금해야 한다고 주장한 임칙서를 막강한 흠차대신에 임명했다. 임칙서는 자신의 동생도 아편으로 목숨을 잃은 터라 강경했다.

아편 무역의 중심지인 광동으로 간 임칙서는 영국 상인들에게 아편을 내놓으라고 명했다. 당시 아편 상인 중 큰손은 자딘 메디슨 상회의 자딘이었다. 자딘 메디슨은 후일 일본 메이지 유신의 주역들이 영국으로 유학할 때 은밀히 돕기도 했다.

임칙서는 영국 상인들이 명령을 무시하자 1천 명의 병사를 풀어 이들의 주거지를 포위해 물과 식량을 차단해버렸다. 놀란 상인들이 2만 상자의 아편을 내놓았다.

임칙서는 해변가에 인공연못을 파고 바닷물을 끌어들였다. 아편은 소금과 석회에 약했다. 아편을 바닷물에 담가 두었다가 다음 날 석회를 들이붓자 아편이 하얀 연기를 내며 부글부글 끓어올랐다. 아편에 그냥 불을 지를 경우 땅에 녹아내려 잔량을 거둬낼 수 있기 때문에 바다로 흘려보낸 것이다.

밀무역으로 청의 은을 빨아들이던 영국 상인들은 녹아내리는 아편을 보며 길길이 날뛰었다. 가이아나에서 노예감독관으로 있다 중국에 무역감독관으로 부임한 찰스 엘리엇은 광분했다. 엘리엇이 본국을 찔러 육군 4,000명과 대포 74문을 실은 기함 웰즐리를 포함한 동양함대 원정군이 편성되었다.

청 조정은 막강한 영국 함대가 북경의 코 앞인 천진에 나타나자 혼비백산했다. 결국 1842년 남경에 정박한 영국 군함 콘윌리스 호에서 신강 개항 등 굴욕적인 조약을 맺었다.

그러나 청조는 연경을 찾은 조선 사절단에게 가끔 있는 오랑캐의 반란이라며 일축했다.

1856년 일어난 2차 아편전쟁은 더 심각했다. 영국뿐 아니라 법국(프랑스)까지 가세해 북경을 공격하면서 황제가 열하까지 몸을 피하는 사태가 벌어졌다. 북경조약이 맺어졌다.

조선에서는 사정을 알아보기 위해 정사 조휘림과 부사 박규수를 열하사熱河使로 급히 파견했다. 청국은 여전히 별일 아니라며 심각하게 문제 삼지 않았다.

'아 이런 일이 있었구나.'

왕비는 주상과의 관계도 버거웠는데, 나라 밖 일을 들으니 가슴이 더욱 무거웠다.

이때 왕비를 사정없이 뒤흔드는 일이 벌어졌다.

왕의 총애를 받던 궁인 이 씨가 드디어 회임한 것이다.

1868년.

궁인 이 씨, 이순아가 사내아이를 낳았다.

땡-땡-땡

17세 왕이 직접 동으로 만든 방울을 힘차게 울리며 득남의 기쁨을 천하에 알렸다.

"전하, 경하드리옵니다."

"전하, 감축드리옵니다."

왕은 신하들로부터 쏟아지는 경하를 받자 기쁨으로 가슴이 뻐근했다. 신하들의 경하를 받은 왕은 산모와 아기를 운현궁에서 돌보도록 전교하였다. 이는 귀한 손자를 얻은 대원군의 뜻이었다.

왕비는 대왕대비전에 문안을 올리러 갔다가 왕, 그리고 대원군과 맞닥뜨렸다. 왕은 수척해진 왕비를 보자 잠시 눈빛이 흔들렸다.

"얼마 만에 왕자가 탄생한 것인지 모르겠소. 주상."

얼굴이 상기된 대왕대비는 기쁨을 감추지 못했다.

"모든 것이 어마마마의 지극히 높고 크신 사랑과 은덕 때문이옵니다."

"대원위 대감도 얼마나 기쁘십니까. 산모의 조리도 운현궁에서 한다니 왕자를 매일 들여다보시겠소. 부럽소이다."

"예 대왕대비 마마, 실은 왕자를 자주 보고 싶어 운현궁으로 정한 것이옵니다."

"네 그럴 줄 알았소이다. 호호."

"대왕대비 마마의 환갑을 맞이한 올해 왕자까지 탄생하였으니 나라의 경사가 겹쳤사옵니다."

대원군이 정치적 동맹자인 대왕대비를 향해 말했다. 대왕대비는 대원군의 큰 그림이 아니었다면 철종 승하 후 다시 안동 김씨에게 휘둘렸을 것이다. 대왕대비에게도 대원군은 함께 가야 할 동지였다.

"송구하오나 아기가 저를 꼭 빼닮았다고들 합니다. 하하하. 그러니 더 사랑스러워 들여다보게 됩니다."

"오 그래요. 호호호."

옆에 앉아 있는 왕비의 귀에는 왕과 대왕대비, 대원군의 웃음소리가 웅웅거렸다. 대원군은 새로 태어난 왕자에 대해 신이 나 떠들면서도 왕비에게는 눈길 한번 주지 않았다. 마치 그 자리에 왕비가 없는 것처럼. 원자를 생산하지 못하는 왕비는 쓸모없는 존재처럼.

'왕실의 큰 경사입니다. 이보다 더 큰 기쁨이 어디 있겠습니까.'

왕비는 왕과 대왕대비에게 이 말을 하고 싶었다. 이 말을 해야만 했다. 그러나 우두커니 앉은 왕비는 갑자기 목젖이 말라 침을 삼킬 수가 없었다. 목구멍이 찢어질 듯 아팠다. 미소를 지으려 해도 얼굴에 경련이 일어났다. 왕비는 초록 당의 속에 감춘 두 손을 쥐어뜯고 있었다. 왕비만이 웃지도 못하고 우두커니 홀로 앉아 있었다.

밖으로 나온 왕비는 애련정愛蓮亭에서 발걸음을 멈췄다. 대왕대비전을 나올 때 내관과 상궁, 나인들이 던지는 차가운 눈빛이 온몸에 와 박혔다. 내전에 들어가기 싫었다. 숨이 막힐 듯했다. 중궁전의 상궁과 나인들의 태도도 달라진 듯했다. 말소리와 눈빛이 전과 달랐다.

애련정은 숙종이 세운 정자였다. 한 발짝도 옮길 기력이 없어 주저앉았다.

봄의 절정을 맞은 계절이라 꽃들의 향연이 펼쳐졌다. 넓고 흰 꽃잎의 백작약은 청초하면서도 고혹적이었다. 분홍빛을 수줍게 늘어뜨린 금낭화는 가늘게 매달려 있고, 보랏빛 수국은 화사하면서도 청신했다. 짙고 깊은 적색의 매괴가 농염한 빛을 뿌리는 가운데 모란의 고아한 자태가 왕비의 눈길을 잡았다. 왕녀의 스란치마같이 풍성하면서도 사람을 사로잡는 아름다움이었다. 첫날밤 침소에 둘러쳐졌던 모란 병풍이 떠올랐다.

왕비의 한숨만이 춘정과 섞이지 못하고 있었다.

왕자 탄생의 의미

왕의 침소인 동온돌은 계속 사람의 자취가 없었다. 왕비는 황량한 동온돌을 마주한 서온돌, 자신의 침소로 돌아왔다.

'나한테 기회도 주지 않고….'

왕비는 동온돌을 바라보며 치밀어 오르는 분노를 억제하느라 안간힘을 썼다. 대왕대비를 비롯해 3대의 윗전을 지극정성으로 잘 모신다며 궁에서 칭찬이 높은 왕비였다.

'천출한테 빠져 감히 왕비인 나를 이렇게 대접하다니.'

날카로운 백동 촛대를 뽑아 쳐들어가고 싶었다. 자신을 간택한 사람은 대원군이 아닌가. 눈길 한번 주지 않던 대원군이 더 치욕적이었다.

"나 혼자 편히 씻고 싶으니 다들 물러가 있거라."

목욕탕에 들어온 왕비는 상궁과 나인을 물리쳤다. 왕비는 몸에 물을 끼얹으면서 울음을 터뜨렸다. 내전에서는 사방에 상궁과 나인들이 귀를 쫑긋하며 대기하고 있어 맘껏 울 수도 없었다.

얇고 흰 비단을 걸친 몸이 젖어 들었다. 거울에 비친 모습을 쳐다보았다. 긴 머리칼이 어깨 위로 흘러내렸다. 얼굴은 갓 짠 우유처럼 파리했다. 유연하고 긴 허리와 곧고 미끈한 다리가 보일 듯 말 듯 부드러운 선을 그리고 있었다.

이순아의 유방을 애무하는 왕의 얼굴이 아른거렸다. 안개처럼 희끄무레한 목욕탕 안에 두 사람의 교성이 가득 울렸다. 두 사람은 보란 듯 더욱 뒤엉켰다. 왕비는 이순아를 끌어내려 해도 두 사람은 한 몸이 되어 떨어지지 않았다. 이순아는 색기 흐르는 눈으로 바라보며 간드러지게 웃어댔다.

응앵-응앵-

벌거벗은 두 사람 사이에 고추 달린 사내아이가 울고 있었다. 두 사람은 사내아이를 어르면서도 교접의 절정에 타올랐다.

욕조에 들어간 왕비는 물속에 갇혀 허우적거렸다. 물이 가슴을 짓눌렀다. 마치 이순아와 왕이 눌러대는 것 같았다. 물속에서 햇살처럼 퍼지는 머리카락을 바라보며 숨을 멈췄다. 적요만이 그득했다. 왕과 이순아의 주위로 대례복을 입은 상궁들이 숨을 죽이며 엎드리고 있었다. 나인들은 왕비를 애처롭다는 듯 바라보았다. 점점 왕비의 숨이 얕아지고 있었다.

'민자영.'

누군가 자영을 불렀다. 아버지신가? 자신을 도와줄 아버지는 이미 오래 전에 돌아가고 없지 않은가. 어머니신가? 어머니는 도와줄 힘조차 없었다.

누구 한 사람 자영의 손을 잡아 줄 사람이 없었다. 외로움이 죽음보다 더 무거웠다.

'너는 이 나라를 위해 대업을 이룰 사람이다.'

준엄하면서도 거역할 수 없는 목소리였다.

왕비는 순간 물속에서 몸을 솟구쳤다. 숨을 가쁘게 몰아쉬었다. 왕비의 눈빛이 달라졌다.

왕비는 왕을 모시는 제조 상궁을 조용히 불렀다. 상궁 중 가장 높으면서도 영민한 자였다.

"김 상궁, 전하를 지극히 모시는 자넬 얼마나 든든하게 생각하는지 모른다네."

왕비는 특별히 매화강정과 배수정과를 준비시켰다.

"망극하옵니다. 마마."

김 상궁은 왕비의 부름을 받고 긴장하고 있었다.

"이건 고마운 마음에 대한 정표이니 받아두게."

왕비는 화사한 물소뿔로 만든 화각함을 열고 주머니를 꺼냈다. 금실로 수복壽福을 정교하게 수놓고 가운데 작은 진주를 박은 비단 주머니였다.

"아니옵니다. 중전마마. 어찌 소인이 이렇게 귀한 것을요."

"종묘사직의 안위가 김 상궁에게 달려 있지 않은가."

왕비는 김 상궁의 두 눈을 똑바로 쳐다보며 말했다. 김 상궁이 호사스런 주머니를 유난히 좋아한다는 걸 알아냈다. 대전의 제조 상궁은 누구보다 눈치가 빨랐다.

"중전마마 소인 미련하오나 마마를 위해 뭐든 다할 것이옵니다. 요즘 전하께서 밤에 홀로 외로우신 시간이 많사옵니다."

김 상궁은 목소리를 낮추며 궁인 이 씨와 왕자가 운현궁으로 간 사이 왕이 어떻게 지내는지 조용히 아뢰었다.

"다른 일은 없으신가?"

왕비는 혹시 왕이 다른 여인을 부르는지 물은 것이다.

"없으시옵니다. 다만 중전마마를 기다리고 계신 듯하옵니다."

김 상궁은 왕비가 원하던 말을 속삭였다.

"그런가…."

왕비는 천천히 배수정과를 한 모금 마셨다. 시원하면서 달콤시큼한 맛이 혀를 위무했다.

"잘 알았네. 고맙네."

왕비의 다부진 눈이 김 상궁 너머를 응시했다.

두 마리 용이 하늘로 오르다

"중전마마께서 상궁들을 다잡고 있다고 들었습니다."

왕비는 민승호의 말을 들으며 찻잔을 들었다. 백자에 청화로 작은 꽃을 그린 잔이었다.

"바깥에 그런 소문이 났습니까?"

왕비의 얼굴에 미소가 떠올랐다. 왕비는 궁인 이 씨가 왕자를 낳은 후 미처 보지 못했던 세상이 서서히 보이기 시작했다. 원자를 낳지 못하는 왕비의 위상이 어떤 건지 뼈저리게 느꼈다. 정보를 모아야 했고, 그러기 위해 사람을 내 사람으로 만들어야 했다. 그럴수록 부지런히 피부가 고와지게 하는 단장을 했다.

왕비는 왕에게 올라오는 상소를 빠짐없이 읽기 시작했다.

누가 어떤 상소를 올려 조정의 여론을 조장하고 움직이는지 알아야 했다. 왕비는 당대 최고 학문을 이룬 자들이 올리는 상소를 읽어낼 만큼 글을 읽는 수준이 높았다. 사서삼경에 쓰인 내용과 앞뒤 맥락을 소상히 알아야 상소의 내용이 뜻하는 의미를 알 수 있었다. 왕과 조정을 조롱하는 내용인지 아닌지, 뭘 의미하는지 알아내려면 그들만큼 글을 많이 읽었어야 했다. 상소문을 상세히 꿰고 있어야 그에 대한 전략도 세울 수 있었다.

왕비는 또 누가 어느 가문이고 어떻게 혼맥, 학맥으로 이어지고 있는지도 파악했다.

앞에 우뚝 선 산은 대원군이었다.

'천하장안千河張安'이라 불리는 천희연, 하정일, 장순규, 안필주는 대원군의 심복들이었다. 이 4명이 대궐 상궁들의 오라버니라는 것도 이번에 알았다. 대원군은 상궁들을 촉수처럼 꽂아 대궐 사정을 들여다보고 있었다.

"일가 중에 누가 과거에 급제했던가요?"

왕비는 민승호에게 물었다.

"아시다시피 아우 겸호가 장원을 했습니다. 규호가 있고요. 태호는 곧 좋은 소식이 있을 것이옵니다."

"다행입니다. 아무쪼록 많이 독려해주세요."

왕비는 자신의 주위에 아무도 없음을 알자 하루하루가 살얼

음판 같았다. 인현왕후에게는 부친이라는 울타리가 있었지만 자신에게는 아버지도 없었다.

"일가친척 중에 총명한 아이도 한번 찾아봐 주세요."

"무엇 때문에 그러십니까?"

"나라 안팎의 사정을 들으니 심상치가 않아서요. 명석한 아이를 일찌감치 청국에 보내 말도 익히고 세상 돌아가는 사정도 알아야겠어요."

"마마의 크고 깊은 생각은 도저히 따라갈 수가 없습니다."

민승호는 진심으로 고개를 숙였다.

"왜놈들 사정도 희한하게 돌아가고 있는 것 같아요."

왕비의 눈이 빛났다.

"오라버니 이 모든 일은 소리 소문없이 하셔야 합니다. 누가 알면 극히 위험한 일입니다."

대원군이 아는 날이면 목숨이 위태로울 수 있었다.

주강晝講을 마친 왕은 하품을 깨물며 김 상궁을 불렀다. 왕은 이순아에게 가고 싶은 얼굴이었다.

"오늘은 길일이라 중전마마에게 드셔야 하겠사옵니다."

왕은 전에 없이 강하게 말하는 김 상궁의 태도에 흠칫 놀랐다.

"오늘이 길일이라고?"

"예 마마, 황송하옵게도 생각하시는 곳이 지금 환경環經(월경) 중이옵니다."

왕은 하는 수 없이 김 상궁의 인도를 받아 중전에게로 향했다.

"전하 어서 드시옵소서."

전갈을 받은 왕비는 거울만 황급히 들여다본 뒤 왕을 맞았다. 오랜만에 왕비의 처소에 든 왕은 어색했다.

"서책을 보고 있었습니까? 무얼 읽고 계셨소?"

왕은 어색함을 깨뜨리기 위해 책 이야기를 꺼냈다.

"《춘추》를 읽고 있었사옵니다."

"여인네가《춘추》를 읽다니 대단하오. 여전하시구려."

묘한 말투였다.

왕비는 세상 돌아가는 이치를 알기 위해 《춘추》를 다시 숙독하고 있었다.

"전하, 요즘 주강 때 《맹자》를 읽으시지요? 저야 읽고 싶은 곳을 골라서 읽고 따분하면 치워버릴 수 있으니 심심풀이 삼아 읽고 있사옵니다."

왕은 왕비의 서글서글한 말에 마음이 편해졌다.

"전하께서 대신들과 하시는 경연도 중요하시지요. 하지만 바삐 돌아가는 세상을 어찌 글로 다 다스릴 수 있겠습니까. 정성은 쏟으시되 너무 부담은 갖지 마시옵소서.《맹자》나《논어》

를 읽지 않고도 태평성세였던 요순시대는 열리지 않았습니까. 신하들의 머리를 적절하게 빌리시면 되시옵니다."

"내 생각도 그렇소."

왕은 중전의 기지 어린 말에 기분이 좋아졌다.

'중전은 참 말도 잘해.'

왕비의 명으로 화면花麪이 나왔다. 진달래를 녹두가루에 반죽하고 면처럼 얇게 썰어 맑은 오미자 물에 넣은 화면이었다. 꿀과 잣을 곁들여 달고 고소했다. 왕은 국수를 좋아했다. 자신이 좋아하는 국수를 내온 것도 기분이 나쁘지 않았다.

"마마 프디(요)를 배설할까요?"

왕이 시간 가는 줄 모르자 김 상궁이 여쭈었다.

"전하 황송하옵니다. 오늘은 소첩이 준비가 안 되었사옵니다."

왕은 생각지도 못한 왕비의 말에 당황했다.

자신이 왕비와 침소에 들면 눈물을 머금고 흔감해 할 줄 알았는데 이건 무슨 소리인가.

"알았소. 다음에 못다 한 이야기를 나눕시다."

왕은 멋쩍기도 하고 약간 기분이 상해 물러갔다.

왕은 대신들과의 주강이 끝나기를 기다렸다 김 상궁을 불렀다.

"오늘은 중전에게 갈 것이다."

왕은 어쩐 일인지 주강을 하면서도 대신들의 소리가 들리지 않고 가슴만 설레었다. 지난번에 자신을 물리친 왕비가 괘씸하기도 하면서 약이 바짝 올랐다.

'감히 날 내치다니.'

오늘은 과연 어찌 나오는지 보고 싶었다.

왕비는 풍만하면서도 고혹적인 모란 같았다. 단속곳에 단 향낭에선 은은한 사향이 흘러나오고 있었다.

"오늘도《춘추》를 읽고 있었소?"

왕비의 모습을 보자 왕은 엉뚱한 질문을 했다.

"이것은 연경에서 어렵게 구해온 책이옵니다."

왕비가 보여주는 책에는 놀랍게도 철포가 그려져 있었다.

"그럼 이건 병서 아니요?"

"청국을 유린한 서양 오랑캐들이 가져온 철포라고 합니다."

"뭐라?"

왕은 청국의 사정을 듣고는 있었지만 오랑캐들의 철포를 보기는 처음이었다.

"전하는 분주하시고 내외의 눈도 있으니 제가 보고 말씀 올리겠사옵니다. 누구에게도 말씀하지 마시옵소서. 특히 대원위 대감에게는 조심하셔야 하옵니다."

왕은 그림책을 보자 눈이 커졌다. 호기심도 생기고 잔뜩 긴장이 됐다.

"알았소. 오늘은 몸이 괜찮소?"

마음이 은근히 급해진 왕이 얼굴을 붉히며 물었다.

"예 전하."

왕비가 싱긋 웃자 앵두 같은 입술 사이로 희고 가지런한 이가 드러났다.

김 상궁이 다섯 개의 연꽃을 형상화한 오봉 촛대의 불을 차례로 끄고 문을 닫았다. 대조전에는 나이든 상궁들만 남기고 모두 퇴거시켰다.

진주 가루를 뿌린 왕비의 얼굴이 밝게 빛났다. 눈썹은 나비가 앉은 듯 선이 짙고 또렷했다. 구름 같이 풍성한 머리와 복숭아빛 도는 뺨이 왕을 흔들었다.

왕이 희고 가느다란 목을 쓰다듬자 왕비가 파르르 떨었다. 입술에서 복숭아향이 돌았다. 왕비의 분홍색 소고의와 남색 치마를 천천히 풀렀다. 가느다란 허리와 늘씬한 다리의 종아리가 예뻤다. 방 한쪽 향로에선 은은한 향이 나와 두 사람을 감돌았다.

'중전이 이렇게 예뻤던가.'

'마마 사무치게 그리웠습니다.'

왕의 굵은 코가 왕비의 높은 코를 스치자 두 사람은 웃음을 터뜨렸다.

"하하하."

"마마."

활쏘기로 다져진 어깨가 왕비를 안아 올렸다. 왕비의 눈 속으로 빨려 들어가듯 몸 안으로 자신을 힘껏 밀어 넣었다. 왕비의 입에서 달콤한 신음 소리가 흘러나왔다. 온 힘을 다해 왕을 빨아들인 뒤 홀리듯 애무하고 놔주지 않았다. 보드라운 왕비와 하늘을 치솟는 왕의 정기가 어우러졌다. 강철 같은 사내의 정력을 탐닉하고 일으켜 세웠다.

왕비는 푸른색 같다가 하늘색으로 변하고 다시 검정으로도 변하는 오묘한 매력이 있었다. 왕은 바다의 거대한 파도처럼 힘차게 차오르고 물러섰다 차오르기를 거듭했다. 두 사람은 맘껏 발산하고 음양의 조화를 만끽했다.

대조전 병풍에 그려진 천 개의 학이 날아올랐다. 거북이가 기어가는 사이로 사슴이 커다란 눈망울로 지켜보고 있었다.

만남

민승호는 중전의 분부도 있고 성묘도 할 겸해서 여주로 떠났다. 일가 중 총명한 아이를 서둘러 찾아보라는 중전의 각별한 분부였다.

누가 민범호의 아들이 똑똑하다고 해서 시험해볼 생각이었다. 민승호와는 촌수가 먼 범호는 과거 대신 농사를 지으며 어렵게 살고 있었다. 한양으로 범호와 그 아들을 불러오고 싶었지만 꼿꼿한 성격이라 쉽지 않을 것이란 말을 들었다.

여주의 풍경은 한가로웠다. 집채만한 짐을 실은 소가 비척거리며 지나가고 가을걷이를 앞둔 터라 아이들까지 이리 뛰고 저리 뛰며 바빴다. 아낙들도 정강이가 드러날 만큼 치마를 걷어 올리고 일에 매달렸고, 한쪽에선 가슴을 드러내놓고 아이에게 젖을 물리고 있었다.

민승호가 조랑말에 올라 범호 집을 찾고 있었다. 사내아이가 소를 먹이며 풀밭에 드러누웠는데 지푸라기를 질겅질겅 씹으며 한 손으로는 귀지를 후비고 있었다.

"헤헴, 아이야!"

아이는 못 들었는지 꿈쩍도 안했다.

"헤헴 이 녀석아, 어른이 부르면 냉큼 일어나야지."

민승호가 소리를 높이자 그제서야 아이가 부스스 일어났다.

"왜요?"

"왜요라니 고놈 참, 민범호의 집이 어딘 줄 아느냐?"

"그 댁은 왜요?"

"허허 그건 네 알 것 없고 어딘지 알려다오."

"이 길로 쭈욱 가면 큰 대추나무가 있어요. 그 뒤입니다."

민승호는 오랜만에 본 범호를 보고 놀랐다. 형편이 어렵다더니 영락없는 농사꾼의 모습이었다. 주경야독하는 수재秀才였다.

민승호는 관직에 있고 중전의 오라버니이기 때문에 사람들이 어려워했다. 하지만 범호는 두 사람이 항렬이 같고 나이가 엇비슷하다는 이유로 존대를 하지 않았다.

"날 다 찾아오고 무슨 일이신가?"

'이놈 말하는 것 좀 보게.'

민승호는 반쯤 말을 트는 범호가 아니꼬웠지만 꾸욱 참았다.

“잘 지냈는가. 내 들으니 자네 아들이 영특하다고 해서 한번 보고 싶어서 왔네.”

“태웅이 말인가. 그 아이는 왜?”

“중전마마께서 일가 중에 총명한 아이를 좀 찾아보라 하셨거든. 그런데 태웅이라 했는가. 왜 영泳자 돌림자를 쓰지 않았나?”

“항렬자 말하는 건가? 그 항렬이란 것 때문에 나라가 이 꼴 되지 않았나 싶네.”

“그건 또 무슨 해괴한 소리야?”

“항렬자란 게 무언가. 굴비 엮듯이 같은 항렬로 꿰어서 어느 가문의 몇 촌쯤 되는지 알아보게 만든 거 아닌가. 니 편 내 편 가르고, 잘 보이려고 한눈에 알아보려고 만든 것 아니냐 말이야. 서로 돌아가면서 해 먹으려고. 안동 김가들이 그 짓을 하지 않았나. 여흥 민씨도 마찬가지지만. 내 그래서 일부러 아이 이름에선 돌림자를 빼버렸어.”

“정 그렇다면 자네 이름에서 호鎬도 버리지 그랬나?”

“마음 같아선 개명을 하고 싶지만 아버님이 내려주신 거라 참고 있는 거지.”

‘거참 괴이한 녀석이네.’

민승호는 짜증스러워 박차고 일어서고 싶었다.

"쯧. 그런 이야기는 나중에 하고 자네 아이부터 좀 불러 보게나."

별에 그을리고 빰이 폭 들어간 범호가 잠시 뭔가를 생각하더니 아들을 찾아오라 시켰다. 땋은 머리인 아두丫頭를 한 사내아이가 들어오는데 아까 소를 먹이던 녀석이었다.

"아저씨에게 인사 올려라."

'허허. 이거 참.'

민승호는 속으로 혀를 차면서 먼 길을 왔는데 헛수고한 거 아닌가 싶어 부아가 치밀었다.

"네가 태웅이냐?"

"예."

아이의 눈을 보니 크고 맑은 눈에 총명함이 보이긴 했다.

"글은 어디까지 읽었느냐?"

"《논어》와 《맹자》를 읽었습니다."

"음 그러면… 《맹자》에서 맹시사의 용勇에 대해 말해 보거라."

태웅은 심드렁한 얼굴로 아버지를 쳐다보았다. 범호가 고개를 끄덕였다.

"맹시사孟施舍는 어떤 것도 두려워하지 않던 용사입니다."

태웅은 한낮의 햇볕이 나른했던지 하품을 했다.

"맹시사를 통해 선현이 말하고자 하는 바는 여러 갈래가 있을 수 있습니다. 이理가 곧으면 기氣가 건장하게 되고 이가 굽으면 기가 위축됩니다. 이와 기는 하나의 심心에서 나옵니다. 마음의 근본은 잘 닦은 거울과 같아서 세상의 어떤 것도 감출 수가 없습니다. 마음을 바르게 가져 이치를 밝히고 기를 잘 길러서 내외가 서로 부합되고, 스스로 반성하여 가책을 느낄 것이 없으면, 어떤 때라도 옳지 않음이 없게 됩니다. 이것이야말로 마음이 흔들리지 않는 것이고 성인의 큰 용맹이라 할 수 있습니다."

"호오. 제법이구나."

민승호는 무릎을 쳤다.

"실은 중전마마께서 영특한 아이를 가려내어 청국에 보내고자 하셨네. 연경에 보내어 한어를 익히고 새로운 문물을 배우게 한다는 계획이시지."

"역관도 아닌데 뭣땜에 청국까지 가겠나. 아이도 어리고 집에 손도 부족하니 곤란하네."

"허허. 이 사람 중전마마의 뜻을 거역할 것인가. 집안 형편이 어려운 건 우리 집 소출을 덜어서라도 돕겠네. 태웅이가 연경에서 배우고 머무르는 경비도 알아서 할 테니 걱정 말게나."

범호는 아들을 쳐다보았다.

"네 생각은 어떠냐?"

"아버님 한번 가보고 싶습니다."

태웅은 농사일을 하지 않아도 된다는 말에 귀가 번쩍했다.

초계는 자영이 중전이 되자 궁궐과 사가를 오가며 심부름하는 통지기로 남았다.

민승호의 집에서 기거하는 초계는 중전의 중요한 손발이었다. 중전의 심중을 잘 헤아리고 언문뿐 아니라 한문도 어느 정도 알았다. 눈매는 크고 요염했고 붉고 두툼한 입술은 촉촉했다. 암팡진 얼굴과 풍만한 몸매가 사내들의 눈길을 붙잡기에 충분했다. 가끔 소리를 하기 때문에 목소리는 굵고 거칠었다. 몇몇 부호가 초계를 측실로 맞고 싶다고 달려들었지만 실패했다.

초계는 여주에 남아 있는 어머니도 볼 겸 민승호를 따라나섰다. 친구인 봉이를 찾아 냇가로 가보았다. 이끼가 잔뜩 낀 돌을 보자 미끄러졌던 기억이 되살아났다. 허우적거리던 자신을 끌어내던 달수.

'달수는 어찌 살고 있을까. 장가는 들었을까?'

달수네는 큰아버지가 곤욕을 치르자 정읍으로 도망가다시피 했다는 말은 들었다. 봉이를 기다리다 지친 초계는 뻣뻣해진 다리를 털고 일어섰다. 민승호가 밤에 손님들이 올 터이니 가야금을 준비하라고 했던 것이다.

초계는 이때 맞은편에서 누군가 자신을 빤히 쳐다보고 있다는 걸 깨달았다. 급히 장옷으로 얼굴을 가렸다.

첨벙첨벙.

누군가 물살을 헤치며 넘어질 듯 황급히 건너오고 있었다. 떡 벌어진 어깨와 까무잡잡한 얼굴….

그럴 리 없어. 한양에서도 몇 번이고 달수인 줄 알고 따라갔다가 얼마나 망신을 당했던가.

"초계 아니여?"

굵은 목소리를 들은 초계는 휘청했다.

피 묻은 다홍 저고리

빛이 물 위로 반사되어 눈을 뜰 수 없을 지경이었다.

맹수가 달려들 듯 뛰어오는 자를 보자 초계는 두 다리가 달달 떨렸다. 거센 물살을 가르며 뛰어오는 자는 금세 물에 빠질 듯 위태로웠다.

"초계 맞지?"

건너온 달수는 쓰러질 듯 엎드려 어깨로 가쁜 숨을 내쉬었다. 젖은 옷에서 물비린내가 났다.

초계는 아직도 믿기지 않아 거친 숨을 몰아쉬는 달수를 멍하니 내려다보았다.

"나 달수여."

마지막 봤을 때 모습은 까무잡잡한 얼굴과 고른 이가 전부였다. 헤헤거리던 모습은 없어지고 키는 훌쩍 커지고 떡 벌어진 어깨가 사뭇 달라 보였다. 가장 달라진 것은 눈빛이었다. 그저 크고 맑았던 눈이 애수를 띤 눈빛으로 변해 있었다.

"살아있으니 만나긴 만나는구먼. 하하."

달수는 초계에게서 눈을 떼지 못했다. 다홍 저고리에 남색 갑사 치마를 입은 초계는 치맛자락을 슬며시 잡으며 꽃처럼 앉았다.

달수 머리에 아직 상투가 없었다.

"그동안 어찌 지냈냐?"

숨을 돌린 달수가 그 싱그럽던 미소를 지으며 물었다. 초계가 조용히 가쁜 숨을 내쉬자 꼭 매고 있던 저고리의 가슴이 오르락내리락했다. 달수는 사발을 엎어놓은 것 같은 초계의 탐스런 가슴에 자꾸 눈이 갔다.

슬그머니 초계의 손을 잡았다. 초계도 모른 척 가만히 있었다. 아니 얼싸 안아보고 싶었다.

"난 아기씨 모시고 한양 갔다가… 아기씨가 중전마마가 되신 건 아니?"

달수는 고개를 떨구고 뭔가 생각에 빠졌다.

"그 아기씨가 널 이뻐하셨지?"

"그럼 지금도 대궐을 드나들며 마마의 심부름을 도맡아 하고 있는 걸."

초계는 머리를 매만지면서 으쓱한 표정을 지었다. 이때 급히 초계를 부르는 소리가 들렸다.

“초계야! 이 기집애는 어딜 갔어.”

기다리던 초계의 친구 봉이였다.

“쉿.”

초계는 달수의 손을 잡고 잽싸게 소나무 숲으로 숨었다. 봉이는 소나무 숲 가까이 와서 연신 소릴 질렀다.

“이 기집애가 어딜 갔누. 민 대감이 빨랑 들어오라고 난린데.”

봉이는 몇 번 더 주위를 훌훌 둘러보더니 사라졌다.

“민 대감? 널 왜 찾는대?”

달수의 눈에 적의에 가까운 불만이 일렁였다.

“오늘 밤에 수령이랑 김 진사랑 몇 사람 부른다고 소리를 하라네.”

“뭐 김 진사 그놈도 오는 거여?”

김 진사란 말에 달수의 눈에 핏줄이 섰다. 달수는 김 진사 하인들에게 몰매를 맞고 죽을 뻔했던 기억이 떠올랐다.

“으음….”

달수의 눈이 소름 끼칠 정도로 사납게 변했다. 달수의 큰아버지는 김 진사의 땅을 부쳐 먹다 횡포를 이기지 못해 관에 소지所志를 올렸다. 소지를 올린 것이 잘못이었다. 김 진사는 큰아버지를 잡아다 거꾸로 매달아 매타작을 벌였다. 큰아버지를 찾으러 가서 항의하던 달수가 그 집 하인들에게 몰매를 맞아 뼈가 부러지고 살갗이 찢어졌다. 피투성이가 된 채 멍석에 말려 버려진 걸 달수 아버지가 몰래 업고 도망쳤던 것이다.

벼슬을 사고 뒷배를 보장받은 수령과 아전, 악덕 지주들은 그악스럽게 농민들의 피와 땀을 쥐어짰다. 보릿고개 때는 솔잎가루로 죽을 쑤어먹다 똥구멍이 막혀 찢어졌다.

수탈이 심해지고 재해까지 겹치면서 철종 12년(1862년)에는 진주를 시작으로 민란이 들불처럼 일어났다. 농민을 각종 잡세로 괴롭히고 소작인을 쥐어짜는 행태는 이어지고 있었다.

"여긴 어쩐 일이야?"

초계는 보조개가 패여 더욱 이쁘게 보였다.

"너 많이 이뻐졌다. 초계야."

달수는 말해놓고 부끄러워 고개를 슬쩍 돌렸다.

"치이-."

초계는 가슴이 뛰어 숨이 가쁠 지경이었다.

"너도 많이 크고… 달라졌네."

두 사람의 무릎이 서로 닿았다. 온기가, 핏줄이 맞닿아 흐르는 듯했다. 달수는 온몸이 뜨거워져 이마에 땀이 맺혔다.

"무슨 땀을 이렇게 흘려."

초계가 옷고름을 들어 땀을 닦아줬다.

"근데 민 대감인가 뭔가는 왜 널더러 소릴 하라고 그러냐?"

괜히 무안해진 달수가 핀잔을 줬다.

"광대나 기생을 부를 것이지 왜 널 찾는대. 니가 기생이냐?"

초계가 가지 말았으면 하는 마음이었다. 밤새 초계와 함께 있고 싶었다. 밤새 누워 하늘의 별을 보며 이런저런 이야기를 나누고 싶었다. 그동안 얼마나 그리워했는지 말해주고 싶었다.

새벽에 일어나 일하러 갈 때도 나무를 베러 산에 올라갈 때도, 잠자리에 들면 어김없이 널 떠올렸다고…. 초계를 언제나 만날 수 있을까 하는 마음에 한숨을 내쉬곤 했다.

'초계야, 가지 말고 나랑 있자. 네가 너무 그리웠어.'

달수는 속으로 이렇게 외쳤다.

"뭐라고 기생? 씨- 기생은 아니고 그 집 종년이다."

초계는 부아가 치밀어 홱 내뱉었다.

"그렇게 초계 널 이뻐하면 속량贖良이라도 해줄 것이지."

달수는 여종 초계의 신세가 안타까워 불쑥 한 말이었다. 주인집에서 속량, 노비문서를 없애주면 평민으로 살 수 있을 텐데….

"뭐라 했어? 속량?"

초계는 피가 거꾸로 솟았다. 초계는 달수를 오래 기다렸다. 언젠가 달수가 큰돈을 벌어 나타나 자신을 속량해줄 거란 꿈이 있었다. 그때는 자신도 평민이 되어 달수와 새끼 낳고 정답게 살 수 있을 거라 생각했다.

종년이 낳은 자식은 노비가 될 수밖에 없었다. 양반집에서는 여종이 밖으로 돌다 임신해도 생구生口(하인)가 하나 더 늘었다며 싫어하지 않았다. 양인들은 여종의 자식도 종이 되기 때문에 부부가 되는 걸 꺼렸다.

'달수는 종년의 신세라도 기꺼이 받아줄 거야.'

초계가 상상하던 달수였다.

"돌아가신 큰 스승님은 집안에 여종이 둘 있었는데 하나는 며느리로 삼고 하나는 양딸로 삼으셨다고 하더라. 그런 분이 천하에 없기는 하지만."

초계에게 달수의 말소리는 들리지 않았다.

"어디로 갔어. 이 시러배놈 같으니라구."

컹컹- 컹컹-

개 짖는 소리와 함께 사내 네 명이 눈을 부라리며 달려오고 있었다. 달수는 초계와 자신의 몸을 수풀 아래로 바짝 숨겼다. 김 진사 하인 셋과 백정 한 명이 숨차게 달려왔다.

"이 새끼 오늘 잡히면 이번엔 죽여서 묻어버린다."

한 명이 눈에 살기를 띠며 이를 드러냈다.

달수의 아버지는 반송장이 된 아들을 데리고 떠나면서 울분을 참지 못해 김 진사 하인들이 잠자던 행랑채에 불을 던지고 도망쳤다. 거친 숨을 몰아쉬는 김 진사 하인 세 명은 몽둥이와 곡괭이를 들었다. 날뛰는 사냥개를 앞세우고 뛰었고, 백정은 한 손에 시퍼런 칼을 쳐들었다. 김 진사 집의 소 돼지를 도맡아 잡는 백정이었다.

"이 새끼 여기가 어디라고 기어 들어왔어?"

"지 큰 애비 상 치른다고 온 거 같은데 니놈까지 줄초상날 줄 알아라."

사냥개를 앞세운 하인들이 점점 가까이 달려오고 있었다.

이때 초계가 튀어 나가며 손가락을 물어뜯었다. 다홍 저고리와 갑사 치마에 피가 흘렀다. 초계는 힘껏 달음박치기 시작했다. 하인들이 사냥개를 끌고 초계를 향해 뛰었다. 피 냄새를 맡은 사냥개가 흥분하기 시작했다.

"게 섰거라."

초계는 뛰어가다 잡히고 말았다.

"이년아, 누군데 갑자기 튀어나와 도망치는 거야?"

피 냄새를 맡은 사냥개가 길길이 날뛰었다.

철썩.

초계가 멀찌감치 달아나는 달수를 힐끗 보며 한 놈의 뺨을 후려갈겼다.

"이놈들, 감히 어느 안전이라고."

초계의 목소리가 공기를 날카롭게 찢었다.

"지엄하신 중전마마를 뫼시는 초계를 모르더냐. 내 의금부에 고해 너희들을 당장 붙잡아 물고를 낼 것이야."

도련님과 홍매

여주에 살던 태웅은 민승호가 불러들여 한양으로 왔다.

"태웅아, 널 다음에 떠나는 사행에 끼워 넣기로 했다. 연경에서 한어漢語를 잘 배우고 그곳 사정도 소상히 보고 오너라. 그때는 궁궐로 들어가 중전마마를 알현할 수 있게 해주마."

"예 알겠습니다."

"연경에 가기 전에 기본적인 건 익히고 가야 할 것이야."

태웅은 지루했던 농사일에서 벗어나 한양에 온 것부터가 신이 났다. 글 읽기야 여주에서도 밤마다 하던 일이라 식은 죽 먹기였다. 여주에선 낮엔 일하고 밤엔 글을 읽어야 하는 통에 졸려서 하품만 해댔다.

북경 사행에 앞서 태웅은 한어 역관에게 집중적으로 배웠다. 역관과 의생醫生이 모여사는 곳은 묘한 분위기였다. 시를 짓고 노는 시사詩社도 많았고, 이것저것 재밌는 일이 가득해 보였다. 역관에게 배우다 보니 사행을 자주 다니는 역관 오경석과 유대치라는 의생의 이름을 듣게 됐다.

드디어 중국으로 출발이었다.

태웅은 사행을 이끄는 수장인 정사正使의 자제군관 자격으로 참여했다. 정사와 부사, 서장관 3사三使는 자식이나 친척을 '자제군관'이란 이름으로 데려갈 수 있었다. 아들이나 조카, 친척을 데려감으로써 견문을 넓혀주기도 하고, 길고 먼 여정이 지루하지 않도록 한 것이었다.

한양 모화관慕華館.

세 명의 공식 사신과 이들을 호위하고 보좌하는 무관인 비장裨將들, 말을 다루는 마두馬頭 외에 의원과 화원畫員까지 수십 명이 커다란 일행을 이뤘다. 도화서 소속인 화원은 연경에서 지도나 그림을 베껴오는 일을 맡았다. 의원은 내의원과 혜민원에서 번갈아 참가하는데 이번엔 혜민원의 차례였다.

"으랏챠."

일행 중 가장 나이가 어린 태웅은 힘차게 말 위로 솟구쳐 앉았다. 태웅이 제법 말을 타자 마부가 씨익 웃었다. 갈색 털에 정수리가 하얀 말은 몸에 윤기가 흘렀다. 눈이 맑고 새까매 마음에 들었다. 태웅은 안장주머니에 먹과 붓, 종이, 벼루 등을 넣고 뒤쪽에는 여분의 짚신을 단단히 매었다.

"도련님 먼 길에 괜찮겠수?"

마부가 웃으며 태웅에게 물었다.

"괜찮고 말고요. 나이는 어리지만 씩씩하다우."

태웅이 가슴을 통통 치며 자신 있게 말했다.

'와 내가 연경엘 가보다니.'

태웅은 가슴이 벅차올라 울컥했다.

'아버지도 평생 못 가본 연경이다.'

사행단의 이불과 작은 장롱을 잔뜩 실은 짐말들이 힘겨운 듯 뒤뚱거렸다. 첫날은 40리를 지나 정사들은 관리들을 위한 객관인 벽제관에 묵고 나머지는 주변 숙소에서 묵었다.

태웅은 하루에 많게는 100리를 가야 하는 여정에 지치기 시작했다. 정사는 주로 수레나 가마를 탔지만 태웅은 하루 종일 말 위에서 버티려니 힘이 들었다.

일행이 활기를 찾은 것은 평양 연광정에서였다. 평양 부윤府尹이 사행단의 노고를 위로한다며 연회를 베푼 것이다.

피리·젓대·해금·장구 소리가 하늘 높이 울리고 기녀들이 우르르 등장했다. 20세를 넘지 않은 기녀들이 비단옷을 입고 나와 노래와 춤을 선보였다.

"햐, 역시 평양이로구나."

무뚝뚝하던 정사의 눈과 입이 헤벌쭉 해졌다. 비장과 하인들도 구경거리에 신이 났다.

가을바람이 소나무를 희롱하고 밤하늘에 둥실 뜬 달이 천지를 비추었다.

정사는 연회에 태웅도 불렀다.

“이 아이는 중전마마의 종질從姪인 민태웅이라 합니다. 고을에선 신동으로 유명하다고 들었습니다.”

정사가 평양 부윤에게 태웅을 소개했다.

“하 지금까지 여러 사행을 보았지만 이처럼 어린 소년은 처음입니다.”

이때 휘향이라는 기생이 태웅에게 다가와 앉았다. 옥 같은 피부에 그린 듯 얇게 찢어진 눈이 남자의 깊숙한 곳을 찌르는 듯했다. 휘향은 태웅의 뺨을 살짝 만지며 웃었다.

“이 솜털도 가시지 않은 도련님은 뉘신고.”

다른 기생들도 태웅에게 몰려들어 뺨을 만지고 손을 부비기도 했다. 명금이라 불리는 기생은 “잘 여물었소? 호호호”하며 농을 던졌다.

“명금아 무슨 소리냐. 벌써 장가들 나이가 되셨는데.”

옥경이란 기생은 가락지 낀 손을 휘휘 저으며 명금을 나무랜 뒤 태웅의 턱을 슬쩍 건드렸다.

‘화를 내야 하나?’

태웅은 귓볼까지 빨개졌지만 정신없이 예쁜 기녀들이 싫지 않았다.

"허허, 영감님을 놔두고 무슨 수작들인 게야. 휘향이는 어서 이리 와 술을 올리거라."

평양 부윤이 짜증 섞인 목소리로 야단을 친 뒤 정사에게 은근하게 말했다.

"저 휘향이가 평양에서는 으뜸입니다. 절색일 뿐 아니라 시도 일품입니다. 그동안 몇 번이나 나오라 해도 병탈을 하며 안 나오더니 오늘은 어인 일로 나왔는지 모르겠습니다. 오늘도 안 나오면 볼기를 치려 했거늘… 하하하."

"도련님이 얼굴만큼 글도 잘하게 생겼네. 앞으로 풍류랑이 되실 듯하오. 그땐 꼭 이 휘향이를 찾아오시오."

휘향은 태웅에게 귓속말로 속삭였다.

"예예 소첩 나으리께 술 한 잔 올립니다."

"여기가 의줍니다."

태웅의 말을 다루는 견마잡이가 큰 소리로 말했다.

의주에는 사행 일행과 압록강을 건너 청나라로 들어가려는 장사치들, 짐을 가득 실은 말들이 몰려 정신이 없었다. 서장관과 의주 부윤의 지휘 아래 국경을 넘으려는 사람의 이름과 거주지, 나이, 수염이나 흉터가 있는지, 키가 작은지 큰지를 소상히 적었다. 말은 털 색깔까지 적었다.

"저들은 뭣들 하는 것이요?"

태웅은 견마잡이에게 물었다. 사람들이 들판에 짐을 죄다 풀고 겉옷까지 주섬주섬 벗기 시작했다.

"청나라에 물건을 숨겨 들여가는 걸 잡는다고 저 야단입니다요. 조선 돈도 한 푼 가져가선 안 됩죠. 걸리면 엉덩이를 까고 볼기를 맞아요. 상투까지 풀어서 뒤지고 바지 안까지 손을 넣어본다니까요."

사행단의 비장이나 역관들은 행장만 풀어 뒤져보았다. 조사를 마친 사람들은 서로 힐끔힐끔 쳐다보며 벗어놓은 옷과 짐을 챙겼다. 장사치들 틈에 한 명이 아까부터 태웅에게 시선을 꽂고 있었다. 얼굴은 말상이고 6척에 가까운 장신의 사내였다.

"저 위인은 누군데 자꾸 날 쳐다보오?"

"거- 의주 장사치 같은뎁쇼. 의주 장사치들은 어릴 때부터 되놈들 말을 배워 수완들이 좋습니다. 저쪽 장사치들하고도 트고 지냅죠. 보통내기들이 아니니 조심하세요."

사행단은 의주 부윤의 전송을 받으며 압록강을 건너 구련성에 닿았다.

"여기가 구련성이란 곳이다. 고구려의 땅이었지."

잠깐 졸고 있던 태웅은 '고구려'란 말에 눈을 번쩍 떴다.

'글로만 읽었던 고구려 땅이 이곳이란 말인가.'

태웅은 이규보의 시 〈동명왕편〉를 읽고 한동안 밤마다 고구려 꿈을 꾸었다. 고구려와 주몽에 대해 쓴 시가 가슴을 울렸다. 태웅은 얼른 흙 한 줌을 종이에 싸서 염낭에 넣었다. 문득 아버지가 생각나 눈물이 찔끔 났다. 정사가 파발편에 집으로 안부 편지를 부치던데, 자신도 한 줄 보냈으면 하는 마음 간절했다.

구련성에는 마땅한 숙소가 없어 노숙을 하기로 했다. 군졸들이 흩어져 도끼로 나무를 찍어 댔다. 정사와 부사, 서장관은 천막 안으로 들어가고, 역졸과 마부들은 몇 명씩 나뉘어 나무로 얼기설기 만든 임시 숙소로 들어갔다. 장사치들도 마찬가지였다.

시냇가에선 저녁을 짓기 위해 잡은 수십 마리 닭을 씻었고 한쪽에선 그물을 던져 물고기를 잡았다. 밥을 짓고 나물을 무치느라 시끌시끌했다. 해가 완전히 넘어가자 화톳불로 어둠을 밝혔다.

뿌아앙-

"야앗."

군졸이 나발을 힘차게 불자 사람들이 힘껏 소리를 내질렀다. 호랑이가 뛰어드는 걸 막기 위함이었다. 자수정 같은 밤하늘에 별들이 쏟아지고 있었다.

연경의 미녀를 보러 가다

연경 사행단은 책문 통과를 앞두고 바짝 긴장했다.

책문을 넘어서면 바로 청국이었고 그 때문에 통과 절차가 까다로웠다. 우르르 책문으로 청국인들이 몰려나와 삐딱한 표정을 지었다.

"저치들은 누군데 저리 험상궂게 나대나?"

부사가 역관에게 슬그머니 물었다. 정사의 얼굴에도 초조한 기색이 떠올랐다.

"뭐라도 트집을 잡아 더 뜯어내려고 저럽니다."

"대강 넘겨주고 가야지 여기서 지체할 시간이 없네."

부사는 정사의 눈치를 보며 대신 나섰다.

"그게… 저놈들한테 자꾸 뜯기면 다음에 오는 사행들이 또 더 가져와야 해서요."

역관은 골치 아프다는 표정을 지었다.

이때 우당탕탕 벼락같은 소리가 들렸다. 누군가 커다란 항아리를 들어 바닥에 내던지며 고함을 질렀다.

"이런 도둑놈들 같으니라구. 지난번에도 천자님께 올리는 방물 수레에서 금덩어리를 훔쳐 가더니 이번엔 또 무슨 수작을 부리고 있어! 대갈통을 부셔 버릴까보다. 어느 놈이야?"

사내는 변발을 한 사내의 멱살을 움켜쥐더니 번쩍 들어 올렸다. 변발한 사내는 숨이 막혀 캑캑대며 발버둥쳤지만 힘을 당해내지 못했다.

태웅은 깜짝 놀랐다. 중국 사내를 번쩍 든 자는 태웅의 주위를 맴돌던 의주 상인이었다. 장신이지만 이렇게 담력이 센 장사인 줄은 몰랐다. 의주 상인은 움켜쥐었던 중국인을 홱 내동댕이치고 다른 자들에게 눈을 부라렸다.

"누구야, 또 지껄여봐 그냥…."

중국인들이 슬금슬금 뒷걸음치는 가운데 변발을 한 다른 사내가 나섰다. 외모가 번듯하게 생긴 그는 의주 상인의 허리를 껴안으며 말했다.

"그 정도만 하세요."

의주 상인은 그제서야 옷을 탁탁 털며 험악한 얼굴을 풀었다.

부사가 역관에게 작은 소리로 물었다.

"뭐 저렇게까지 할 거 있는가?"

"저러지 않으면 우리가 당해요. 지금 책문 아전들에게 주는 예물만 해도 어딘데요."

역관은 못마땅하다는 표정이었다.

"봉성장군 2명과 어사 1명, 모두 102명에게 장지 156권, 백지 469권, 청서피 120장, 담뱃대 74개, 부채 288개, 대구 74마리, 은장도 7자루…."

역관의 입에서 물목이 술술 나왔다.

"다 읊으려면 숨이 넘어갑니다. 이걸 다 주는데도 더 뜯으려고 저런다니까요."

태웅은 황제에게 올리는 것도 아니고 책문 관리들에게 줘야 하는 예물의 종류와 수량을 듣자니 기가 딱 막혔다.

돌길에는 수레의 쇠바퀴가 끊임없이 지나가면서 굉음을 냈다. 귀가 멍할 정도였다. 황성의 높이는 수십여 장에 이르고 3층 문루가 높아 하늘에 떠 있는 듯했다. 자금성은 주홍빛 석회를 바르고 황색 유리기와를 얹었었다.

'와 이런 세계도 있구나.'

태웅은 거대한 웅장함에 입이 벌어졌다. 멀리서 보면 웅장했지만 가까이서 보니 빈 껍데기같이, 정기가 느껴지지 않았다.

일행은 조양문으로 들어가 조선 사신들의 객관인 회동관會同

館으로 향했다. 정사는 장무관에게 청나라 황제에게 올리는 표문과 자문을 예부에 올리라고 지시했다.

군관 자격으로 이번 사행에 따라온 김시은이 역관 한 명과 태웅을 데리고 성안 구경에 나섰다.

"친구들이 부탁한 서책들이 있어서 먼저 유리창으로 가보세."

뾰족한 얼굴이 멸치 같아 보이는 김시은은 역관을 앞세우고 유리창으로 갔다. 유리창이란 곳은 서남쪽에 대형 서점들이 많아 조선에서도 유명한 곳이었다. 보문당, 대문당 같이 유명한 서점들이 6리에 걸쳐 뻗어 있었다. 3층까지 올린 서가마다 전국에서 모아놓은 전적들로 그득했다.

"허, 이거 참 대단하다. 이 책들 죄다 쌓아놓으면 한양의 남산만 하겠는걸."

김시은은 쇳소리를 내며 입맛을 다셨다. 서점 옆으로는 서화와 지필묵, 안경, 술잔, 시계를 파는 점포가 줄지어 있었다. 술집, 음식방, 철물전, 의복전도 끝없이 끝없이 이어졌다.

'온 세상 재화를 모두 갖다 놓은 것 같아.'

태웅은 진기한 광경에 눈이 휘둥그레졌다.

"친구가 《선녀내경》이란 책을 사달라던데 한번 물어봐 주게."

역관이 김시은의 말을 듣고 서점 주인에게 물었다. 담뱃대를 쥔 서점 주인은 서가를 한번 훑더니만 고개를 저었다. 무표정한 서점 주인은 태웅을 보더니 뭐라 중얼거렸다.

"뭐라 하나?"

김시은이 궁금했던지 역관에게 바짝 다가가 물었다.

"그 책은 없다고 하네요."

"이렇게 책이 많은데 그건 또 없다구. 이런."

김시은은 혀를 찼다. 역관이 태웅을 쳐다보며 피식 웃었다.

"왜 그러나. 뭐라 했는가?"

김시은이 역관에게 물었다.

"소공자의 관상이 아주 좋다고 칭찬하네요. 매우 총명하고 앞으로 귀하게 될 상이라고요. 그런데 주위에 여자도 많을 거랍니다."

김시은과 역관은 얼굴이 빨개진 태웅을 보고 한참을 웃었다.

목이 마르고 다리가 퍽퍽해진 김시은은 태웅과 역관을 데리고 음식방으로 들어갔다.

"내 이번에 연경은 처음이니 상다리 부러지게 먹어보세. 자네가 잘 좀 안내해 주게. 언제 또 연경에 와 보겠나. 재밌는 곳도 많다고 하더구먼. 흐흐."

김시은이 역관의 옆구리를 쿡 찌르며 웃었다.

북쪽 지방 명주인 계주주에 온갖 음식을 담은 커다란 상이 나왔다. 삶은 돼지 · 닭찜 · 오리고기 · 잉어 · 양곱창 · 백반 · 호떡 · 사과 · 포도 · 밤 · 호도 · 귤병 · 땅콩 · 곶감 · 생감이 올랐다.

"햐. 이거 눈 튀어나오겠는걸."

김시은이 입을 다물지 못했다.

"천천히 많이 드십시오."

역관이 김시은과 태웅을 보며 권했다. 태웅도 몹시 시장하던 터라 침이 떨어질 정도였다.

역관은 술이 거나해지고 배가 부른 김시은과 태웅을 데리고 목욕갱으로 갔다.

"이곳은 뭐하는 곳인가?"

"이런 곳은 처음이지요."

50명이 넘는 사내들이 벌거벗고 따뜻한 물에서 씻고 있었다. 내부에는 증기가 가득 차 조금만 있어도 땀이 흘렀다.

"너무 개운합니다. 청국에는 이런 곳도 있네요."

그동안 제대로 씻지 못했던 태웅은 맘껏 때를 벗기자 날아갈 것만 같았다. 옷을 홀랑 벗어 부끄러웠지만 상쾌함은 이루 말할 수 없었다.

"자 배도 부르고 몸도 깨끗해졌으니 진짜 재밌는 곳으로 함 가보세."

역관이 은근한 웃음을 지으며 김시은을 쳐다보았다.

"흐흐 내 들으니 '양한적養漢的'이라는 게 있다던데."

김시은이 슬쩍 태웅의 눈치를 보았다.

"뭐 이것저것 많이 듣고 오셨나 봅니다. 화신묘란 곳으로 모시겠습니다."

"화신묘? 거기가 어딘고?"

무안해진 김시은이 쫑쫑한 수염을 만지며 물었다.

"연경 미녀들을 구경할 수 있는 곳이지요. 안보면 후회하실 걸요."

화신묘에는 수레들이 몰려 있었다. 수레에는 짙은 화장을 하고 머리에 꽃으로 치장한 여염집 미인들이 앉아 있었다. 미인 주위에 있던 시녀들이 김시은에게 다가왔다. '조선에서 가져온 청심환이나 부채가 없느냐'고 물었다.

태웅은 한쪽에서 벌어지는 환술에 입이 쩍 벌어졌다. 김시은은 태웅이에게 환술을 보고 있으라고 한 뒤 역관과 함께 어디론가 사라졌다. 환술쟁이 한 명이 알몸을 드러내며 몸에 아무것도 없다는 걸 보여줬다. 잠시 후 두 다리 사이에서 유리병이 나오고 그 속에 금붕어가 헤엄치는 것이 아닌가.

"와 대단해. 대단해."

태웅은 저도 모르게 손뼉을 치며 감탄했다.

옆으로 가보니 개가 원을 그리며 뛰고 있었다. 뛰는 개 위로 원숭이가 폴짝 뛰어올라 나발을 불어댔다.

"하하하."

태웅은 환술에 빠져 이리저리 돌며 구경하다 그만 길을 잃었다. 어느덧 해는 지고 사람들은 더욱 몰려들어 바다 같았다. 태웅은 우두커니 서서 김시은과 역관이 나타나기만을 기다렸다. 날은 어두워지고 낯선 곳에서 길을 잃으니 난감했다.

누군가 태웅의 등짝을 쳤다.

"여기서 뭐 하슈?"

빙긋이 웃고 선 사람은 의주 상인이었다.

"영익이는 잘 크고 있지요? 보고 싶네요."

왕비는 중궁전을 찾은 민태호를 반갑게 맞았다.

"예 중전마마의 염려 덕분에 잘 자라고 있사옵니다."

"오라버니는 봉서鳳棲 선생에게 배우셨죠?"

유신환은 왕비의 아버지 민치록과 동문수학한 절친한 사이였다. 왕비의 사촌 오라버니인 민태호와 민규호, 민영목이 유신환에게 배워 새로운 문물에 대해 적극적인 관심을 키워왔다.

"그건 왜 물으시옵니까?"

"요즘 봉서 선생에 대해 들었던 기억이 나서요."

"봉서 선생은 외세 침략을 염려해 관방關防에 관심이 많았고 탁월한 견해를 갖고 계셨지요. 저도 그땐 스승의 말씀이 좀 과하다 싶었는데 지금 보니 그분께 배운 것이 얼마나 다행인지 모릅니다."

민태호는 조심스럽게 주위를 살피며 말했다.

"봉서 선생이 돌아가시고 그 제자들이 박규수에게 많이 옮아갔습니다."

민태호와 동문수학하던 김윤식이 그중 한 명이었다.

만주족 세 자매

“여기서 혼자 뭐 하슈?”

의주 상인은 히죽 웃으며 태웅을 바라보았다.

“역관을 놓쳐버렸어요.”

“흐흐 그럼 나랑 다닙시다. 내가 연경은 좀 아니까.”

이때 갑자기 한쪽에서 큰 소리가 들렸다. 비단옷을 정갈하게 입은 소녀를 앞에 두고 환술쟁이가 묘기를 보이려는 순간이었다. 소녀는 환술쟁이의 현란한 손놀림에 넋을 잃고 있었다.

“얍.”

환술쟁이가 괴성을 지르며 긴 손가락을 뿌리자 소녀의 머리 위에 금으로 만든 꽃이 피었다.

와-.

구경꾼들은 소릴 지르며 황금꽃을 갖기 위해 한꺼번에 달려들었다. 그 바람에 소녀가 넘어졌다.

"어 어."

"사람이 깔렸어."

"어서 비켜."

"악. 내 다리!"

사람들이 서로 깔리고 엎어지면서 순식간에 아수라장이 됐다.

"애가 위험해."

태웅은 사람들을 힘껏 밀치며 뛰어들었다. 그러나 사람들이 겹겹이 쌓인데 쓰러지고 엉켜 떼낼 수가 없었다.

"양비洋匪(서양인)다!"

누군가 양비라고 외치자 십여 명의 서양 남자들이 나타났다. 그러자 너도나도 할 것 없이 정신없이 달아나기 시작했다. 북경을 무자비하게 약탈한 영국과 프랑스군을 기억한 사람들이 신발이 벗겨지는 줄도 모르고 허겁지겁 도망쳤다. 그 바람에 소녀 위에 무너졌던 사람들도 흩어졌다.

"아이야 괜찮니? 눈 좀 떠봐."

태웅이 소녀를 급히 흔들었다. 어린 소녀는 기절했는지 축 늘어졌다. 태웅은 순간 염낭에 간직하고 있던 청심환을 급히 꺼냈다. 청심환을 제 입에 넣어 재빨리 씹어 부드럽게 녹인 뒤 소녀의 입에 밀어 넣었다. 잠시 후 소녀가 눈을 뜨더니 으앙 하고 울음을 터뜨렸다.

"옥주야, 옥주야."

머리에 쌍상투를 맨 10대 소녀가 뛰어왔다.

서양 남자들이 사라지자 사람들이 슬금슬금 모여들었다.

"저 조선인 아니었으면 큰일 날 뻔했다."

어느 사람이 태웅을 가리키며 쌍상투 소녀에게 말해주었다.

"동생을 구해줘서 고마워요. 집으로 데려가야 하는데 좀 업어줄래요? 나는 양옥기라고 합니다."

소녀가 태웅에게 다급하게 말했다.

"아이 귀찮은데 그냥 갑시다."

의주 상인은 코를 씰룩이며 태웅의 소매를 끌었다.

"어떻게 그냥 두고 가요. 내가 업어야지."

태웅은 울음을 터뜨리는 소녀를 업었다.

소녀가 데리고 간 곳은 꽤 규모가 큰 저택이었다.

높고 커다란 대문 앞에 정교하게 다듬은 돌거북 한 쌍이 마주 보며 엎드려 있었다. 마당은 몇 대의 마차가 들어올 수 있을 정도로 넓었다. 매화와 대나무가 보기 좋게 심어져 있고 어디선가 새소리가 들렸다. 화려하게 칠한 정자 위에는 청화 찻잔과 주전자가 놓여 있었다. 반짝이는 검은색 오금烏金 향로에는 향이 여유롭게 피어오르고 있었다. 세밀하게 조각한 나무

난간에는 값비싼 침향을 발라 향이 코끝을 찔렀다. 꽃무늬 가득한 융단이 깔리고 비자나무로 만든 탁자 위에 놓인 붓과 벼루, 종이는 집 주인의 취향을 보여주는 듯했다.

옥기라는 소녀가 안으로 들어간 뒤 언니로 보이는 여자가 나왔다.

"동생을 구해줬다고요. 나는 옥린이라고 해요."

맏언니인 옥린은 상냥하게 말했다.

"우리는 세 자매인데, 옥기와 옥주가 놀러 나갔다 변을 당했네요. 하인을 붙여서 보냈는데 민망하게 됐어요."

태웅은 옥린과 막히는 부분은 종이에 붓으로 써가며 필담을 나눴다.

옥린 옥기 옥주 세자매는 만주족이었다. 옥기가 어색해하며 나타났다. 약간 새침한 분위기가 있었는데 몸을 씻은 뒤 붉은 비단옷으로 갈아입으니 딴사람 같았다. 까무잡잡한 얼굴에 광대뼈가 두드러졌는데 눈빛이 저돌적이면서 사람을 끌었다.

옥린은 고운 피부와 은은한 쌍꺼풀, 날렵하면서 죽 뻗은 코가 아름다웠다. 촉촉하면서도 따뜻하고 상냥한 눈빛과 표정이 상대방의 마음을 풀어놓았다.

태웅은 꼭 하루 묵고 가라는 옥린의 간절한 청을 받아들일 수밖에 없었다. 저녁 교자상에는 닭찜과 삶은 돼지, 양 내장국, 거위고기, 포도, 설리雪梨, 오화당五花糖, 귤병과 임안주臨安酒가 나왔다.

세 자매와 함께 젊은 사내도 동석했다. 기운을 차린 막내 옥주는 태웅에게 고맙다는 표시로 읍을 한 뒤 방긋방긋 웃었다. 옥주가 큰 언니에게 다가가더니 귓속말로 "저 사람 잘 생겼어"라고 말했다. 태웅의 얼굴이 빨개졌다.

"저 사람은 아버지의 제자 강무라고 합니다."

젊은 사내가 태웅을 보며 고개를 까딱하듯 가볍게 목례를 했다. 경계하는 눈빛이었다.

"아버지는 한림원에 계셨는데 지금은 상해에 가셨어요. 증국번 총독님의 명을 받고 가신 겁니다. 증국번 총독님은 아시죠?"

옥린은 태웅에게 음식을 권하며 물었다.

"참 공자님은 연경에 어떻게 오게 됐나요?"

"청국말을 배우려고 왔어요. 그리고 양이洋夷에…."

"네 양이요?"

태웅은 양이가 청국에 쳐들어온 경위와 이후 상황이 어떻게 됐는지 알고 싶다는 말은 황급히 감추었다.

"우선 청국말부터 익히고 서양 오랑캐 말도 배우려고요."

"그러시군요. 서양 말을 배우려면 연경에도 학교가 있긴 하지만 상해에 있는 광방언관廣方言館이 더 좋아요."

"광-방-언-관?"

태웅은 기억하려고 되뇌었다.

"네. 아버지한테 들었어요. 옥기도 그곳에 입학시킬 생각이래요."

통통한 얼굴의 막내가 살그머니 큰언니 곁에 다가와 또 뭐라 속삭였다.

"호호, 막내가 자기는 영어를 배운 뒤 영국으로 유학갈 거라는군요."

"예? 영국으로 유학을 가요?"

태웅의 눈이 대문짝만해졌다.

"네. 증국번 선생님이 아주 어린 학생들을 보내야 한다고 황제께 상주하셨대요. 아버지는 막내 옥주를 보내고 싶으신가봐요. 만약 상해에 갈 마음이 있으면 아버지에게 편지를 써드릴게요."

태웅은 추천서를 써줄 수 있다는 말에 귀가 솔깃했다.

하얀 치파오

"움직이지 마."

종이에 숯으로 선을 그어대던 강무가 소리쳤다.

"아이 깜짝이야. 한노漢奴인 주제에 감히 명령을 하고 있어."

옥린은 까르르 웃음을 터뜨리며 살짝 눈을 흘겼다.

"뭐? 한노? 그래봤자 태평군을 무찌른 건 증국번 선생이시라고."

한족인 강무는 옥린이 자신을 '한노'라고 놀리자 발끈했다. 만주족인 청조가 나라를 세운 뒤 한족을 무시한 건 하루 이틀의 일이 아니지만 옥린의 놀림을 받자 기분이 상했다. 자신을 부리기만 하지 사윗감으로는 생각하지 않는 옥린의 아버지가 떠올랐던 것이다.

청조를 뒤흔든 태평군을 막는데 큰 공을 세운 사람은 한족인 증국번曾國藩과 좌종당左宗堂이었다. 청국의 정규군인 팔기군으로는 파죽지세로 몰려오는 태평천국 교도들을 막아낼 수 없었다. 팔기군은 영국이 팔아넘기는 아편으로 물들고 부패해 전투력이 형편없이 떨어진 상태였다.

청조는 태평군의 반란에 영국과 프랑스의 북경침공까지 겹치자 어쩔 줄 몰랐다. 황성皇城인 북경은 열하로 황급히 몽진하는 황제부터 백성들까지 피난에 나서 아우성이었다. 영불연합군의 무자비한 방화와 약탈이 벌어졌다. 청조에게는 영불연합군인 양이洋夷보다 태평군이 더 두려웠다.

증국번이 정규군이 아닌 의용군인 상군을 조직하면서 전세를 돌려놓았다. 제자인 이홍장이 역시 의용군인 회군을 조직하자 상군 정예군을 보내 힘을 보태주었다. 태평군이 상해로 진격하자 증국번은 이홍장을 보내 서양 무기를 가진 외국인 용병부대 '상승군'과 함께 막아내도록 했다. 청조가 외국부대의 힘을 빌어 태평군 진압을 원했던 것이다.

증국번은 이런 가운데 1862년 서양식 무기생산 공장을 세웠고, 이홍장도 상해에 무기를 생산하는 강남제조총국을 세워 자강운동을 벌였다. 서양의 기술을 가져와 외세를 막고 청국의 힘을 키우자는 것이었다.

강무는 상해에서 영어를 배워 통역으로서 여기저기 불려 다니고 있었다. 총명한 강무는 프랑스말을 익히다 서양화까지 배우게 됐다. 강무는 옥린의 모습을 화폭에 담아 상해로 가져가고 싶었다. 옥린의 아름다운 모습에 발끈하던 마음이 스르르 녹았다.

“하얀 치파오 마음에 들지? 너 주려고 일부러 최고급 프랑스 실로 짜게 한 거야. 상해에서 제일 솜씨 좋은 여자가 만들었어. 그게 얼마나 비싼 건 줄 알면 기절할걸.”

강무는 으스대듯 말했다.

“음, 너무 딱 맞아 불편하지만 이뻐.”

옥린은 우아한 미소를 지었다. 그마저도 홀딱 반해버릴 듯했다.

“넌 몸매가 이뻐서 뭘 입어도 선녀 같아.”

강무가 입을 헤벌리고 말했다.

“치이- 그런데 너 정말 영국으로 갈 거야?”

“기회가 오면 가야지.”

강무의 까무잡잡한 얼굴이 발그레해지고 총명한 두 눈이 반짝였다.

“거기 여자들이 예뻐서?”

옥린이 뾰로퉁해져서 툭 던졌다. 옥린은 강무를 아버지 몰래 만나고 있었는데 떠난다는 말에 우울해졌다. 강무는 옥린을 좋아하고 있었지만 만주족은 한족과 통혼할 수 없어 용기를 내지 못하고 있었다.

"너보다 이쁜 여자가 어딨다고 그래?"

강무가 옥린의 하얀 두 손을 꼬옥 쥐었다.

"피이-."

옥린은 강무의 손에서 자신의 손을 빼냈다. 옥린은 아버지가 강무를 집사 정도로 생각하고 있다는 걸 알았다.

"내가 장부로서 성공하면 너하고 혼례를 올릴 거야. 지금은 어르신이 집안의 격이 안 맞다고 반대하시지만, 널 혼자 북경에 두는 게 너무 불안해. 오랑캐놈들이 짐승 같아서 무슨 짓을 저지를지 알 수가 없어. 빨리 나라를 강하게 만들어야지. 이홍장 선생도 희망을 걸 만한 분인 거 같아. 그쪽에선 내가 영어에다 프랑스말까지 하니까 곁에 두고 싶어 하거든."

"오랑캐 놈들 정말 뻔뻔하고 야수만도 못한 놈들이야. 아편 팔아서 중국을 병들게 하구선 전쟁 배상금까지 내라고 하니."

옥린은 울컥했다. 세 자매가 난리통에 어머니를 잃고 아버지와 떨어져 지내고 있는 것이 아닌가. 여자만 아니라면 아버지를 따라 상해에 가 무기를 들었을 것이다.

"이홍장? 아버지 편지에서 이름은 들어봤어."

"응. 증국번 선생님의 제자인데 그분도 태평군 잔당을 무찔러서 명성이 자자해. 내가 보기엔 증 선생님보다 엄청난 야심가인 거 같아."

이홍장은 공을 세워 실력자인 서태후를 알현하기까지 했다. 강무는 이홍장에게서 간웅의 기질을 엿본 뒤 그의 곁에 있고자 했다. 부패할 대로 부패한 청조를 망국의 위기에서 구할 영웅은 한족에게서 나올 것이라 생각했다.

태평천국의 난을 일으킨 홍수전 역시 한족이었다. 홍수전이 비록 비적이긴 하지만 그가 내세운 멸만흥한滅滿興漢은 뭔가 가슴을 뜨겁게 하는 것이 있었다.

"그래?"

옥린이 고개를 떨구며 뭔가 생각에 잠겼다. 담묵 같은 투명한 어둠이 내려앉고 있었다. 문득 자스민향이 느껴졌다. 옥린을 홀린 듯 쳐다보던 강무가 갑자기 숯을 내던졌다.

"왜 그래?"

옥린이 눈을 크게 뜨며 물었다. 강무는 옥린의 잘록한 허리와 긴 다리를 보자 더 이상 그림 그리기가 힘들어졌다.

"목이 말라."

강무가 옆 탁자 위에 놓인 리쯔荔枝를 입에 물더니 다가왔다.

"왜?"

강무는 반쯤 문 리쯔를 옥린의 입에 넣어주며 입을 맞췄다. 리쯔의 향과 과즙이 입안에 퍼졌다.

"아이 그림 그리다 말고 이게 뭐야."

옥린이 리쯔를 강무와 나눴다. 강무는 옥린이 가볍게 밀치려 하자 그 손을 잡았다. 옥린의 손을 자신의 가슴에 붙들고 다른 손으로 치파오 사이로 드러난 다리를 어루만졌다.

"너의 다리는 대단한 걸작이야."

희고 미끈한 다리가 불빛을 받아 윤기가 흘렀다.

"그림부터 그려. 강무."

강무의 손이 동그마한 가슴으로 올라갔다.

"아이 참."

강무의 손이 옥린의 하얀 치파오를 여미고 있는 매듭단추를 하나씩 풀기 시작했다. 단추를 하나씩 풀 때마다 쇄골이 드러나고 가슴골이 드러났다. 강무는 마치 보석을 펼친 듯 눈이 부시게 바라보았다.

옥린이 강무의 머리를 가슴께로 끌어당겼다. 강무의 검정 비단 상의를 벗기자 사내의 구릿빛 등이 드러났다. 근육으로 단단한 등과 바짝 올라붙은 엉덩이가 차례로 드러났다.

옥린이 거칠게 강무를 잡아 교의에 앉혔다. 이번엔 옥린의 대리석 같은 하얀 등이 보였다. 옥린의 희고 매끈한 두 다리가 의자 위로 드러나고 강무가 발버둥을 쳤다. 강무는 독수리에 채인 병아리처럼 어쩔 줄 몰라 했다. 옥린의 길고 풍성한 검은 머리카락이 휘장처럼 두 사람을 가렸다.

순원왕후의 유산

운현궁의 노안당老安堂.

사랑채인 이곳에는 네 사람이 대원군을 기다리고 있었다. 대대적으로 손을 본 운현궁에는 수려한 외모의 상궁과 궁녀들, 솟을대문과 담 주변을 지키는 군졸들로 왕궁을 방불케 했다.

정원은 푸르게 뻗어 나가는 대나무와 각지에서 가져온 괴석으로 기기묘묘하고 화려했다.

사랑채에는 보랏빛 비단 보료가 깔리고 서안에는 벼루와 서책이 가지런히 놓여 있었다. 조금 떨어진 곳에는 손님을 위한 장죽 서너 개가 대롱대롱 매달려 있었다. 대원군의 스승 추사의 글씨가 눈에 들어오고, 사방탁자에는 구름 위의 용을 그린 청화백자가 품위를 더했다.

한 사람은 영의정을 지낸 정원용으로, 백발이 성성하고 얼굴에는 검버섯이 내려앉았다. 그 옆에는 영의정 김병학, 그리고 중전의 오라버니이자 대원군의 처남인 민승호였다.

김병학은 안동 김씨 일문이지만 대원군의 의중을 꿰뚫어 보고 이를 적극 지지해 철종이 승하한 이후에도 중책을 맡아왔다. 대원군이 자신의 아들 명복을 왕위에 앉히기 위해 김병학과 사돈을 맺겠다는 밀약을 했다는 말도 떠돌았다.

"이 사람은 여주에서 온 민범호라고 합니다."

민승호는 범호를 낯설게 보는 정원용과 김병학을 위해 소개했다.

"대감께서는 무탈하시죠?"

어색함을 깨기 위해 김병학이 먼저 입을 열었다. 정원용에게 말을 건넨 것이다.

"영상이 염려해주신 덕분이오. 고맙소이다."

정원용은 목소리가 떨리고 탁음이 섞였다.

"순원왕후 마마가 대감을 무척 아끼셨다지요?"

한쪽에 있던 민범호가 느닷없이 끼어드는 바람에 모두 놀라 쳐다보았다. 정원용은 "에헴"하고 헛기침을 하며 듬성듬성 남은 수염을 쓰다듬었다.

안동 김씨 김조순의 딸이었던 순원왕후. 정조가 아들 순조를 위해 세자빈으로 점찍었던 순원왕후는 훗날 안동 김씨 척족을 거느리고 조선의 군주로 군림했다. 순원왕후는 삼간택을 앞두고 갑자기 시아버지가 될 정조가 승하하면서 3년을 마음 졸여야 했다.

일단 왕비가 된 이후에는 권세를 휘둘렀다. 순원을 왕비로 맞은 순조는 집권 초엔 외삼촌에게 의지하더니, 이후에는 외척인 안동 김씨 세력에 크게 기울었다.

순조의 명으로 정사를 대신 맡았던 아들 효명세자(익종)가 요절하고, 순조마저 승하하자 대왕대비인 순원왕후가 전면에 나서게 됐다. 효명세자는 조 대비의 지아비로, 즉위를 앞두고 급작스레 숨을 거두었다.

헌종은 졸지에 할아버지와 아버지를 잃고 여덟 살 어린 나이에 즉위했다. 왕실의 법도대로 최고 어른인 순원왕후가 수렴청정에 나섰다. 순원왕후는 오라버니 김유근과 남동생 김좌근을 중용하면서 김씨 가문의 세력을 넓혀갔다.

순원왕후의 수렴청정 기간 조선의 사정은 혹독했다. 햇볕이 적고 기후가 극도로 불순하여 곡식이 제대로 여물지 못했다. 가뭄과 홍수가 백성들을 통곡하게 만들었다. 헌종 3년 경상도에만 굶주린 자가 111만 명에 달했다. 백성들은 가뭄에 이어 홍수로 집과 논밭이 떠내려가 세금을 낼 수 없을 지경이었다.

순원왕후와 김씨 척족은 지방관이 세금을 다 걷지 못하면 파직하거나 유배형을 내렸다. 나라에서 집이 파괴된 가구마다 나눠준 구휼비는 2냥에 그쳤는데, 순원왕후가 5년에 걸쳐 가져간 돈은 20만 냥에 이르렀다.

조정의 기강이 해이해지자 지방관의 수탈은 기승을 부렸다. 군역을 피하기 위해 돈 있는 자들은 뇌물을 주고 장적에서 이름을 뺐다. 힘 있는 문중의 노비로 들어가 군역을 피하는 자도 속출했다. 환곡은 고리대금업으로 변해 백성들의 등골을 빨아댔고, 세금을 감당하지 못한 자들은 떠돌아다니는 유랑민이 됐다.

"순원왕후 마마를 성모聖母라고 칭송하지만…."

민범호가 입을 열었다. 김병학이 범호를 노려보았다.

'이놈이 어느 앞이라고 주둥이를 함부로 놀리고 있어. 주리를 틀 놈 같으니.'

안동 김씨 일문에게 순원왕후는 대모이자 성모였다.

"제가 알기로는 헌종대왕께서 변방의 경계를 높이려고 군량미도 늘리고 계셨지요. 가뭄과 홍수로 사람들이 자식 같던 농토를 버리고 유랑민이 되자 상업으로 숨통을 트이게 해주려 하셨는데 일찍 돌아가셨어요. 가슴을 칠 만큼 안타까운 일입니다."

헌종은 청국과 영국의 아편전쟁에 관심이 많았다. 하지만 조정 대신 중에는 일의 심각함을 제대로 간파하고 대비하자는 자가 없었다. 헌종은 이양선의 공격에 대비해 군비를 비축하고 상업을 장려해 국고를 채우려 했다. 헌종은 정사를 직접 챙기기 시작한 지 8년 만에 갑작스레 숨을 거뒀다.

순원왕후는 '강화도령' 이원범을 데려와 철종으로 세웠다. 순원왕후가 다시 수렴청정에 나서면서 손자인 헌종의 시책을 뒤엎어 버렸다.

김병학은 발끈해서 소릴 질렀다.

"제대로 알고 하는 소리인가?"

'자네 목에는 칼이 들어가지 않나. 입조심하게.'

김병학은 차마 내뱉지 못했지만 부글부글 끓었다. 김좌근의 아들 김병기를 사위로 둔 정원용도 민범호의 말이 괘씸했다.

분위기가 험악해지자 민승호가 민범호의 허벅지를 콱 눌렀다.

"아얏! 왜 이러나?"

민범호가 흘겨보았다.

왕이 되고 싶었던 남자

방문이 활짝 열렸다.

눈같이 흰 학창의를 입은 대원군이 성큼성큼 걸어 들어와 앉았다. 몸을 꼿꼿이 세운 대원군은 수정구슬을 단 것처럼 눈을 반짝였다. 약간 까무잡잡한 피부에 굵직한 주름살이 보기 좋게 패였다. 자신감과 생기가 가득했다.

"오래 기다리셨소이다."

대원군이 비단 보료에 앉자 바람결에 신선한 죽향이 감돌았다.

"무슨 말씀들을 그리 진지하게 하고 계시었소?"

대원군이 좌중을 둘러보며 물었다.

"아닙니다. 대원위 대감."

김병학이 금세 잔뜩 찌푸렸던 표정을 바꾸었다.

"지난번에 내주셨던 벽향주가 향이 아주 좋더이다."

김병학이 분위기를 바꾸려 했다.

"벽향주도 좋지만 오늘은 술빛이 아롱지다 하여 백하주白霞酒라 불리는 술을 마십시다."

대원군이 무릎에 손을 얹으며 말했다.

"백하주요? 귀한 술을 내어주시니 몸 둘 바를 모르겠습니다."

정원용도 목소리를 가늘게 떨며 볼이 옴폭 패이도록 웃었다.

"영상은 몸도 편치 않으실 텐데 모처럼 걸음을 해주셨습니다. 귀한 분들이 오셨는데 기분 좋게 취해봅시다. 밖에 누구 없느냐?"

"예 대원위 대감."

"술상을 들여오고, 채선이를 들라 하라."

"채선이요? 경회루 낙성연 때 소리를 한 그 채선이 말입니까?"

제일 먼저 반색한 사람은 민승호였다.

"그렇다네."

대원군은 채선의 이름을 올리자 얼굴에 화색이 돌며 몸에 힘이 들어갔다. 대원군만이 아니었다. 방에 앉은 사내들 모두 채선의 소리와 자태를 듣고 볼 수 있다는 말에 입이 확 벌어졌다.

진채선.

대원군은 경복궁 재건을 축하하는 연회를 대대적으로 준비하면서 전국의 최고 명창들을 불러모았다. 검푸른 물 위로 경회루의 건강하면서도 고혹적인 자태가 흔들리는 가운데 채선의 소리는 궁궐을 압도했다. 미성인데다 성량이 풍부해 청중을 사로잡았다. 오장육부에서 끌어내는 소리는 하늘에 닿고 사람들의 심금을 뿌리에서부터 흔들었다.

당시 채선은 남장을 하고 무대에 올랐다.

미모를 갖춘 여자로 밝혀져 사람들을 또 한 번 놀라게 했다. 이전까지 소리하는 광대는 오로지 사내들뿐이었다. 금기를 깬 사람이 채선이었다. 소리를 좋아하는 대원군은 첫눈에 마음을 빼앗겼다. 최고 권력의 그는 채선을 운현궁으로 불러들여 자신의 여자로 만들었다.

"대원위 대감, 채선이 대령하였사옵니다."

문이 열리고 진달래 빛 저고리에 노랑 치마를 풍성하게 입은 계집이 들어왔다.

"채선이라 하옵니다."

채선이 대원군과 정원용 앞에서 절을 올렸다.

곧은 듯하면서 동그스름한 어깨와 가녀린 팔, 통통한 손이 눈에 확 들어왔다.

절하는 자태부터 소리에 대한 자신감과 애틋함이 묻어났다.

정원용부터 민승호까지 마른 침을 삼켰다.

'듣던 대로 곱구나.'

김병학은 일어서는 채선을 정신없이 올려보았다. 한때 조정을 쥐락펴락했던 김병학. 기녀들을 수없이 봐 왔지만 명창이라는 덕목이 채선을 더없이 황홀하게 만들었다. 조선을 주름잡던 자들이지만 명창, 소리 잘하는 절색 앞에 모든 걸 잊고 있었다.

채선은 경회루 연회에선 다소 까무잡잡했지만 운현궁으로 옮겨온 후론 백옥같은 피부로 바뀌었다. 대원군이 보물처럼 가꾸고 바깥출입을 금했기 때문일까.

"어험."

대원군은 진기한 보물을 내놓은 듯 헛기침을 하며 목을 빼들었다. 예상대로 사내들은 눈이 퀭할 정도로 채선만 보고 있었다. 대원군의 입에서 옅은 미소가 흘렀다. 채선을 바라보았다. 대원군은 채선을 보자 머리를 짓누르던 근심이 사라졌다. 온몸에 뜨거운 피가 흘러 들뜨기 시작했다.

사내들의 부러워하는 눈빛을 보니 채선이 더욱 사랑스러웠다. 채선은 민낯일 때는 순진한 시골 아이 같은데 비단을 입히고 분칠을 해놓으면 딴판으로 변했다. 민들레처럼 보이던 아이가 검붉은 모란이 되어버렸다.

'술자리가 끝나면 널 남겨둬야겠다.'

대원군은 채선에게 이런 말을 속삭이고 있었다.

민승호는 두 손바닥에 땀이 나 저도 모르게 비볐다. 운현궁을 드나들었지만 이렇게 채선을 보기는 처음이었다.

'저 가녀린 몸이 사내 명창들의 간담을 서늘하게 한 소리를 내다니.'

'저 입술에 입 한 번 맞춰봤으면.'

대원군이 채선을 총애하는 또 다른 이유가 있었다.

다 허물어진 경복궁 중창을 완성한 대업의 순간이 떠올랐기 때문이다. 임진왜란 때 불타 폐허가 되어 버린 경복궁이었다. 잡풀이 무성한 경복궁 터를 볼 때마다 가슴이 시리고 화가 치밀었던 대원군이었다.

대원군은 경복궁을 다시 세운 것에 무한한 자부심과 감격을 느꼈다. 장엄한 위용을 갖춘 경복궁이 완성되자 한양의 모습이 달라졌다. 푸른 하늘 아래 여유롭게 엎드린 청룡처럼 백악산이 뒤를 둘렀다. 그 아래로 겹겹이 보이는 경복궁의 전각들은 보는 이의 경탄을 자아냈다. 왕궁의 장엄한 의식이 거행되는 근정전은 장중하면서도 절제된 화려함을 갖췄다.

왕과 신하가 국정을 의논하는 사정전은 두 마리 거대한 용이 날아오르는 그림이 있어 웅혼하면서도 세련된 자태를 보였다. 하늘을 향해 경쾌하게 올라간 추녀의 곡선은 구름처럼 바람처럼 태연하고 그윽했다. 그 자연스러우면서도 운치 있는 곡선을 보는 것만으로도 시름을 잊게 했다.

물의 기운으로 생명력과 생동감을 불어넣는 경회루는 경복궁의 여의주였다.

경복궁의 완성은 대원군의 정권 장악을 굳건히 해주었다. 그전까지는 조 대비와 아슬아슬한 줄타기를 하며 애간장을 졸여야 했다.

조 대비는 아들인 헌종이 졸지에 숨을 거두고 시어머니인 순원왕후가 강화도령 철종을 왕위에 앉히자 경악했다. 철종을 세운 순원왕후는 2차 수렴청정에 나섰고, 이때 조 대비에게 나타난 사람이 흥선군 이하응이었다.

"대비마마, 문안 인사 올리옵니다."

조 대비는 처음 이하응을 보고 놀랐다. 세도가를 돌며 술이나 얻어먹는 모습은 보이지 않고 당당하고 박력 있는 모습이었다. 이하응에게서 아직 왕가의 기품이 사라지지 않았던 것이다.

이하응은 가끔 조 대비에게 문안 인사를 올리면서 시정의 돌아가는 이야기를 들려줬다. 슬쩍 둘째 아들 이야기를 했다.

"제 아들놈이 꽤 똘똘합니다."

만약 철종이 후사 없이 돌아가신다면 다음 왕위 계승자를 지명할 사람은 왕실의 최고 어른인 조 대비였다. 이하응은 조

대비가 아끼는 조카 조성하의 환심을 사두는 것도 잊지 않았다. 조 대비는 정권의 명운을 걸고 이하응과 손을 잡았다.

조 대비의 예민한 정치감각이 살아난 것도 이때였다. 안동 김문은 촉망받는 자질로 왕위 계승자로 꼽히던 이하전을 역모로 엮어 고통스럽게 죽게 한 자들이었다. 이하응은 아들 명복을 조 대비에게 바쳐, 정권을 손에 넣었다.

대원군이 된 이하응은 세도가 안동 김문을 상대해야 했다. 대원군은 먼저 의정부를 바로 세우기 시작했다. 안동 김문이 비변사를 틀어쥐고 의정부를 허수아비로 만들었던 것이다. 비변사에는 상피相避제도가 없어 아버지와 아들이, 서로 가까운 친족이 함께 당상으로 있어도 문제가 되지 않았다.

안동 김문이 비변사를 통해 지방 관직 임명권을 쥐면서 매관매직이 이뤄졌다. 대원군은 힘의 중심을 의정부로 옮기며 비변사의 힘을 빼갔다.

수렴청정에 나선 조 대비는 만동묘 철폐를 전격 선언했다. 서원은 중앙의 권력자들이 지방의 유력자와 결탁해 횡포를 부리던 본거지였다. 그 중심에 명나라 황제를 제사지내는 만동묘와 화양서원이 있었다.

이들은 백성들에게 제사 비용을 강제하고 말을 듣지 않으면 폭력을 휘둘렀다. 백성들의 원성은 높아만 갔다. 중앙의 고관들이 각 서원의 원장을 맡은 경우가 많아 폐해는 더욱 심했다.

유림은 만동묘를 철폐하라는 조 대비의 명이 떨어지자 발칵 들고 일어났다. 며칠 뒤 조대비의 새로운 명이 떨어졌다. 경복궁을 중건하라는 명이었다.

안동 김씨의 중핵 김좌근이 나섰다.

"경복궁 중건은 300년 동안이나 손대지 못한 일인데 다시 지어 놓는다면 누군들 축원하지 않겠습니까? 다만 공사가 더 없이 크고 재력도 갑자기 마련할 수 없어 답답합니다."

반대한다는 말이었다. 대원군의 입김을 받은 중신들은 찬성 쪽으로 손을 들었다.

대원군의 계산은 두 가지였다. 만동묘 철폐에 반발하던 기득권을 경복궁 공사로 몰아넣어 힘을 분산시키고자 함이었다.

조 대비가 다시 나섰다.

"이처럼 중대한 일은 나의 정력으로는 모자란다. 대원군에게 모두 맡겨버렸으니 매사를 꼭 의논하여 처리하라."

대원군을 경복궁 총책임자로 공개 지명한 것이다. 조 대비의 명은 정국을 번개같이 찢어놓았다.

경복궁 사업이 시작되자 전국 각지에서 나무와 돌들이 수레에 실려 왔다. 승려가 동원되고 전국의 장인들이 속속 올라왔다. 우선 한양과 인근 지역 백성들이 공사를 담당했고 먼 곳에서 온 인부들이 머물 임시 초막이 속속 세워졌다.

공사가 커지고 길어지면서 백성의 원성이 터져 나오기 시작했다. 급기야 '경복궁 타령'이라는 노래가 돌기 시작했다. 무리하게 경복궁을 지어 못 살겠다는 백성들의 노래였다. 불순한 노래가 돈다는 것은 정권을 쥔 자에게 불쾌한 일이었다.

대원군의 귀에도 '경복궁 타령'이 들리기 시작했다.

"그럼 소녀 '경복궁 타령'을 올리겠습니다."

채선이 다소곳하게 아뢰었다.

탕.

대원군이 주먹으로 교자상을 내려쳤다.

"지금 뭐라 했느냐? 발칙한 것 같으니라고."

백하주가 든 술병이 넘어지면서 정원용의 옷 위로 술이 콸콸 쏟아졌다.

"아이쿠."

"대감, 괜찮으십니까?"

채선이 급히 술병을 바로 잡고 어쩔 줄 몰라 했다. 김병학과 민승호가 정원용의 젖은 옷을 민망해하며 하인을 불러댔다.

"어허, 무슨 일이십니까. 대원위 대감."

정원용은 쓴웃음을 지으며 대원군을 바라보았다. 옷에 쏟아진 술로 엉망이 되고 허벅지마저 축축했다. 벌떡 일어나 나갈 수도 없고 불쾌했다.

"이거 미안하게 됐소이다. '경복궁 타령'을 한다는 말에 그만."

대원군이 채선을 노려보았다.

"예?"

채선이 놀라 대원군을 어쩔 줄 모르고 쳐다보았다.

"소녀 '방아타령'을 올린다고 여쭈었는데요."

"드디어 나타났구나."

"전하, 그간 무탈하셨습니까?"

왕은 오랜만에 입궐한 이범진의 어깨를 치며 반가워했다. 산에 들어가 단련한 이범진의 몸은 돌같이 느껴졌다.

"이제 하늘을 휙휙 날 수 있는 게냐?"

"전하를 뵙고 싶어 신선이 되기 직전에 내려왔습니다."

"녀석 입담도 같이 단련했구나."

"진작 뵙고 싶었는데 바쁘실 거 같아 눈치만 봤습니다."

"나야 뭐… 아직까지 공부만 하고 있다."

왕은 잠시 시무룩해졌다.

"전하, 중전마마 납시었사옵니다."

내관이 아뢰는 소리가 들렸다.

"그럼 전 물러갈까 하옵니다."

"아니야. 중전께 인사 올려야지."

"예?"

"뫼시어라."

문이 열렸다. 이범진은 벌떡 일어나 머리가 땅에 닿을 듯 구부렸다. 괜히 가슴이 두근거렸다. 상큼한 난초향이 방안 가득 번졌다.

"중전, 이범진이라고 종친이요."

왕비는 눈을 반짝이며 허리를 구부린 이범진의 단단한 등을 바라보았다.

"진작 인사를 올렸어야 했는데 황송하옵니다. 중전마마."

이범진은 차마 고개를 들지 못하고 아뢰었다.

"전하께 말씀 많이 들었어요. 어떤 분인지 궁금했습니다."

왕비의 생기 넘치는 목소리를 들은 이범진은 온몸에 전율이 일어났다.

나라를 떨게 한 다섯 글자

"물렀거라. 대원위 대감 행차시다."

네 명의 건장한 장정이 짊어진 가마가 나타났다. 사람들은 '대원위 대감'이란 말에 허겁지겁 달아나며 길을 비켰다. 흥선 대원군의 떠들썩한 가마였다. 어깨가 떡 벌어지고 단단한 가마꾼만 아니라 눈을 부릅뜬 겸종들도 가마를 호종했다. 칼을 차거나 몽둥이를 든 자들로, 눈을 부라리며 쉴 새 없이 두리번거렸다.

가마를 배종한 자들 중에는 '천하장안'도 끼어 있었다. 네 명의 대원군 심복인 '천하장안'은 여론을 탐지해 보고하고 불순한 자들은 무섭게 응징했다. '천하장안'의 동생들은 궁녀들이었고, 이들과 함께 몇 명의 내시들이 대원군의 눈과 귀가 되었다.

대원군은 기린을 수놓은 남색 관복을 입고 있었다. 눈빛은 차고 낮게 깔렸다.

가마는 날 듯이 종친부로 향했다.

경복궁에 닿자 대원군은 잠시 고개를 들어 올려다보았다. 태조 때보다 몇 배 더 웅장하게 지은 경복궁이 백악산과 서로 그 웅혼함을 겨루고 있었다. 웅장하게 새로 태어난 경복궁은 대원군에게 머리를 조아리는 듯했다.

새로 단장한 종친부는 근엄하면서도 화려한 자태로 주인을 맞았다. 왕족과 종친의 일을 맡아온 종친부는 안동 김문의 세도 정치에 시달리면서 빈껍데기로 남은 존재였다. 꺼져가던 종친부를 일으켜 세운 사람이 대원군이었다.

종친부로 들어서자 형조 집리執吏인 오도영이 기다리고 있었다.

"어서 납시옵소서. 대원위 대감."

오도영은 튀어나와 두 손을 바짝 모으고 머리를 조아렸다. 대원군은 오도영과 같은 6조의 집리들을 장악하고 있었다. 집리들이야말로 6부의 실무를 뱃속까지 알고 있는 자들이었다. 이들은 6조의 수장인 판서와 참판, 참의 등이 무얼 하고 있는지 무슨 꿍꿍이인지 빠짐없이 보고했다.

"들어오너라."

대원군은 집무실인 아재당我在堂으로 성큼성큼 들어갔다.

오도영은 몰라보게 달라진 종친부를 보자 새삼 머리가 쭈뼛했다.

'이게 다 대원군의 힘이야.'

자신의 눈으로 확인하자 소름이 돋았다. 대원군이 안동 김문이 쥐고 있던 비변사의 힘을 빼 의정부로 옮겼지만, 그 힘의 최종 목적지는 종친부였다.

종친은 국정에 참여할 수 없었다.

대원군은 왕의 살아있는 아버지로서 정무에 관여하기 위해 종친부를 키웠다. 종친들이 조정에서 실제 관직을 겸직할 수 있게 하고, 핵심인 재정과 군정 부분에 배치했다. 마침내 종친부는 조정의 최고 기관이 되었다.

대원군은 종친부의 수장으로서 명을 내렸다. 실질적으로 왕위에 군림할 수 있게 된 것이다. '대원위 분부'라는, 임금의 권위를 능가하는 명령을 지방에까지 내려보냈다. 왕의 전교보다 '대원위 분부'라는 다섯 글자에 나라가 떨었다.

그는 전라감영의 백낙서 같은 향리도 손아귀에 넣었다. 이들을 통해 정보를 얻고 지방관을 좌지우지하기 위함이었다.

"대원위 대감께서 패악의 뿌리였던 서원을 없애라 분부하시니 백성들이 기뻐 춤을 추고 있습니다요."

오도영은 대원군의 칼날 같이 날카로운 눈을 보자 급히 머리를 수그렸다.

"유생들은 광분해서 날뛰고 있지 않느냐."

대원군의 입술이 비틀리듯 벌어졌다. 노기를 머금은 눈빛이 섬뜩했다. 서원 철폐를 반대하는 상소를 올리며 울부짖는 유생들을 죄다 끌어내 뜨거운 맛을 보여주고 싶었다.

"그래봤자 한때뿐입죠. 헤헤. 대감께서 반호班戶들도 군포를 내게 하시니 백성들의 칭송이 자자합니다요."

오도영이 코까지 씰룩이며 추켜세웠다.

"참으로 대단하십니다. 당최 누가 이런 일을 해낼 수 있겠습니까요."

"저희들 체면을 세워주려고 종놈의 이름으로 군포를 내게 했으니 더 이상 군말하면 엄벌을 내려야지."

"암요. 여부가 있습니까. 참으로 제갈량의 책략이십니다."

"달리 할 말이 있느냐?"

"근데 말입니다. 대원위 대감."

바람이 분다.

밝은 태양 아래 푸른 보리가 바람을 타고 쓰러질 듯 흔들린다. 파아란 하늘이 금세라도 툭 터져 쏟아질 듯하다. 흰 구름이 무심히 흘러가고 있다. 보리밭에 누워 바람을 느끼고 흘러가는 구름을 하염없이 바라보고 있다.

'아버지-.'

어디선가 소년의 목소리가 들린다.

'아버지-.'

누굴까.

'아버지-.'

둘째 놈 명복이구나. 익선관에 붉은 곤룡포를 입은 소년은 눈물을 글썽였다.

'아버지 유모를 살려주십시오.'

'그만하시오. 주상.'

'아버지 유모의 목숨을 살려주십시오. 유모의 젖을 먹고 자란 저입니다.'

'그만하라니까.'

'대원군.'

갑자기 소년은 굵은 목소리로 '아버지' 대신 '대원군'이라 내질렀다.

대원군이 눈을 번쩍 뜨자 비단 이불이 목을 칭칭 감고 있었다. 몸부림을 치다 감겼나보다. 흘린 땀으로 이불이 푹 젖어 있었다.

'꿈이었구나.'

대접에 담긴 찬물을 들이킨 대원군은 창을 두드리는 빗소리를 들었다. 운현궁 주위로 군졸들이 삼엄하게 지키는데도 불안했다. 꿈속이지만 명복이 자신에게 눈을 부릅뜬 것은 처음이었다. 기분 나쁘게 등짝이 서늘했다.

꿈속에서 명복은 유모 박씨를 이야기하고 있었다. 유모 박씨는 천주교를 믿어 '박 마르다'라는 영세명까지 얻었다. 대원군은 아내인 부대부인과 유모가 은밀히 천주교를 믿는 것을 알았다. 하지만 모른 척 했다. 부대부인은 아들이 왕위에 오르자 극비리에 이를 축복하는 미사를 요청하기까지 했다.

당초 대원군은 승지였던 남종삼이 아라사(러시아)의 남진을 막기 위해 법국(프랑스)의 힘을 이용하자고 했을 때 솔깃했다. 그때 베르뇌 주교와의 접촉을 지시했다. 아라사는 통상을 요구하며 조선 땅에 막무가내로 들어와 위협하고 있었다.

대원군은 북경으로 간 사신들이 영길리(영국)와 법국의 북경 침공과 선교사들의 피살 소식을 전하자 경악했다. 서양 오랑캐에 대한 인식이 나빠진 데다 아라사가 스스로 물러가자 법국을 이용하려던 생각을 바꿨다.

대원군은 조정 대신들이 천주교를 비난하고, 경복궁 대역사로 민심이 돌아서자 돌파구가 필요했다.

원납전을 강제로 거두자 원성이 높아지고, 관직을 팔자 양반들의 불만이 폭발했다. 상평통보의 100배 가치를 지닌 당백전을 통용시켰지만 실제 가치는 5배 정도였다. 재정을 메우기 위해 당백전을 1,600만 냥이나 만들었다. 당시 조선에서 유통되던 돈보다 많은 규모였다. 급기야 청나라 돈인 청전淸錢까지 유통시키자 쌀값이 폭등하고 못살겠다고 아우성이었다.

대원군은 천주교 금압령을 내렸다. 천주교인으로 붙잡으면 그 재산을 몰수할 수도 있었다. 포도청은 두루마기에 포선布扇으로 얼굴을 가리고 조선인처럼 암약하던 베르뇌 주교를 체포했다. 유모 박 마르다는 강원도로 몸을 피했지만 끝내 잡혀 순교했다.

박해를 피해 달아났던 리델은 함대사령관 로즈와 프랑스 군함 7척을 몰고 와 강화도를 약탈 방화했다. 조선인 천주교인의 안내를 받고 진입한 로즈는 "프랑스 선교사 9명을 죽였으니 조선인 9,000명을 죽이겠다"며 날뛰었다.

조선군은 연패를 거듭하다 양헌수의 분전에 힘입어 프랑스 함대를 물러가게 했다.

"쳐죽일 놈들."

격노한 대원군은 위정척사비를 곳곳에 세워 전의를 불태웠다. '위정척사 먹'까지 만들어 식자들이 먹을 갈 때마다 이를 보게 만들었다.

민치록과 개화파 유신환

'어일신御一新?'

왕비는 주위를 물리치고 왜학 역관이 은밀히 올린 수본手本(긴급 보고)을 들여다보고 있었다.

쇼군이 다스리던 막부의 나라 왜국이 왕을 세우고 왕정으로 돌아섰다. 그것도 합중국(미국)이라는 서양 오랑캐의 침공을 받아 사무라이들이 이 같은 반정을 일으켰다는 것이다. 일왕이 다시 정권의 중심에 섰기 때문에 왜국에선 '어일신(메이지 유신)'이라 부른다고 적었다.

'왜국은 칼을 휘두르는 무사들의 나라 아닌가.'

왜국이 합중국이라는 양이의 침공을 받고 우왕좌왕하다 개항했다는 건 충격이었다. 무사들이 반역을 일으켜 일왕을 세우고 막부를 무너뜨린 것이다. 이전까지 왜국의 왕은 허울뿐, 실권은 막부에게 있었다. 일반 왜인들은 일왕이 있는지조차 잘 모를 정도였다.

왜국이 오랑캐 나라에 사람을 보내 양이의 문물을 흉내 낸다는 보고도 있었다. 심지어 무사들은 자존심이라 부른 존마게(상투)를 자르고 오랑캐의 옷을 입는다고 했다.

'이게 다 사실일까?'

왕비는 수본을 읽은 뒤 바로 태워버렸다. 대원군이나 왕궁 안팎에 도사린 첩자가 알면 위험했다. 도처에 대원군의 첩자가 있어 속속 보고되고 있었다.

'아버지….'

왕비는 아버지 민치록의 친구였던 봉서 유신환을 떠올렸다.

'봉서 선생이 말했던 외세의 침략이 이런 걸 말한 것일까.'

왕비는 어렸을 때 봉서 선생이 아버지를 찾아왔던 일이 생각났다.

"봉서와 제자들이 온다니 준비해주시오."

민치록은 부인 이씨에게 말했다.

"제자들도 오니 술상도 잘 차려주고."

"무슨 일이 있습니까? 기별도 없었는데…."

이 씨는 술과 음식 준비가 안 돼 있던 터라 낭패한 얼굴이었다. 곁에 있던 자영은 손님이 온다는 말에 신이 났다. 더구나 자신을 귀여워 해주는 봉서 선생이 온다는 말에 기뻤다. 유신환은 자영이 글을 많이 읽고 똑똑하다며 칭찬을 아끼지 않았다.

'자영이가 사내였다면 나라를 호령했을 텐데 아깝네. 아까워.'

자영은 유신환의 그 말을 잊지 않았다.

"아버님 선비들이 오셔요? 봉서 선생도 오시고요?"

"그래. 왜 그러느냐?"

"말씀 나눌 때 저도 옆에서 듣고 싶어요. 보여드리고 싶은 것도 있구요."

자영은 선비들에게 글 실력을 뽐내고 싶었다.

"그건 안 되겠는 걸."

"왜요?"

"어른들이 말씀 나누는 자리야."

"제가 사내라면 방에 들어가도 되나요?"

자영은 아버지의 눈을 쳐다보며 물었다.

"아무튼 넌 너무 어리구나."

자영은 손님들이 오기 전에 병풍 뒤로 숨었다.

'병풍 뒤에서라도 들을테야.'

병풍 뒤는 어둡고 좁아 기절할 만큼 답답했지만 참았다. 조금이라도 몸을 잘못 움직이면 병풍이 넘어가니 극도로 조심해야 했다. 숨소리도 크게 내면 들킬 게 뻔했다.

'조금만 참자.'

자영은 이를 악물었다.

"어서 오시게."

민치록은 사랑채에 유신환과 두 명의 제자를 맞았다. 민치록은 오희상의 제자이자 사위였고, 유신환도 오희상의 제자였다.

"봉서, 자네는 이렇게 제자들이 많으니 든든하겠네."

"서하(棲霞 · 민치록) 자네야 나라의 중요한 일을 맡으니 나라도 후학을 길러야지."

유신환이 천천히 웃으며 말했다. 유신환은 외직에 나가 개혁적인 선정을 베풀다 모함을 받았다. 이후 벼슬길을 단념하고 후학을 기르는 데 힘을 쏟았다.

"스승님은 저희에게 어서 출사하라 하십니다. 정치의 기강이 해이하고 난의 징조가 싹트는 때라 저희라도 조정에 들어가 바로잡으라고요."

"나라가 기울어 가는데 보고만 있겠는가. 제자들이 어서 빨리 관직에 나아가 나라를 바꾸도록 해야지."

"자네는 일찍이 영길리(영국)가 청국을 공격했을 때 외세의 위험을 말하지 않았나. 자네같이 시무에 밝고 식견이 넓은 사람이 조정에 있어야 하는데…."

민치록은 유신환이 중용되지 못함을 안타까워했다. 유신환은 청국과 영국의 아편전쟁 당시 조선에도 열강의 화가 미칠 것을 우려했었다.

"기억하는군. 교묘한 기계를 가진 영길리가 청국의 젖줄인 강소와 절강 지역을 점령하면 이를 막아낼 수 없을 거라 예견했지."

유신환이 반가운 얼굴로 옛일을 기억했다.

"그때 자네는 영길리가 침공한 사실도 빨리 알아냈어. 굉장히 놀라웠지."

"연경 가는 사행단에 무슨 일이 있으면 서찰을 보내 달라고 특별히 부탁했지. 조선도 청국과 같은 처지를 당하게 될까 봐 무척 애를 태웠거든."

"조정에선 청국의 말만 듣고 별일 아니라고 치부하지 않았나. 청국은 '가끔 일어나는 오랑캐의 반란' 정도라면서."

조선은 청국이 대수롭지 않게 판단하자 비슷한 인식을 했다.

"다시 영길리와 법국(프랑스)이 연경까지 쳐들어오자 사색이 되었지. 그때 자네의 예지력에 탄복했네."

민치록의 말에 제자들이 고개를 끄덕이며 동감을 나타냈다. 당시 민치록은 유신환의 식견에 자극을 받아 청국에서 나온 《해국도지》를 빨리 입수했다. 서양에 대해 쓴 《해국도지》는 놀라움 자체였다.

"그나저나 토지와 군역 문제를 해결해야 하는데 답답하네."

유신환이 한숨을 내쉬었다.

"지금처럼 모두에게 똑같이 군포軍布를 내게 하는 건 불공평해."

"자넨 공경과 서인이 똑같이 한 필씩 내는 건 불공평하다고 했지."

민치록이 고개를 끄덕이며 말했다.

"중요한 건 세稅를 받을 때 포와 쌀이 아니라 모두 돈으로 받아야 한다는 점이야."

"금납화 말인가? 군포 수입이 중요해지니까 자꾸 늘리고만 있으니 문제긴 문제네."

"옛날엔 재물을 내어 병사를 기른다는 이야기는 들었어도 지금처럼 병사에게서 재물을 걷어 양병을 한다는 말은 들어보지 못했어. 잘못된 거야."

민치록이 천장을 응시했다. 첩첩이 꼬여있는 현실이 막막했다. '강화도령'을 왕으로 올린 안동 김문에게는 개혁 의지가 없었다.

"전세田稅를 개혁해야 해."

유신환의 단호한 목소리에 민치록이 눈을 끔쩍했다.

"이것저것 고칠 게 너무도 많아."

민치록이 웃으며 받았다.

"나라에서 토지를 정확히 재서, 이를 바탕으로 정확한 양안量案(토지대장)을 만들면 될 텐데. 그래야 서리배들이 중간에서 농간 부리는 걸 막을 수 있을 텐데 말이야."

"그렇기는 한데 실행이 어찌 이리 어려운지."

민치록도 가슴이 답답했다.

"봉서 자네가 씨를 많이 뿌리고 있으니 좋아지겠지. 우리 집안의 영목이와 태호도 잘 가르쳐주게."

"하하, 알았네."

"나으리, 술상을 들여갈깝쇼?"

하인이 대청 아래서 물었다.

"아니다. 건넌방에 차려라."

민치록이 목소리를 높여 일렀다.

"자 이야기는 그만하고 건넌방으로 가세."

민치록은 방을 나가며 힐끗 병풍을 쳐다보았다.

'자영이가 뒤에 숨은 게로군. 어린 것이 괜찮으려나….'

자영은 사람들이 나가자마자 겨우 기어 나왔다. 다리가 저리고 속이 메스꺼워 나오자마자 쓰러졌다.

"중전마마, 대왕대비 마마의 언문 교지를 모은 것이옵니다."

왕비는 추억에서 빠져나와 서안 위에 올려진 비단 서책을 바라보았다. 상궁이 올린 서책이었다. 대왕대비가 3년간 수렴청정을 하면서 내린 교지를 모은 것이었다. 왕비에게 조선의 국정을 한 손에 쥔 대왕대비의 모습은 충격이고 자극이었다.

'그래 여자도 정사를 볼 수 있어.'

대왕대비는 정치적 동지인 대원군과 교감을 나눴지만 엄연히 자신의 목소리를 냈다. 주상이 가례를 올리자 미련 없이 수렴청정을 거둔 대왕대비의 간결한 모습도 보기 좋았다.

'여자가 할 수 없는 일이란 이 세상에 없어.'

왕비는 대왕대비의 모습에 속이 통쾌했다.

"대왕대비 마마의 교지를 잘 모아 후세들도 오래 볼 수 있게 하여라."

섭정을 받는 청나라 황제

왕비는 초계를 물끄러미 쳐다보았다.

오늘따라 초계가 유난히 미색으로 보였다. 왕궁에는 조선의 내로라하는 미색들이 한둘이 아니건만, 초계는 이들과 견주어 전혀 뒤지지 않았다. 향이 진하고, 화려한 존재였다.

"초계야."

"예 중전마마."

초계는 이쁘장한 외모와 달리 목소리는 사내처럼 굵고 쉰 듯했다. 어려서부터 소리를 해서 그런 것이리. 여전히 가야금을 뜯고 창을 하는 것에 능했다.

"너도 이제 지아비를 맞아야 할 때가 되지 않았느냐."

"예? 무슨 말씀이시온지…."

초계는 생각지도 못한 말에 숨이 턱 막혔다.

"너를 측실로 삼고 싶다는 자가 한둘이 아니니다. 이번에는 거절하기 어려운 자리가 들어왔다."

"마마."

초계의 눈에서 눈물이 왈칵 쏟아졌다. 얼른 손으로 눈물을 훔쳤다.

"널 호강시켜 줄 게야."

초계는 비록 종이지만 어려서부터 한집에서 자라 정이 남달랐다. 왕비도 초계의 특출난 재기가 안타깝지만 어쩔 도리가 없었다. 대왕대비의 조카가 민승호를 통해 말을 넣었기 때문이다. 자신의 손발인 초계가 측실로 들어가면 가장 안타까운 사람도 왕비였다.

"마마 측실로 살 바에야…."

초계는 목에 칼을 넣은 것처럼 따끔거려 말을 이을 수가 없었다.

"죽기라도 하겠다는 게야?"

왕비의 눈빛이 서늘해졌다.

"측실이라고는 하지만 편하게 살 수 있을 게다. 비단옷 입고 좋은 집에서 편히 살려무나. 내 섭섭지 않게 보태 주겠다."

왕비는 초계가 측은하기도 해 달랬다. 초계는 가슴이 터질 것만 같았다.

"마마 저를 면천시켜주십시오."

초계는 신음하듯 온몸을 던져 아뢰었다.

"뭐? 난데없이 면천은 무슨 소리야? 귀여워 해주니 하늘 무서운 줄 모르는구나."

왕비는 주먹으로 보료를 치며 역정을 냈다.

"절 보내지만 않으시면 마마를 위해 목숨을 바치겠습니다."

초계의 눈이 멍하니 허공을 보는 것이 무섭기조차 했다.

"참말로 목숨을 바칠 게야?"

왕비는 엄한 목소리로 물었다.

"예 마마."

초계가 앞으로 쓰러져 얼굴을 파묻었다.

"나를 위해 꽃도 되고, 독수리도 되고, 지렁이도 될 수 있느냐?"

왕비의 목소리가 얼음 같았다.

"예 마마."

"측실로 가는 건 없던 일로 하겠다. 면천은 두고 봐서 해줄 터이야."

"이 은혜 죽어도 잊지 않을 것이옵니다."

"그만 눈물은 거두거라. 네가 주제넘게 왜학을 배우고 있다고 들었다. 왜학을 배우는 이유가 뭣이냐?"

초계는 왕비의 봉서 심부름을 다니면서 서사 상궁 강씨와 친해졌다. 강 상궁을 졸라 사촌 형부를 통해 왜학 역관을 소개 받았다.

"마마 그…걸 어찌 아셨습니까?"

초계의 얼굴이 파랗게 질렸다.

"한문은 마마가 나으리께 배우실 때 어깨너머로 쪼금씩 익혔사옵니다. 그냥 왜학을 해두면 좋을 듯 싶어서요."

초계가 딸꾹질을 시작했다.

"죄송하옵니다. 딸꾹."

"쯧, 골치 아픈 종자로다."

왕비는 그러나 왜학을 그만두라는 말은 하지 않았다.

초계는 민승호를 따라 여주로 갔다. 왕비의 분부로 청나라에서 온 태웅을 한양으로 데려오고 태웅이 가져온 서책의 책 제목을 써오라는 분부였다. 왕비는 태웅이 가져온 서책을 소문나지 않게 잘 싸서 가져오라 명했다.

"연경에서 상해로 옮겼다지. 잘 배우고 왔느냐?"

민승호는 태웅의 절을 받고 물었다. 그 사이 태웅은 훌쩍 커서 몰라볼 정도였다.

"예."

수염이 돋기 시작한 태웅은 먼 길을 와서인지 구릿빛이었다.

태웅은 한쪽에 말없이 앉아 있는 초계를 발견했다. 작은 얼굴에 커다란 눈과 유난히 도톰하고 촉촉한 입술이 눈에 들어왔다. 한창 이성에 관심이 폭발하는 나이인 태웅은 초계의 도도해 보이는 미모에 자꾸 신경이 쓰였다.

"가져온 서책들은 여기 초계한테 빠짐없이 잘 넘기도록 해라. 중전마마께서 널 보자고 하시니 하루 이틀만 쉬고 한양으로 곧장 가야겠다."

민승호는 모처럼 여주에 와서 만나자고 기별을 넣는 사람이 많은데 서둘러 가야해 아쉬웠다.

방으로 들어온 태웅은 팔베개를 하고 벌렁 드러누웠다.

'한양으로 가 중전마마를 뵙는다고?'

입궐을 한다니 떨리기도 하고 설레기도 했다. 태웅은 눈을 껌뻑껌뻑하며 천정을 바라보았다. 자꾸 초계의 얼굴이 떠올랐다.

'누굴까?'

"도련님 초계입니다. 잠시 들어가겠습니다."

태웅은 가슴이 뛰어 벌떡 일어났다.

'아까 그 여자다.'

초계가 눈을 들어 바라보자 태웅의 가슴이 쿵쾅거렸다. 초계는 태웅이 연경과 상해에서 가져온 책들의 제목을 베끼기 시작했다. 책을 들여다보는 눈빛이 진지하고, 가끔 안을 들춰보았다. 눈을 반짝이며 한참을 읽어 내려갔다.

태웅은 초계의 오똑한 콧등, 커다란 눈망울과 짙은 눈썹을 힐끔힐끔 훔쳐보았다. 이슬을 머금은 장미 꽃잎처럼 도톰하고 촉촉한 입술이 사정없이 끌어당겼다.

1872년 경복궁 자미당.

"공친왕이 오랑캐를 불러들여 안으로는 국가를 좀먹게 하였는데, 신하나 백성 중에 분하고 원통해 하는 사람은 없었소?"

왕은 사행을 다녀온 서장관 박봉빈을 불러 청국 사정에 대해 물었다. 공친왕은 청 황제 동치제의 숙부로, 어린 황제를 대신해 섭정에 나선 자였다. 동치제의 생모 서태후가 정치에 깊숙이 관여하고 있는 상황이기도 했다.

왕은 자신보다 네 살 어린 동치제에 관심이 많았다. 자신은 열두 살, 동치제는 다섯 살이란 어린 나이에 조선과 청국의 지존에 올랐다는 점도 비슷했다. 두 사람 모두 섭정을 받고 있었다.

"조야의 모든 사람이 격분하여 탄식하지 않는 이가 없었습니다."

왕이 눈빛을 반짝이며 물었다.

"중국의 인심은 전에 비해 어떠했소?"

"몇 년간 공친왕이 권세를 부린 이래 백성들이 도탄에서 헤어나지 못하고 있습니다. 허나 만약 황제께서 직접 정치를 하신다면 마땅히 회복되어 소생할 것이라고들 합니다."

왕은 표정이 밝아졌다. 반가운 말이었다.

"청국의 법령이 전에 비해 해이해졌다고 하는데 어떠하오?"

"황제는 뛰어난 슬기와 더없이 현명한 자질을 갖추셨습니다. 부지런히 학문을 연마하시고 법령을 엄히 신칙하셔서 태평한 시대를 이루실 거라 말하고 있습니다."

청국 백성들은 공친왕보다 성군의 자질을 갖춘 동치제가 친정親政에 나서기를 바라고 있다는 말이었다.

왕은 크게 흡족해 고개를 끄덕였다.

'황제도 지금은 섭정을 받고 있지만 친정에 나설 날이 멀지 않았구나.'

달빛이 교태전을 은은하게 비추고 있었다.

침소 한구석에 놓인 향로에선 사향의 고혹적인 향내가 왕과 왕비 주위를 감돌았다. 왕비의 작고 미끈한 이마가 달빛을 받고 있었다. 비단 속옷이 왕비의 늘씬한 팔과 어깨의 윤곽을 부드럽게 드러내고 있었다.

"서장관에게 물으니 황제가 현명한 데다 학문을 부지런히 닦아 신하와 백성들이 크게 기대한다고 하오."

왕은 툭 던지듯 말했지만 속마음은 매우 간절했다.

'전하가 지금 황제의 친정에 대해 이야기하고 있는 것인가?'

왕비는 지아비의 친정을 진작부터 절실하게 생각하고 있었다. 왕의 품에 안겨 있다 벌떡 일어나 엎드렸다.

"왜 그러시오?"

왕은 놀라 반쯤 몸을 일으켜 세웠다.

"전하."

왕비의 눈이 금강석처럼 반짝였다.

"10년간 강학에만 전념해오신 전하야말로 이제 성군의 도를 펼치실 때입니다."

"중전."

왕은 사랑스러운 왕비의 뺨을 어루만졌다. 뜻밖의 소리에 놀라기도 하고 가슴이 빼근했다.

"내가 잘 해낼 수 있을까?"

"물론이옵니다. 벌써 많은 이들이 전하의 친정을 바라고 있사옵니다."

왕은 그 말을 듣자 조금 쑥스러운 듯 웃었다.

"이제 모든 허물은 신이 받을 것이옵니다. 전하의 뜻을 맘껏 펼치시옵소서."

배 띄워라

“아까 어떤 아이가 와서 절에 다녀가라고 하더라.”

초계는 어머니의 말에 고개를 갸우뚱했다. 절이라 함은 원당사願堂寺를 말했다. 민치록이 꿈에 미륵불이 현몽한 뒤, 부인 이씨가 정성으로 불공을 드려 왕비인 민자영을 낳았다. 자영이 왕비로 책봉되자 절을 원당사로 불렀다.

‘무슨 일인데 절에서 부르실까?’

산에는 흐드러지게 핀 진달래가 몸을 흔들고, 꽃잎을 활짝 연 복사꽃이 보는 이를 취하게 만들었다. 천지 가득 내리는 태양 빛에 눈이 부셨다. 꽃들의 색과 향을 탐하는 벌과 나비가 이리저리 날았다. 새로 틔우는 나무의 연녹색이 이리저리 산을 물들였다.

동정童貞 같은 연녹색에 취하자 초계의 마음이 하늘로 떠올랐다. 바위 위로 떨어지는 물소리는 맑고 기운찼다. 가슴이 터질 듯한 봄이었다.

절에는 주지 스님이 보이지 않았다.

'사람을 불러놓고 어딜 가셨나.'

초계는 콸콸 쏟아지는 약수물에 얼굴을 씻었다. 바람이 불 때마다 풍경 소리가 정겨웠다.

'온 김에 산신각이나 올라가 볼까?'

초계는 산신각에서 두 손을 모으고 절을 올렸다.

'중전마마가 건강하시길 비오며….'

이때 누군가 초계의 어깨를 꽉 잡았다. 사내가 초계의 입을 급히 막았다. 재빨리 삿갓을 들어 올렸다.

초계는 놀라 온몸이 딱딱하게 굳었다. 하얀 두루마기를 점잖게 입은 사내는 달수였다.

"달수야!"

초계는 달수의 손에 이끌려 숲속으로 들어갔다. 달수는 쉴 새 없이 사방을 경계하면서도 초계에게서 눈을 떼지 못했다. 상투에 망건까지 쓴 달수는 영락없는 양반이었다. 다듬은 듯한 눈썹과 높고 긴 콧대, 얇지만 또렷한 입술은 초계의 가슴을 설레게 했다. 차려입으니 한양 북촌의 잘생긴 젊은 사대부였다.

"근데 이…건 뭐야? 이 옷은 다 뭐고. 경을 칠려고 이러구

나타났어?"

초계는 반갑다는 말 대신 다른 말부터 튀어나왔다. 말해놓고 금세 후회했다.

"초계야, 오랜만이다."

깊은 숲속에 들어가서야 달수가 초계의 손목을 놓았다. 두 사람은 반가움에 숨이 막혔다.

"여기 오래 있지 못한다. 오늘 떠나야 해."

달수가 숨 가쁘게 말했다.

"뭐야. 그럼 왜 왔어?"

달수와 헤어지고 나면 또 한참을 괴로워해야 했다. 얼마나 긴 시간 가슴앓이를 해야 하나.

"초계야 나랑 같이 가자."

"뭐-뭐라구?"

초계의 가슴이 벌렁거렸다.

"이제는 니가 노비라도 상관없다."

쏴아-.

갑자기 거센 바람이 숲을 세차게 흔들어댔다. 커다란 바람 소리는 달수의 말소리까지 삼켜버렸다. 그 바람에 초계는 달수의 말을 듣지 못했다.

"아니 손톱 발톱에 피가 나도록 일해서 내가 널 속량해 줄 터. 같이 가자."

"싫어."

초계는 몸을 홱 돌렸다.

'왜 이제 나타났어. 조금만 조금만 더 일찍 오지.'

가슴이 죽죽 찢어졌다. 자신은 중전마마와 이미 약속한 몸이었다. 죽을 때까지 중전마마를 모시기로.

"그러지 말고 같이 가자. 다른 계집은 다 싫다. 자나 깨나 너만 생각난다구."

달수의 눈에 눈물이 가득 고였다. 초계의 손을 덥석 쥐었다.

'아.'

순간 초계는 아득해졌다. 처음 만났을 때 엉엉 울던 자신을 달래주던 따스한 손이었다. 따스한 그 손을 먼저 사랑했었다. 사랑의 시작이었다.

달수가 와락 초계를 안았다. 짧은 저고리 아래로 느껴지는 초계의 둥근 유방이 달수를 뜨겁게 했다.

숲을 흔드는 바람이 지나갔다. 환하던 주위가 구름이 몰려오는지 어둑해졌다.

"저리 가. 뭔 짓이야."

초계는 달수를 힘껏 밀쳐냈다.

"나 마지막으로 매달리는 것이여. 다신 매달리지 않을 것이다."

달수가 울부짖듯 말했다.

초계는 달수의 굵고 죽 뻗은 목선과 턱선을 멍하니 쳐다보았다. 찌푸린 미간마저 깎은 옥 같아 보였다. 초계는 그 하나하나 손끝으로 만져보고 입 맞추고 싶었다. 얼마나 보고 싶었던 얼굴인가. 초계는 비척거리며 돌아섰다.

"초계야."

"너무 늦었다. 달수야."

사방으로 산벚꽃이 눈송이처럼 날렸다.

강을 내려다보는 정자는 술잔 부딪치는 소리와 사내들의 목소리로 떠들썩했다. 민승호를 보러 온 사람들이 마련한 술자리였다.

부름을 받고 온 초계는 표정이 없고 얼굴색은 백지처럼 창백했다. 달수와 헤어져 내려온 뒤 정신이 나간 듯했다. 남색 치마에 진노랑 저고리를 입은 초계는 금세 달에서 내려온 듯했다.

"소문 난 아이가 저 아이군요. 소문날 만합니다."

김 진사가 팔을 걷어붙이며 한마디 했다.

태웅도 한쪽에 자리를 잡고 앉았다.

'뭐 저런 놈이 다 있어.'

태웅은 김 진사를 노려보았다.

"자, 소리 한번 뽑아 보아라."

민승호가 으쓱해져 초계에게 말했다.

"죄송하옵니다. 쉰네 오늘 몸이 불편하여…."

민승호는 순간 얼굴색이 싹 변했다. 사람들 앞에서 체면이 아니었다. 그렇다고 중전마마가 아끼는 몸종이라 함부로 대할 수도 없었다.

"알았다. 헤헴."

민승호의 얼굴이 일그러졌다.

"거참 아쉽네. 대감 그럼 전 송구하지만 먼저 일어설까 합니다."

여주 목사가 자리를 털고 일어서려 했다.

"왜 그러시오? 아직 술자리는 시작도 안 했는데."

민승호가 목사를 붙잡았다.

"요사이 주변에 동비東匪(동학교도)들이 돌아다닌다고 합니다."

"동학쟁이들 말입니까?"

"예 사람들 눈을 속이기 위해 아랫것들이 양반행세까지 하고 다닌다고 합니다. 혹여 모르니 저는 가서 교졸校卒들이나 쪼아야겠습니다."

목사는 초계를 한번 힐끗 보더니 아쉬운 표정을 지었다.

'양반 행세하는 동비?'

초계의 등줄기가 서늘해졌다. 달수의 사대부 차림이 떠올랐다. 달수가 그럼 동학을 한단 말인가.

"잠시만요. 나으리."

초계가 벌떡 일어섰다. 얼굴에 화색을 띄운 초계가 목사를 향해 웃었다.

"예까지 납시었는데 어찌 그냥 가시려고요. 쇤네 재주는 없지만 한번 불러보겠습니다."

"옳거니."

민승호가 무릎을 치며 반색했다.

초계가 한 손으로 옷고름을 살짝 쥐었다.

"배 띄워라-."

초계의 목에서 요염하면서도 구슬픈 소리가 터져나왔다. 초계의 눈에 달이 가득해졌다. 마치 강물에 달이 뜬 것 같았다. 소리를 시작하자 모두 정신없이 빨려 들어갔다. 마치 초계가 옷을 한 꺼풀씩 벗는 듯 요염함에 소름이 돋았다.

'어찌 저리 소리에 깊은 정념이 흐르는가.'

"배 띄워라-."

가냘픈 몸을 배반하듯 강물을 흔드는 소리가 터져 나왔다. 목소리는 힘이 있으면서도 부드럽고, 자태는 꽃 속의 꿀처럼 달콤하고 향기로웠다.

태웅의 눈에는 주위의 모든 것이 일시에 사라지고 오로지 초계만 보였다.

운현궁의 횃불

1872년 12월 26일 자경전.

왕은 연경을 막 다녀온 박규수를 긴히 불렀다. 박규수로선 연경이 서양 오랑캐에 짓밟혀 황제가 열하로 피신갔던 1861년에 이어 두 번째 사행이었다. 박규수는 《열하일기》를 쓴 박지원의 손자로 일찍부터 개항에 대한 식견이 남달랐다. 이번 사행을 강하게 자청할 정도로 서구 침략의 실상을 눈으로 확인하고자 했다.

"양이들은 아직도 연경 성안에 있소?"

"예 전하. 성안에 머물러 살고 있었사옵니다. 최근에는 청국도 서양 대포를 만들었는데 지극히 편리해서…."

박규수는 청국에서 벌어지고 있는 양무洋務운동에 대해 아

되었다.

영국과 법국의 침략을 받아 호되게 당한 청국이 서양식 대포를 만들고 화륜선까지 모방해서 만들고 있었다. 왕은 박규수가 배석한 신료들을 의식해 강하게 말하지 못했지만 무엇을 말하고 싶었는지 알 것 같았다.

1866년 미국 상선 제너럴셔먼호가 불에 타 대동강에 침몰했을 때 그 배를 건져 자세히 살핀 자도 박규수였다. 당시 박규수는 평안도 관찰사였다. 제너럴셔먼호는 미국인 선주 프레스턴과 덴마크인 선장 페이지, 통역인 영국인 선교사 토머스가 탄 무장武裝 상선이었다. 박규수가 식량을 제공해주며 속히 물러갈 것을 요구했지만 이를 무시했다. 평양까지 들어와 약탈과 살상을 저질렀다. 격노한 평양 관민들이 배에 불을 질러 침몰시킨 사건이었다.

박규수는 평소 서양에 관심이 많았지만 당시 양이의 강력한 무기를 보고 극도의 공포감을 느꼈다. 서양 문물을 들여와 나라를 강하게 만들어야 한다는 소신이 강해졌다. 박규수는 이번에 청국 상황을 왕에게 보고해 절실함을 호소하고 싶었다. 하지만 쇄국과 척화를 내건 대원군이 건재하는 한 목숨을 거는 일이었다.

"김 내관 있느냐? 운현궁으로 가자."

박규수의 말을 들은 왕은 경근문을 통해 운현궁으로 들어갔다. 경근문은 왕이 운현궁을 가볍게 드나들 수 있게 한 전용문이었다. 왕이 어렸을 때 만들어진 문이었다.

왕은 이번에야말로 대원군에게 청국과 오랑캐들의 실상을 알리겠다고 결심했다.

"전하, 전갈도 주시지 않고 어쩐 일이시옵니까?"

운현궁에 차출된 상궁이 나긋한 허리를 숙였다.

왕은 경내에 흐르는 가야금 소리에 멈칫했다. 궁중 나인과 시종들이 술과 안주를 부지런히 나르고 있었다. 사랑채에는 대원군을 만나기 위해 몰려든 자의 신이 수북했다.

"대감은 계시느냐?"

"예 전하, 영상이 와서 함께 하고 있사옵니다."

왕의 얼굴이 잠시 경련을 일으켰다.

'어디 영의정뿐이랴. 매사를 나보다 대원군에게 먼저 보고하고 있는 자들 아닌가.'

왕은 순간 분노가 치밀다 마음이 스산해졌다.

"해도 넘어갔는데 어쩐 일이오. 주상."

얼굴이 불쾌해진 대원군이 나타났다. 옷에선 음식과 기름 냄새가 풍겼다.

왕은 대원군의 맹수 같은 눈빛을 보자 가슴이 벌렁거렸다.

"예 급히 말씀드릴 게 있어 왔습니다."

대원군은 장순규를 불러 개미 한 마리 얼씬거리지 못하게 엄명한 뒤 밀실로 들어갔다.

왕은 대원군을 마주보고 앉았다. 곤룡포 아래 팔과 다리가 미세하게 떨렸다.

"무슨 일이냐?"

대원군은 왕과 단둘이 되자 날카롭게 물었다.

"연행사에게 들으니 청국도 오랑캐와 통호하고 스스로 힘을 키우기 시작했다고 합니다."

대원군의 눈이 뒤틀리기 시작했다.

"그래서?"

"이제 우리 조선도…."

"지금 무슨 말을 하려는 게야?"

대원군의 눈에 불꽃이 일고 수염이 꼿꼿이 서기 시작했다.

"우리도 외세의 침략을 받을지 모르니…."

탕.

대원군이 서안을 내리쳤다.

"이 나라를 이끌고 있는 사람이 너라고 생각하느냐?"

대원군의 수염이 떨렸다.

"네가 뭘 안다고 그리 말하느냐. 공부나 열심히 하거라."

"아버님."

"이젠 좀 컸다고 아비를 기어오르려고? 이 나라가 네 것이라고 생각하느냐?"

대원군의 눈이 왕을 움켜쥐었다.

"순규야, 전하 나가신다. 앞이 어두운데 불을 밝혀드려라."

궁으로 돌아온 왕은 경회루로 발걸음을 옮겼다. 내관과 상궁, 나인들을 물러서게 하고 혼자 누각에 올랐다.

왕비가 달려왔다.

"전하 날이 찬데 곳불이라도 드시면 어쩌시려고요."

왕비가 솜을 두둑하게 넣은 누비 두루마기를 입혔다.

"운현궁에 다녀오셨지요?"

"어찌 아셨소."

"박규수에게 청국 사정에 대해 자세히 물으셨다고요. 대원군에게 오랑캐와 통호해야 나라를 보전할 수 있다고 말씀하셨사옵니까?"

"말하고 싶었지만 하지 못했소."

"전하가 흠모하시는 정조대왕께서도 어려움이 많으셨지만 이겨내셨습니다. 대원군이 나라의 문을 틀어막고 있지만 이래선 안 되옵니다. 둑이 언제 무너질지 모르옵니다. 오랑캐만이 문제가 아니지요. 끝없는 노역에 백성이 죽어 나가고 원납전 독촉에 화병이 났다고 합니다. 어려운 백성들에게 성문세城門稅까지 받고 있으니 가여울 따름입니다."

대원군을 지탄하는 말이었다.

"전하께서 백성을 어루만져주시고 나라를 강건하게 하실 때입니다."

왕에게서 깊은 한숨이 나왔다.

"전하, 이것은 부자간의 다툼이 아닙니다. 종묘사직의 명운이 달린 일입니다."

왕비의 말에 왕은 정신이 번쩍 들었다. 부자간의 다툼이 아니다. 종묘사직의 명운이 달린 일이다.

왕의 눈이 비장하게 빛나기 시작했다.

"전하께서 이제 친정하실 때가 됐습니다."

민승호는 왕비로부터 '친정'이란 말을 듣자 온몸에 전율이 올랐다. 손이 파르르 떨렸다.

"예 중전마마."

"전하께서 외숙부를 병조 판서로 생각하고 계십니다."

"성은이 망극하옵니다."

민승호는 왕이 자신을 병조 판서로 생각한다는 말에 머리를 조아렸다.

"그동안 외로웠던 조영하, 조성하를 달래주세요. 김병학, 김병국 형제도 마음이 많이 상했을 테니 보듬어주시구요."

대왕대비의 풍양 조씨 세력과 안동 김씨 세력을 품에 안아

주라는 말이었다.

"몇 년 전 상소를 올렸던 최익현 기억하시지요?"

왕비의 목소리가 낮게 깔렸다.

"기억하다마다요."

"최익현을 승지로 제수하면, 그 자가 시키지 않아도 할 말을 쏟아낼 것입니다."

왕비는 그동안 생각해뒀던 바를 차례로 꺼내들기 시작했다.

조정은 대원군을 비난한 최익현의 상소로 발칵 뒤집혔다.

'그칠 새 없이 받아내는 세금 때문에 백성들은 도탄에 빠지고 있다.'

백성을 동원하는 공사를 당장 중단하고 원납전과 성문세를 폐지하라는 상소였다. 최익현은 더 나아가 대신과 육조판서, 대간臺諫들이 대원군에게 아첨만 하고 있다고 맹비난했다.

왕은 최익현의 상소에 대해 "매우 가상한 말이다"며 호조판서로 제수하겠다고 명했다.

왕의 반응에 더욱 놀란 좌의정과 우의정이 사직하겠다며 최익현을 패악한 인물로 공격했다. 사헌부와 사간원, 홍문관도 자신들을 비판한 최익현을 겨냥해 연명 상소를 올렸다. 6조 판서들도 연명 상소를 올렸고, 성균관 유생 300명은 학업을 파하는 권당에 나서며 합세했다. 이렇게 많은 사람들을 모조리 처벌할 수 없을 테니 최익현에게 벌을 내릴 것이라는 계산이었다. 그러나 이들은 경악했다.

왕이 "경들의 상소는 매우 개탄스럽다"며 모조리 파직시킨 것이다.

왕이 초강수로 나오자 대원군은 대경실색했다. 대원군은 영돈녕부사 홍순목과 좌의정 강로, 우의정 한계원을 급히 운현궁으로 불렀다.

밤이 깊었고 운현궁에는 횃불이 여기저기서 타오르고 있었다. 군영에서 활약하는 포수들도 총을 들고 은밀히 모여들고 있었다. 횃불을 든 자들의 얼굴이 살기를 띤 듯 활활 거렸다.

왕과 그의 아버지

1873년 11월.

"이랏!"

매사냥에 나선 대원군은 말을 힘껏 달렸다. 호랑이 가죽을 깐 안장과 갖옷 때문인지 땀이 흘렀다.

대원군의 수족인 '천하장안'과 1,000근 쇠솥을 드는 장사들, 포수와 나졸들, 운현궁 가노들이 우르르 뒤를 따랐다. 가마꾼과 대원군 행차를 소리로 알리는 급창, 개울이 나타나면 업어 건너는 월천군越川軍도 보였다. 횃불을 들 거화군까지 따르는 대단한 행차였다. 사냥개 10여 마리가 으르렁거리며 달렸다.

'그 아이가 그럴 리가 없어. 필시 어느 놈이 흉모를 꾸미는 게 틀림없어. 놈들을 찾아내 도륙을 하고야 말겠다.'

대원군은 최익현을 감싸는 왕에게 격분하고 있었다. 가벼운 눈발이 대원군의 뺨을 때렸다.

'세상의 부귀영화를 안긴 아비를 배반해?'

화가 치밀수록 말의 옆구리를 바짝 조였다.

"잡았다."

매가 커다란 날개를 펴고 순식간에 날아올라 발톱으로 꿩을 움켜잡았다. 꿩의 몸통으로 매의 날카로운 발톱이 파고들었다.

'누구라도 거역하게 놔둘 순 없다. 그 누구라도.'

눈발이 더욱 굵어지고 있었다.

"홍순목 대감과 좌상 우상이 와 있습니다."

운현궁으로 돌아온 대원군은 갖옷을 벗지 않고 내실로 들어갔다. 갖옷에서 물이 뚝뚝 떨어졌다. 대원군의 몸에서 비릿한 냉기가 채 가시지 않았다. 대원군은 세 명 중 한 명을 먼저 따로 불렀다.

"최가 놈의 국청은 어찌 되었소?"

대원군의 검은 눈이 번득였다.

"조정이 다 나서서 상소를 올렸는데도…."

"서캐 같은 놈 하나 잡지 못하고 대신이랄 수 있나."

"대원위 대감."

대원군은 벽에 걸어둔 각궁을 들어 화살을 메겼다. 팽팽한

화살이 금세라도 목을 뚫을 듯 헐떡이고 있었다.

"하 합하 고정하십시오."

새파랗게 질린 대신이 자지러졌다.

"당장 튀어가 최가 그놈과 도당들을 도려내시오."

영돈녕부사 홍순목, 좌의정 강로, 우의정 한계원은 허겁지겁 운현궁을 나왔다. 급히 왕을 뵙겠다는 청대를 올렸다. 침소에 들었던 왕이 자경전으로 나왔다.

"무슨 급한 일이길래 깊은 밤에 청대를 하였소?"

"최익현의 죄악이 엄중한데 국청을 윤허하지 않으시니 한시도 놔둘 수 없어 왔사옵니다."

독을 품은 대신의 목소리에서 쇳소리가 났다. 왕의 얼굴이 돌처럼 굳어졌다.

"최익현의 상소에서 어느 구절이 그리 흉패하오?"

"이 같은 성세聖世에 흉역한 속셈을 가지고 글을 올린 것이옵니다. 국청을 윤허하실 때까지 물러나지 않을 것이옵니다."

"시골의 무지한 사람이오. 책할 것이 없소. 물러들 가시오."

"4,000년 동안 어찌 이 같은 대변괴가 있겠사옵니까. 서캐 같은 천류가 나라에 화를 끼치고 있사옵니다."

"경들의 뜻이 정 그러하다면 최익현을 유배 보내겠소."

"유배로 그칠 일이 아니옵니다 전하. 깊은 밤 소신들이 청대한 것이 어찌 도배島配에 그칠 처분을 바라고 한 것이겠습니까?"

"대신들이 정 그렇다면 국청을 열겠소."

그제서야 대신들의 얼굴이 조금 밝아졌다.

'조금 더 바짝 조이면 큰 벌을 내리겠군.'

이때 왕이 일갈했다.

"이제부터는 과인이 모든 정무를 직접 다스리겠소."

스물두 살 왕의 친정 선언이었다.

숨 막히게 왕을 압박하던 세 사람은 멍하니 할 말을 잃었다.

'지금 무슨 말을 들은 건가?'

'친정이라고?'

대신들의 머리에 활활 타는 숯이 쏟아지는 듯했다.

최익현은 차꼬를 차고 칼을 쓴 채 추국장에 끌려왔다. 그러나 왕은 하루 만에 추국을 파하고 제주목에 위리안치하라는 명을 내렸다.

"대왕대비께서 최익현을 가벼이 처벌하라고 특별히 자교를 내리셨다. 이를 어기면 불효를 저지르는 것이다."

추국을 철파한 이유를 밝힌 것이었다.

조정은 다시 격렬하게 요동쳤다. 신하들이 사퇴하거나 집무를 거부하고, 의금부마저 왕명을 거부했다. 왕은 영의정에 이유원을, 우의정에 박규수를 제수하며 중신들을 바꿔나갔다.

운현궁에 대원군의 측근들이 모여들었다.

대원군은 최익현이 유배갈 때 "최충신"이라며 연호하는 백성을 보고 충격을 받았다. 바로 얼마 전까지 자신에게 환호하던 자들 아닌가.

"대감, 명령만 내려주십쇼. 놈들을 죄다 쓸어버리겠습니다."

충복들이 씩씩거리며 으르렁거렸다. 대원군은 운현궁에서 수뢰포水雷砲까지 만들었기에 화약 다루는 건 어렵지 않았다.

한창부부인 이씨와 민승호가 왕비를 찾았다. 회임한 왕비는 극도로 몸조심을 하고 있었다. 탕약을 달여온 이 씨가 왕비의 손을 잡으며 눈물을 흘렸다. 제대로 자지 못하고 먹지 못하며 왕과 칼날 위를 걷는 왕비는 바짝 말라 있었다.

"마마께 무슨 일이 생기면 저는 살지 못합니다."

절벽 위에 선 긴장감의 연속이었는데 어머니를 만나니 마음이 편해졌다.

"어머니, 걱정 마세요. 별일 없을 겁니다."

왕비는 어머니를 위로했다.

"어머니 자주 들어와 주세요. 어머니를 뵈니 살 것 같습니다."

부부인은 바람막이가 되어줄 아버지 없이 혼자 사투를 벌이는 딸이 안쓰러워 가슴이 무너졌다.

쾅 쾅!

"불이야! 불이야!"

자경전 한쪽 누각에서 엄청난 굉음과 함께 불기둥이 치솟았다. 대왕대비의 처소인 자경전은 근래 왕이 정무를 보던 곳이었다.

"전하, 중전마마 어서 피하시옵소서. 어서요."

상궁이 침소의 왕과 왕비에게 달려와 소리쳤다.

"무슨 일인가?"

불기둥이 하늘로 치솟고 불이 사방으로 번지고 있었다.

"우선 피하십시오 마마. 어서요."

몸이 무거운 왕비는 겨우 옷을 걸치고 교태전을 빠져나왔다.

타닥타닥.

타오르는 불길이 금세 덮칠 듯 활활 거렸다. 겨울의 바짝 마른 날씨에다 강풍으로 불은 삽시간에 모든 걸 삼킬 듯 커졌다. 시뻘건 불꽃이 튀어 바로 눈앞에 떨어졌다. 맹렬한 열기로 얼굴과 몸이 화끈거렸다. 상궁과 내관이 왕과 왕비를 옷으로 가리며 대피시켰다.

자경전은 왕비가 머무는 교태전에서도 멀지 않았다.

"중전 조심하시오."

왕은 회임한 중전이 어찌 될까 두려워 발을 굴렀다. 왕비는 배를 감싸 안았지만 뱃속 아이가 불안했다.

'아이가 잘못되면 난 살 수가 없다.'

"악."

왕비의 아랫배가 쇠로 만든 공처럼 똘똘 뭉치기 시작했다.

"내 배가…."

왕비는 뭉친 아랫배를 감싸 안았다.

'괜찮다 아가야. 놀라지 말거라.'

놀라서 뭉친 아랫배는 풀어지지 않았다.

'이러다 큰일 나는 거 아닌가.'

왕비는 걱정으로 질식할 것만 같았다.

'제발 비옵니다.'

왕비는 급히 피하면서 두 다리가 벌벌 떨렸다.

바람을 탄 불은 순식간에 다른 전각으로 옮겨 붙었다. 온통 불바다였다. 어둠 속에서 궁인과 시종들이 불을 끄느라 몰리면서 오히려 불길한 기운이 감돌았다.

'자객이라도 날아든다면?'

왕비는 상궁의 부축을 받고 걸으면서 주위를 살폈다. 어두운 전각 뒤로 자객이 튀어나올 듯했다.

자경전에 난 큰불이 전각을 몽땅 태워 창덕궁으로 이어移御해야 할 상황이었다.

이유원은 국청을 열어 진상을 조사해야 한다고 흥분했다.

"누군가 지엄하신 전하의 안위를 해치려 한 소행이 분명하옵니다. 국청을 열어 대대적으로 범인을 찾아내야 하옵니다."

이유원의 말대로 하마터면 왕에게 변고가 생길 뻔한 심각한 사건이었다. 더구나 왕비는 만삭인 상태가 아니었나.

왕은 더 이상 일을 확대하지 않았다. 짚이는 바가 있었지만 묻어두기로 했다.

"누구 다친 사람이 없으니 다행이오. 번거롭게 일을 벌이지 마시오."

왕은 신변 보호를 위해 조영하를 금위대장, 민규호를 어영대장으로 갈아치웠다.

1874년 2월.

왕과 왕비가 그토록 고대하던 원자가 태어났다.

8년 만에 원자를 안아 든 왕비는 하염없이 눈물을 흘렸다. 궁녀 이씨가 먼저 왕자를 낳아 마음고생을 했던 일들이 스쳐 지나갔다. 그토록 애를 태우다 원자를 낳았으니 승계 문제는 일단 마음을 놓을 수 있었다.

'당당한 아비가 되고… 조선의 장래를 위해서라도 결코 물러설 수 없다.'

원자를 안아 든 왕은 정신이 번쩍 들었다. 왕의 대원군에 대한 대응은 더욱 강경해졌다.

대원군은 운현궁을 나와 덕산으로 내려가는 것으로 왕에 대한 강한 불만을 드러냈다. 덕산에서 아무리 기다려도 환궁을 청하는 왕의 전갈이 없었다. 대원군을 위해 나서는 자들만 처벌을 받거나 쫓겨났다. 결국 대원군은 한양으로 돌아와 칩거에 들어갔다.

왕과 왕비가 사투 끝에 얻은 승리였다.

민승호가 한창부부인, 어린 아들과 식사를 하는데 누군가 찾아왔다. 심부름꾼은 보석함 같은 것을 전하며 귀한 물건이니 사람들이 없는 데서 열어보라며 전했다.

"그게 무엇이냐?"

왕비의 어머니인 부부인이 물었다.

"선물인 듯한데 잘 모르겠습니다. 한번 열어 봐야겠습니다."

민승호가 선물을 열기 위해 손을 댔다.

쾅!

함에 달린 자물쇠를 여는 순간 굉음과 함께 폭탄이 터졌다. 함께 있던 세 사람은 모두 목숨을 잃었다.

"중전마마 이를 어찌하옵니까."

왕비에게 들어온 지밀상궁이 눈물을 터뜨렸다.

"마마."

"무슨 일인가? 무슨 일인데 그러나?"

왕비는 불길한 예감에 소름이 돋았다.

"민 대감과 부부인께서… 변고를 당하셨다 하옵니다."

"뭐라?"

왕비는 귀가 멍했다.

'지금 뭐라 하였는가?'

"다시 천천히 말해보라."

"황송하옵니다 마마, 부부인께서 민 대감과 변을 당하셨다고 하옵니다."

"그럴 리가 없다. 자네가 잘못 안 것이겠지."

왕비의 눈앞이 부옇게 흐려졌다.

"마마."

"어머니!"

왕비는 자리에서 벌떡 일어나 어머니를 찾았다. 왕비의 비통한 울음소리가 공기를 찢고 나갔다.

2부

나, 민자영

국선國仙의 후예

휘리릭-.

짙게 화장한 재인才人들이 땅에 박은 기둥 주변으로 빨강과 노랑, 파랑 비단을 둘러치면서 대형 무대가 세워졌다. 비단 장막으로 둘러쳐 만든 거대한 채붕彩棚이었다. 비단에 수놓은 봉황과 용은 무대를 입에 물고 하늘로 날아오를 것 같았다.

팔관회가 벌어지는 채붕에는 고려 왕족과 개경 귀족들이 좋은 자리를 차지하고, 주변에는 각지에서 온 사람들이 구름처럼 모였다. 오색 비단을 통해 햇살이 쏟아지자 오색구름 위에 붕 떠 있는 듯했다.

둥-둥-둥-.

말에 올라탄 귀공자와 궁궐을 지키는 정예병들이 격구를 시작했다. 말과 하나가 된 사내들의 몸이 활처럼 꺾이고 순식간에 날았다. 귀공자들은 비단 철릭을 펄럭이며 뿌연 먼지 속에서 돌처럼 단단한 허벅지를 드러냈다. 우레 같은 함성과 휘파람, 박수소리가 뒤엉켰다.

붉은 노을이 하늘을 물들이기 시작하자 장중한 음악이 울려 퍼졌다. 곳곳에 횃불이 밝혀지고 사람들 얼굴도 상기됐다.

"화랑이다."

비단옷으로 차려입은 화랑 수백 명이 뛰어나왔다. 그중 가장 두드러지는 4명의 미소년들이 가운데로 나왔다. 꿩 깃을 달고 흰 비단옷에 검은 비단 띠를 두른 소년들의 군무가 시작됐다. 박력 넘치면서도 우아하고, 칼같이 절도가 있으면서도 한없이 부드러웠다.

이들은 깊은 산과 맑은 강을 찾아다니며 하늘에 제를 올리고 무예를 닦는 선랑仙郎, 하늘의 기운과 감응하는 신군神軍들이었다. 선무仙舞를 바쳐 하늘을 즐겁게 하고자 함이었다.

순간 성스러운 기운이 하늘 높이 솟구쳤다.

한 명이 단 위로 올라가 고려왕에게 무릎을 꿇었다. 화랑의 얼굴이 눈에 익은 얼굴이었다.

"짐은 그대를 국선으로 삼겠다."

무릎을 꿇은 화랑이 머리를 숙였다.

"민적이 이 나라의 국선임을 선포하노라."

와-.

땅과 하늘을 울리는 함성이 터져 나왔다.

온몸에 힘을 주던 왕비가 잠에서 깨자 창밖이 밝아오고 있었다. 새벽까지 읽은 상소문이 서안에 무너질 듯 쌓여 있었다.

'꿈이었구나.'

어렸을 때 꾸었던 꿈인데 몇 년 만에 다시 본 것이다. 이번엔 국선의 이름을 또렷이 들었다.

국선의 이름은 민적.

"오라버니 혹시 우리 가문에 민적이란 분이 계셨던가요?"

왕비는 입궐한 민범호에게 물었다. 태웅의 아버지인 민범호는 초야에 묻혀 있지만 역사와 가문의 내력에 밝은 자였다. 민승호가 소개한 뒤 가끔 궁으로 불렀다.

"어찌 그분을 아시옵니까? 충렬왕이 국선에 명한 분입니다. 민적閔頔이란 분입니다."

"국선이요?"

왕비는 번갯불이 몸을 관통하듯 머릿속이 하얗게 됐다.

"예 고려에도 선랑이 있었지요. 화랑이라고도 하고요. 그중 으뜸인 자를 국선으로 삼았사옵니다. 민적이란 분은 어려서부터 워낙 출중하셨나 보옵니다."

"민적이란 이름이 확실한가요?"

왕비는 재차 확인했다.

“예 열 살 때 산에 가서 글과 도를 닦았다고 하옵니다. 대사헌과 나주 목사를 지내셨고요.”

왕비는 상서로운 징조인 듯 감격했다.

태웅은 드디어 왕비의 부름을 받았다.

“태웅이라 하였느냐?”

“예 중전마마.”

“연경하고 상해에 있었다고? 이홍장에 대해서도 들은 바가 있느냐?”

“예 오랑캐들을 모방해서 무기제조창도 만들고 서양 책도 번역해 많이 찍어내고 있습니다. 청국인들은 그런 일들을 자강自强이라 합니다. 이홍장이 앞장서 하고 있습니다.”

왕비는 고개를 끄덕이며 태웅을 자세히 보았다. 민범호의 아들은 똘똘하고 건강해 보이는 외모였다.

“이홍장은 한족인데 쯔시의 신임을 한몸에 받고 있습니다.”

“쯔시?”

“자희태후를 말합니다. 서태후라고도 합니다.”

“서태후라니까 알겠다. 태웅인 한어는 잘하겠고, 서양말도 좀 하느냐?”

“영국말을 좀 배웠습니다.”

태웅은 문득 사고로 돌아간 민승호가 생각나 울컥했다. 중전마마를 뵐 테니 공부를 열심히 하라던 음성이 떠올랐다.

왕비도 태웅을 보니 민승호와 어머니 생각이 차례로 몰려왔다. 왕비는 크게 심호흡을 한 뒤 경쾌하게 말했다.

"잘했다. 앞으로 서양책도 번역하고 할 일이 많을 게야. 과거도 준비하거라."

"과거요?"

"과거에 급제해야 조정에서 일을 할 게 아니냐. 실력이 있어야지."

왕비는 태웅과 함께 온 초계에게 얼굴을 돌렸다.

"넌 왜어를 했으니 왜관에 가서 이것저것 좀 알아보고 오너라."

청국은 일본이 서양과 내통하기 시작했으니 조심하라는 자문을 조선에 보냈다. 왕비는 왜인들이 외교 문서인 서계書契를 접수하라며 자꾸 성가시게 굴어 꿍꿍이 속이 궁금했다. 일본이 서양 오랑캐처럼 강한 무기를 가졌다는 말이 들려 신경이 곤두섰다. 아직도 대원군 무리들이 왜관을 장악하고 있어 상황을 제대로 파악할 수 없었다. 왜인들은 극악무도한 임진왜란을 일으킨 자들이었다. 검은 속을 믿을 수가 없었다.

"예? 마마, 제가 알기로 왜관은 여자가 들어갈 수 없는 곳인데요."

초계는 깜짝 놀라 황급히 아뢰었다.

"새를 잡는데 돌만 던질 것이냐? 안 되면 치마라도 벗어서 잡아야지. 태웅이와 같이 가거라. 은자는 두둑이 줄 테니 걱정 말고."

"중전마마, 이건 혹시 몰라 가져와 봤습니다."

태웅이 보자기를 풀러 손에 들었다.

"상해에서 발행된 영어 신문이옵니다. 청국과 서양의 사정을 수시로 전해주는 겁니다."

"조보朝報 같은 것인가?"

삽화가 곁들인 종이엔 서양말로 뭔가 잔뜩 쓰여 있었다.

"그런 비슷한 것입니다."

태웅이 뒷머리를 긁적이며 대답했다.

왕비는 신문을 유심히 들여다보았다. 나라 밖 사정을 수시로 알기에 그만한 것이 없을 듯했다.

"옳지. 이거 아주 좋구나. 기회 되는 대로 많이 구해 오너라."

왕비는 태웅이 기특한 나머지 머리를 쓱쓱 쓰다듬어 주었다.

"자 출발하십시다."

걸걸한 목소리가 뒤에서 들렸다. 초계를 기다리던 태웅은 깜짝 놀랐다. 초계가 연옥색 도포를 입고 커다란 갓을 쓰고 나타났다.

"이건 무슨 꼴이요?"

"쉿. 내 얼마간 사내가 되기로 했소이다."

초계는 목소리가 걸걸해서인지 그렇게 꾸며서인지 이쁘장한 양반댁 도련님 같았다.

두 사람은 부산까지 멀고 긴 여행을 했다. 말과 배를 타며 아래로 아래로 내려갔다. 제일 고역은 여관이었다. 목침 여러 개가 나뒹구는 한 방에 대여섯 명이 새우잠을 자야 했다. 태웅은 초계를 벽쪽에 몰아넣고 그 바로 옆에 몸을 뉘였다. 첫날은 초계 바로 옆에서 자야 하는데 잠이 안 와 혼이 났다. 초계는 코 고는 소리와 지독한 발 냄새로 잠을 이룰 수 없었다.

오 역관의 주선으로 태웅과 초계는 왜관으로 들어가는데 성공했다. 조선어 유학을 온 왜인과 만나 일본 문물에 대해 의견을 나눈다는 구실이었다.

왜관 정문 안으로 들어서자 다다미 쪽을 파는 가게가 보였다.

초계와 태웅이 소개받은 일본인은 나가노 교타로였다. 그는 일본 무사들이 차려입을 때 걸치는 하오리를 입고 있었다. 중키로 조금 예민하게 보이는 인상이었다.

"조선 명주인 죽력고를 선물로 가져왔으니 받아주십시오."

"아 고맙습니다."

술을 보자 나가노의 딱딱함이 조금 풀어졌다.

"쓰시마에서 오셨습니까?"

초계가 먼저 물었다. 왜관에 유학 오는 자들은 주로 쓰시마를 거쳐 왔다.

"아닙니다. 이토 히로부미 상이 권해서 오게 됐습니다."

"이토 히로부미 상? 누구입니까?"

태웅은 한쪽 도코노마에 올려진 화병을 바라보며 물었다.

"본국에서 대활약을 펼치고 있는 분입니다."

나가노는 조금 으쓱해져서 말했다.

"사실 저는 이토 상의 가장 막역한 친구인 이노우에 상을 압니다. 이토 상은 조선에 지대한 관심을 갖고 계시죠. 이노우에 상을 통해 조선으로 가라는 소개를 받았습니다."

미닫이문인 아카리쇼지가 열리고 커다란 삼나무 통에 대구와 곤약, 숙주 같은 야채를 넣고 끓인 상이 들어왔다.

"푸짐하군요."

걸걸한 목소리의 초계가 반색을 했다. 초계가 연거푸 술을 권하자 나가노는 웃음을 터뜨리며 거침없이 말했다. 어느 순간 나가노는 술을 따르는 초계의 손을 잡고 놔주지 않았다.

'저 자식이.'

태웅은 속에서 화가 치밀어 오르는 걸 꾸욱 참았다.

"이 술 대단히 좋군요. 사케는 화려한 듯하지만 경쾌함 속에 비수를 품은 것 같거든. 조선 명주들은 거칠지만 사내의 욕정을 뒤흔드는 뭔가가 있어요."

사무라이의 메이지유신

“내 술도 받으시죠.”

태웅은 초계로부터 나가노 교타로의 손을 쳐내고 술을 따랐다.

“일본 무기가 상당히 정예해서 서양 무기와 견줄 만하다고 들었어요. 일본은 어찌 그리 신통하게 만들었습니까?”

“그 얘기는 며칠 밤을 새워야 합니다. 나는 내일 돌아가야 하니 오늘은 술이나 마십시다.”

나가노는 예민한 질문이 나오자 슬쩍 피했다.

‘교활한 자식.’

태웅이 속으로 나가노를 욕하고 있을 때였다.

“어찌 내일을 걱정하십니까? 권군갱진일배주勸君更進一杯酒

서출양관무고인西出陽關無故人."

초계가 조용히 시를 읊었다.

"그대에게 거듭 술 한잔을 권하노니, 국경 밖으로 나가면 친구가 없으리오."

나가노가 무릎을 치며 좋아라 했다.

"왕유의 시로군."

취한 나가노는 초계를 향해 잔을 높이 쳐들었다.

"좋소. 구로후네黑船."

나가노가 술잔을 내려놓고 두 손바닥을 비볐다.

"일본 우라가 항에 나타난 합중국의 흑선부터 말하지. 시커먼 군함 네 척이 나타나 불을 뿜자 막부가 뒤집혔소."

잠시 나가노의 표정이 심각해졌다.

"합중국의 페리 제독이 개항을 하라며 나타난 건데, 우리에겐 '악마의 배'였지요. 막부는 무시무시한 군함의 화력에 질려 싸우지도 못하고 항복해 버렸소."

나가노는 그때의 굴욕감이 치밀어 오르는지 술을 단숨에 털어 넣었다.

"놈들은 일본을 '문명개화'시키려고 나타났다 하더군. 우리는 그때 고급 옷감과 부채, 도자기를 선물로 줬는데, 페리는 모형 기차를 답례품으로 줬소. 문명의 상징이라며."

"일본 하면 무사들이 많은데 왜 당했습니까?"

태웅은 슬쩍 비꼬았다.

“일본은 놈들의 상대가 되지 못했소. 막부의 허약함을 본 조슈 번과 사쓰마 번 같은 힘센 번들이 들고 일어났지요.”

“조슈 번?”

“일본은 전국이 여러 개 번藩으로 나뉘져 있소. 각 다이묘들이 지배하는 번들 말이오. 무능하고 부패한 막부를 무너뜨리고 천황 폐하를 세워 오랑캐를 물리치자는 거였소.”

초계는 취해 있었다. 태웅은 초계가 실수할까 봐 술상 아래로 손을 꾸욱 눌렀다.

“이후 지옥 같은 혼란과 암살, 모략이 이어졌소.”

“그럼 막부가 무너지고 왕이 다시 나서게 된 건가요?”

“왕이 아니라 천황 폐하시오.”

나가노가 벌컥 화를 냈다.

“솔직히 막부에서는 쇼군이 최고 실력자고 천황은 교토에서 눈치나 보며 지냈지만, 백성은 천황이 있는지조차 잘 모를 정도였지.”

“그런데 어찌 막부 같이 강한 자에 대들 수 있었습니까?”

“일본에는 번이 200개가 넘었어요, 번주藩主들은 자기네 영토와 농민을 다스리는 소국의 왕 노릇을 했고, 사쓰마와 조슈가 땅도 크고 쌀도 많이 나는 웅번雄藩이었소. 메이지유신은 조슈와 사쓰마의 사무라이들이 일으킨….”

"일으킨?"

태웅이 쫑긋 귀를 세웠다.

"에- 또 혀를 잘못 놀리면 목이 댕강 떨어지는데. 어일신(메이지유신)은 조슈와 사쓰마의 사무라이들이 일으킨 반란이지."

"아!"

"천황을 세우긴 했지만, 속을 들여다보면 막부를 몰아내고 자기들이 정권을 차지한 셈이오."

"그렇다 쳐도 어찌 그리 빨리 서양 오랑캐처럼 됐습니까?"

"이토와 이노우에 이야기를 하지 않을 수 없군. 두 사람 다 조슈 출신이오. 이토는 어려서부터 도요토미 히데요시를 숭배했다는군. 아무튼 이토는 공부경에까지 올랐지만 자객이었소. 자기들끼린 '지사'라고 부르지만."

"자객이었다고요?"

초계가 소릴 질렀다.

"몇 명을 직접 칼로 벤 인물이오. 더 기괴한 이야기도 있지만…."

"자객이 그리 높은 관직에 올랐단 말입니까?"

"일본은 사무라이의 나라요. 쇼군을 최고 정점으로 층층이 나뉜 거대한 사무라이 집단, 사무라이가 무엇이오? 상대를 죽이지 않으면 내가 죽는 거 아니겠소."

나가노가 옆에 세워졌던 보자기를 휙 벗겼다. 시퍼런 일본도가 나타났다. 칼날이 뱀 혓바닥처럼 낼름거리고 있었다.

"나 역시 어릴 때 사무라이 집안에 입양되었소. 이토는 원래 저 아래 하급 무사고, 이노우에는 상급 무사인데 어찌 둘이 친하게 됐는지."

세 사람의 눈이 일본도에 꽂혔다.

"조슈의 번주는 서양이 쳐들어오니까 다급해져서 5명을 몰래 영국으로 보냈소. 서양 문물을 배워오라고 말이오. 그중 두 명이 이토 히로부미와 이노우에 가오루였지."

이토와 이노우에는 배 운임까지 내고 영국 배에 탔지만 동양인이라 쓰레기 취급을 받았다. 승객용 화장실을 쓰지 못하게 해 볼일을 볼 때마다 밧줄을 몸에 감고 배 밖으로 배설해야 했다. 목숨을 걸어야 했다. 몸이 허약한 이토가 괴로워할 때마다 이노우에가 위로하며 버텼다.

이토와 이노우에는 드디어 런던에 도착했지만 런던의 웅장한 건물과 기차, 군함, 기계공장을 보자 충격에 빠졌다. 급히 귀국해 서양을 무찌를 게 아니라 배워야 한다며 막부를 무너뜨리는 데 앞장섰다. 이토 히로부미는 영어를 좀 안다고 새로운 정부에서 중용되더니 참의까지 올랐다.

"유신을 성공시킨 다음 외국을 시찰하는 '이와쿠라 사절단'을 꾸렸소. 유럽과 합중국의 공장과 군부대, 조선소를 보고 전신과 우편, 교육 시설을 보고 충격이었지. 2년간 서구를 보고 온 뒤 서구화를 대대적으로 밀어붙였소. 공식 사절만 46명에다 유학생도 40명이 넘었소."

나가노가 하품을 찢어지게 했다.

"자, 오늘은 여기까지."

"악."

초계가 일본도 칼날에 손끝을 살짝 건드려보다 베었다. 선홍색 피가 뚝뚝 떨어졌다. 태웅이 잽싸게 초계의 손가락 피를 빨았다. 초계는 그 행동에 놀라 태웅을 바라보았다.

'도련님.'

초계는 뜨겁고 보드라운 입안으로 들어간 자신의 손가락이 부끄러웠다.

"ばかやろう! (바보자식)"

나가노가 벌떡 일어나 광목 조각과 책 한 권을 가지고 돌아왔다.

"이걸로 상처를 감으시오."

나가노가 한심하다는 표정을 지었다.

"말하다 보니, 후쿠자와 유키치가 생각났소. 일본의 문명개화를 부르짖은 선각자지. 선생의 저작이 많은데 이건 내가 요체만 뽑아 놓은 거요."

나가노가 자랑스럽게 일본 책을 권했다.

"그리고… 징병제가 되면서 남자 대다수가 입대한 것이 중요했다는 생각이 드는군. 서양 무기에다 서양 군복을 입으면서 물들게 됐다고 할까."

태웅은 책을 받아 집중해서 속독을 시작했다. 한 번 집중해 보면 암기가 가능했다.

"말하다 보니 이것저것 생각이 나네. 나가사키에 화란(네덜란드) 상인들이 체류하던 데지마섬도 일조를 한 것 같소. 흑선이 오기 전부터 거기서 화란의 학문을 공부하는 난학蘭學이 발전한 것도 큰 도움이 됐지. 번주들은 서로 치열한 경쟁에서 살아남으려고 무기를 개량하고 서양 정보를 얻으려고 발버둥쳤거든. 그것도 큰 도움이 된 것 같소."

나가노가 초계를 유심히 바라보았다.

"일본으로 한 번 오시오. 남자건 여자건 견문을 넓힐수록 좋은 것 아니겠소? 이와쿠라 사절단에도 여자가 다섯이나 있었는데."

초계의 가슴이 사정없이 뛰었다.

'일본놈들이 여자를 유학 보냈다고?'

"에도에 한 번 가보고 싶군요. 중전마마께서 허락해주신다면."

태웅이 나가노를 쏘아보며 말했다.

"중전마마? 무슨 소립니까?"

"예 우리는 중전마마의 당질들입니다."

"아 그렇습니까? 실례가 있었다면 용서하십시오."

나가노가 갑자기 머리를 굽신거렸다.

"마지막으로 서계에 대해 묻겠습니다."

태웅은 중전마마가 궁금해 하는 부분을 놓칠 수 없었다.

일본은 새로운 정부가 세워졌다며 조선과 통교를 원한다는 서계를 전달하려 했다. 조선으로선 이전과 완전히 외교 문서의 양식이 달라지고, 일본이 오만한 자세를 보여 이를 받아들이지 않았다. 조선이 접수를 거부하자, 메이지유신의 주역인 사이고 다카모리 등은 조선의 무례를 참을 수 없다고 흥분했다. 일본에선 조선을 정벌해 무례함을 응징해야 한다는 '정한론征韓論'이 일어났다.

"일본에 새 정부가 들어섰다는 걸 설명하고 조선과 교류하자는 겁니다. 그런데 계속 조선이 접수를 거부하면 결과는 심각해질 것입니다."

나가노의 눈빛이 일본도의 칼날처럼 빛났다.

번쩍-.

우르르 쾅-.

나가노가 물러가자 거센 비바람이 다가오고 있었다.

김옥균과 북촌 도련님

나가노 교타로가 물러가자 초계는 천을 동여맨 손가락으로 붓을 잡았다. 방금까지 나가노에게서 들은 이야기를 종이에 급히 적어야 했다.

"그 손으로 뭘 한다고, 이리 내요."

태웅이 초계의 허리를 잡아 옆으로 밀쳐내고 붓을 빼앗았다. 갑자기 허리를 잡힌 초계가 화들짝 놀랐다.

"일을 하려면 술이 있어야지."

태웅은 술을 잔에 가득 부어 마신 뒤 붓을 놀리기 시작했다. 붓이 어찌나 빠른지 검은 말 한 마리가 달리는 듯했다.

'어쩜.'

초계는 속도도 속도지만 들은 바를 빠짐없이 적는 기억력에 혀를 내둘렀다.

"다 됐다."

태웅이 옮겨 적기를 마쳤을 때 초계는 벽에 기대어 졸고 있었다. 태웅은 허망하게 바라보았다.

'날 기다린 게 아니었어?'

하는 수 없이 초계를 눕혀 주었다.

'중국에선 여자들이 달려들었는데… 휘향이도 날 얼마나 좋아했던가.'

초계가 숨을 가쁘게 몰아쉬었다. 가슴을 꽁꽁 처매고 있어서였다. 태웅이 초계의 가슴을 풀어주었다. 초계의 얼굴이 옥을 깎아놓은 듯 기가 막혔다. 취기가 올라 한 떨기 붉은 장미 같았다. 엷은 비단에 싸인 얼음처럼 차가우면서도 신비로웠다. 연꽃 봉오리가 벌어지듯 초계의 가슴이 풍만하게 부풀어 올랐다.

"에잇."

태웅이 그 모습을 쳐다보다 등불을 훅 끄고 벌렁 누웠다.

'배 띄워라-'

소리를 뽑던 초계의 모습이 아른거렸다.

어둠 속에서 초계가 조용히 눈을 떴다.

'흥 어린 것이 밝히긴.'

왕비는 왜관에 다녀온 태웅의 글을 읽은 뒤 눈을 가늘게 뜨고 생각에 잠겼다. 청국이 비밀 자문咨文을 보내왔다. 일본이 조선을 침략할 뜻을 품고 있으며 법국도 가세할 기미가 있다는 기밀이었다. 조정의 중요 사안은 왕비에게 보고되고 있었다. 왜놈들의 움직임이 유난히 불길했다. 왕비의 예감은 매우 예민했다.

"연경에서 박규수와 만난 적이 있더냐? 알지 못하면 아저씨에게 소개시켜 주라 하면 되고."

왕비는 똘똘한 태웅에게 믿음이 갔다.

"연경에서 만난 적이 있습니다. 저더러 한번 찾아오라 했습니다."

"잘 됐구나. 빠른 시일 안에 가보거라. 사랑방에서 무슨 이야기들을 하는지 들어보거라. 너도 배울 게 있으면 배우고."

이때 왕비는 상궁이 들여온 탕약을 마셨다.

"중전마마 어디 편찮으세요?"

"밤잠을 못 자서 이런다."

왕비는 자경전에 큰불이 나 민승호와 어머니가 폭사한 이후 잠을 잘 이루지 못했다. 해가 뜰 무렵에야 겨우 눈을 붙였다.

누군가 도포를 펄럭이며 잰걸음으로 태웅에게 다가오고 있었다. 그는 걸음을 멈추고 태웅을 쳐다보았다. 크지 않은 키에 광채가 나는 눈이었다.

김옥균이었다.

"환재瓛齋(박규수의 호) 선생 댁으로 가는 길이오?"

김옥균이 태웅에게 물었다.

"예 그렇습니다."

"고우古愚(김옥균의 호)는 여기서 뭘 하는가. 늦었으니 어서 들어가시게."

동생 박영효를 데리고 온 박영교가 다가와 활기차게 말했다.

박규수의 사랑방에는 젊은 사대부들로 활기가 넘쳤다. 내로라하는 북촌 출신이거나 거족巨族의 자제들이었다.

박규수.

그의 자질을 처음 알아본 사람은 순조의 아들 효명세자였다. 개혁 군주를 꿈꾸던 효명세자가 암행을 나갔을 때 글 읽는 소리가 아름다워 점찍은 자가 박규수였다. 효명세자가 갑자기 세상을 뜨자 박규수의 꿈도 좌절되었다. 철종이 승하하고 수렴청정에 나선 조 대비는 지아비의 뜻을 기억해 박규수를 불러들였다.

박규수는 제너럴셔먼호 사건으로 서양의 무력을 본 후 부국강병책을 고민해왔다. 한어 역관으로 수차례 연경을 다녀온 오경석과 뜻이 맞았다. 오경석도 아편전쟁으로 무너지는 청나라를 보면서 조선의 위기를 예감하고 있었다. 오경석은 서양 문물을 소개하는 서적을 들여와 박규수와 친구 유대치에게 넘겨주었다.

박규수의 사랑방에는 김윤식이 일찌감치 자리를 잡고 있었다. 얼굴이 뾰족하고 콧날이 날카로운 김윤식은 박규수와 인척간이었다. 유신환에게 배우다 스승이 타계하자 박규수의 가르침을 받고 있었다.

"민태웅이라고 합니다."

'민'씨라고 하자 시선이 태웅에게 몰렸다. 모두 '여흥 민씨인가?'라는 표정이었다.

"전 오늘 금릉위와 함께 왔습니다."

박영교가 사람들에게 동생인 박영효를 소개했다. 박영효는 눈썹이 여인처럼 그린 듯 고왔다. 섬세한 얼굴선 위에 또렷한 코와 입이 인상적이었다.

친척인 박영효를 철종의 부마로 천거한 사람이 박규수였다. 가난했던 박영효의 집안으로선 반길 일이었다. 박영효는 12세 때 부마로서 금릉위가 되었지만 가례를 올린 지 3개월 만에 영혜 옹주가 숨을 거두고 말았다. 부마는 재혼할 수 없었다. 그래서인지 박영효의 얼굴에 어두운 그늘이 보였다.

박영교는 동생 영효가 양반 자제들과 어울리고 개화에 대한 식견도 높이라는 뜻에서 데려왔다.

홍영식은 얼굴이 크고 넓적했는데 커다란 눈알을 굴리기만

할 뿐 말수가 적었다. 대원군의 측근으로 영의정까지 지낸 홍순목의 아들이었다. 끓어오르는 속을 감추고 있어 외견상으로는 진중한 인상이었다.

성마른 인상의 서광범은 태웅을 쳐다보며 살짝 찌푸렸다. 목소리가 가늘고 높았다. 미간을 자주 찌푸려서인지 얼굴에 경계심이 많아 보였다.

"어디 민씨이신가? 돌림자가 낯설어서 물어보는데."

"여흥 민가입니다. 아버님께서 돌림자는 일부러 안 넣으셨어요. '영泳'자 항렬입니다."

중전과 같은 여흥 민씨이면서 항렬을 안 쓴다는 말에 모두 의아했다. 명문거족들은 서로 항렬을 써서 어느 가문인지, 서열이 어떻게 되는지 한눈에 알아볼 수 있게 했다.

"그럼 운미芸楣(민영익의 호)와 같은 항렬이군."

서가에 놓인 책을 이리저리 들추던 김옥균이 한마디했다. 김옥균은 민영익과 친하게 지내는 사이였다. 민영익은 민태호의 아들이지만, 민승호가 불운하게 폭사하자 양자로 들어갔다.

총명하다는 민영익을 민승호의 양자로 택한 건 왕비였다.

"예 그렇습니다."

"잘 왔네. 요즘 운미는 과거 준비하느라 정신이 없더군. 하하하."

김옥균은 슬쩍 유길준을 보며 웃었다. 턱이 크게 각지고 볼이 두툼한 유길준은 태웅을 무심하게 바라보았다. 유길준은 과거 공부에 매달리다 박규수가 《해국도지》를 읽어보라고 안긴 뒤 과거를 접었다. 한가롭게 과거를 보고 관직 생활을 할 때가 아니라고 판단한 것이다. 김옥균은 그런 유길준을 은근히 놀렸다.

김옥균의 얼굴엔 자신감이 넘쳤다. 스물두 살에 장원급제한 특출난 수재였다. 스스로도 자신은 남들과 다르다고 생각했다. 김옥균은 김홍집의 소개로 박규수 사랑방에 드나들게 됐다. 김옥균은 타고난 친화력에다 글과 문장, 그림까지 두루 뛰어나 금세 중심인물이 되었다.

"서재필도 과거에 붙으면 온다고 했으니 인재들이 속속 모이겠군. 좋은 일이야."

김옥균이 주먹을 불끈 쥐며 호기롭게 말했다.

빗속에서 강 상궁을 만나다

문이 열리고 박규수가 들어섰다.

"오늘따라 많이들 왔군."

박규수는 웃음을 지으며 한 사람 한 사람 바라보았다. 칠순을 바라보는 박규수는 눈빛이 쏘는 듯했고 움직임에 힘이 있었다. 김옥균과 서광범, 박영교, 유길준은 경외심에 가득 찬 눈으로 박규수를 바라보았다.

박규수는 환갑을 훌쩍 넘긴 나이에 고된 연경행을 자청했다. 그만큼 나라 밖 정세를 파악하는 데 적극적이었다. 김옥균과 북촌 도련님들에게 박규수는 척사파의 칼날을 피해 살아남은 영웅이었다. 대원군과 유생들이 주장하는 쇄국과 척사는 거대한 철벽이었다.

한양에서 북촌은 대대로 명문거족들이 몰려 사는 곳으로, 내로라하는 양반 자제들이 모여 있는 곳이었다. 세도가의 동네인 북촌에서 김옥균과 젊은 피들이 다른 꿈을 꾸고 있었다.

"나으리, 가지고 왔습니다."

"들어오게."

청지기가 붉은색 보자기에 싼 뭔가를 들고 들어와 조심스레 서안에 올려놓았다.

"문은 잘 닫고 나가게. 사랑채 주변엔 사람을 들이지 말고."

모두 숨을 죽이며 서안을 쳐다보았다. 방 안에는 움직일 때마다 비단옷 사각거리는 소리만 들렸다.

박규수가 붉은색 보자기를 벗겼다. 참석자들의 입에서 탄성이 흘러나왔다. 수박만한 크기의 둥근 구체였다.

"그게 무엇입니까?"

"오늘 처음 보는 사람도 있을 거 같아 일부러 내왔네. 지세의地勢儀란 걸세."

"지세의요?"

둥근 공처럼 생긴 지구의.

"여기가 조선 땅일세. 이쪽이 청국이고 이쪽으로 쭉 가면 법국과 구라파(유럽)라네."

모두의 눈이 지세의를 짚는 박규수의 손가락을 따라갔다.

"청국의 세력이 미치는 곳을 이만큼 그렸어. 나라별로 몇 시인지 알 수 있게 했고."

제자들이 목을 빼들고 쳐다보았다.

박규수가 손으로 지세의를 빙그르 돌렸다.

"여길 보게. 지금은 청국이 아닌 합중국이 가운데로 와 있지. 청국이 항상 천하의 중앙에 있는 게 아니란 걸 알겠나?"

"청국은 더 이상 세상의 중심, 중화가 아니야."

서광범이 지세의를 자세히 보느라 미간을 좁혔다가 환하게 웃었다.

'더 이상 청국은 중화中華가 아니다.'

둘러앉은 젊은 사대부의 가슴을 미묘하게 울렸다. 지금까지 세계의 중심은 청국이었는데….

"왜놈들이 서계 문제를 가지고 자꾸 트집을 잡고, 아라사(러시아)도 우리 땅을 노리고 있어 답답하고 속이 탑니다."

박영교가 분통을 터뜨렸다.

"저들이 요구하면… 개항은 해야겠지. 일단 시간을 벌고 그동안 우리도 힘을 키워야 하네."

박규수가 지세의를 천천히 돌리며 말했다.

"왜국은 태서泰西(서양)와 통교를 하면서 그들과 수준이 상당히 비슷해졌어. 지금 섣불리 왜국과 맞서면 적을 하나 더 만드는 셈이니 신중해야 해."

"왜국도 왜국이지만 다른 나라도 가만있지 않을 겁니다."

진중하게 앉아 있던 김윤식이 한마디 했다.

"여러 나라와 우호를 맺으면 한 나라가 침범해오는 예봉은 피할 수 있을게요.《해국도지》를 쓴 위원도 양이 중에 합중국이 풍요롭고 예의를 아는 나라라고 했으니 합중국을 눈여겨봐야겠지."

박영효는 파란 눈의 악마로 알던 양이와 통교해야 한다는 소리에 몸이 달달 떨렸다.

"하루가 급한데 당장 어찌해야 할지 답답합니다."

김옥균이 지세의를 만져보며 한숨을 내쉬었다. 그 말에 모두 지세의를 보던 시선을 거두고 입을 다물었다. 탐관오리의 부패는 줄지 않고 해안과 변경에는 오랑캐들이 조선의 목을 죄어오고 있었다. 어서 빨리 나라를 일으켜 강한 나라가 돼야 하는데 뒷걸음질만 치니 가슴이 무거웠다.

'나라도 나서야지.'

사랑방에 모인 자들의 가슴 속에는 저마다 빨간 꽃이 자라고 있었다.

대원군은 일단 물러났지만 그 세력이 발톱을 세우고 복귀를 노리고 있었다. 척사의 기운은 강하고 여전했다.

사랑방에 모인 자들은 개화에 긍정적인 민씨 척족에 기대를 걸고 있었다. 민태호와 민규호가 박규수와 뜻이 맞았던 유신환에게 배웠기 때문이다.

"오늘 이야기는 밖으로 안 나가는 게 좋을 듯합니다."

박영교가 입단속을 하자 순간 긴장감이 흘렀다. 엉뚱하게 모함을 받으면 자칫 역당으로 몰릴 수 있었다.

사랑채에서 나온 김옥균이 태웅을 불러 세웠다.

"자네 《연암집》은 읽었나? 앞으로 여기에 오려면 《연암집》은 읽어둬야 할 게야."

"아직입니다."

태웅은 비도 촉촉이 내리기 시작해서 어디 들어가 술이나 한잔 하고 싶었다. 김옥균이 붙잡고 놔주질 않자 성가셨다.

"그럼 대치 선생 댁으로 가보세. 거기는 있을 듯하니."

김옥균이 말한 이는 '유대치劉大致'로 불리는 유홍기였다.

빗방울이 굵어지자 김옥균은 박규수의 집에서 종이에 기름을 먹인 우의雨衣를 빌렸다.

"대치 선생은 한의漢醫시라네. 경서는 물론이고 역사에도 박학다식하시지."

김옥균은 특히 유대치로부터 불교에 대한 가르침을 받아 따르고 있었다.

유대치의 집에 들어서자 약재 냄새가 확 풍겨왔다.

"비도 오는데 어쩐 일이시요?"

몸이 장대하고 머리가 희끗희끗하며 얼굴이 불그스름한 40

대 사내였다. 김옥균은 유대치를 보자 친근하게 굴었다.

"여기는 민태웅이라 합니다. 오늘부터 환재 선생 사랑방에 오게 됐습니다."

"처음 뵙겠습니다."

태웅이 무뚝뚝하게 인사를 했다. 유대치는 태웅을 날카롭게 훑어보았다.

'예사로운 상은 아니야. 그런데 고우(김옥균의 호)하고는 좋지 않은데….'

유대치는 태웅을 경계하며 바라보았다.

"민태웅이라면 왕비 전하와 일가인 모양이구먼."

유대치의 서가에는 오경석이 연경에서 가져온 《박물신편博物新編》 같이 한역한 외서들이 많았다. 벽 한쪽에는 만국지도까지 붙어 있었다. 유대치 집안도 역관이었지만 본인은 스스로 원해 의원이 되었다. 역관들은 대대로 가업을 물려받았다. 중국을 다니는 한어 역관은 재물을 풍부하게 모을 수 있어 인기가 높았다.

오경석은 7대가 대대로 역관을 지낸 집안으로, 그 부친은 오경석에게 재산으로 2,000석을 물려주었다. 오경석은 연경을 오가며 중국의 지식인, 서화가들과 교류해 인맥을 넓혔다. 조선의 귀한 인삼을 가지고 중국에 팔고 현지의 귀한 물품을 사와 거금을 모았다. 집에는 그렇게 해서 모은 중국 고대 골동과 진귀한 서화가 모였다.

아들 오세창은 아버지가 모아온 예술품을 보며 일찍 심미안을 갖게 됐다. 오경석도 아들 세창을 역과 시험에 붙이기 위해 집에 가숙을 마련했다. 아들을 가르칠 스승으로 한학에 밝은 유대치를 택했다.

유대치와 오경석은 중인으로서 서로 뜻이 맞아 깊이 마음을 나누는 사이였다. 오경석은 1872년 사행길에 박규수와 동행하면서 가까워졌고, 이후 유대치까지 합세했다. 김옥균은 박규수를 통해 오경석과 유대치를 알았다.

"《연암집》이 있으면 빌리기 위해 왔습니다."

"그 책은 왜 묻습니까?"

"여기 민태웅이 읽어야 할 것 같아서요."

"글쎄올시다. 사세가 이렇게 급박한데 한가롭게 《연암집》을 읽을 때는 아닌 것 같소만."

유대치의 굵고 묵직한 목소리가 방안 가득 울렸다.

김옥균은 유대치 집을 나와 내친김에 가까운 오경석의 집으로 갔다.

태웅은 핑계를 대고 먼저 달아났다.

하인의 안내로 안으로 들어서자 잘 차려입은 여인이 뒤늦게 고개를 돌리며 길을 비켰다. 여인은 내리는 비를 처연한 눈빛으로 바라보다 김옥균이 다가오는 것도 눈치채지 못했다. 비 맞은 제비꽃처럼 싱싱하면서도 내밀한 매력이 풍겨 나오는 여인이었다. 고운 옷과 품위 있는 자태가 범상치 않았다.

김옥균은 여인이 사라지는 걸 아쉽게 바라보았다.

"누구인가?"

김옥균은 하인에게 슬쩍 물었다.

"대궐 상궁입니다. 언문을 잘 쓴다고 소문났다 하대요."

"상궁이 여긴 왜 왔나?"

"나으리가 청국서 가져온 책을 가지러 왔대요."

김옥균은 갑자기 번쩍 정신이 들었다.

"중궁전의 강 상궁이구나."

김옥균은 도포 자락을 휘날리며 서둘러 여인을 찾으러 나갔다.

"여보시오, 강 상궁."

김옥균이 눈앞에서 달아나는 여인을 애타게 불렀다. 장옷을 쓰고 골목을 빠져나가던 강 상궁이 우뚝 섰다.

'지금 날 부르는 거야?'

김옥균은 숨 가쁘게 다가와 강 상궁의 앞을 가로막듯 섰다. 강 상궁이 얼른 고개를 돌렸다.

"무슨 일입니까?"

빗줄기가 다시 굵어지고 있었다. 강 상궁의 녹색 장옷이 짙은 색으로 바뀌고 있었다.

"중궁전의 강 상궁 맞소?"

"…."

강 상궁은 자신을 알아보는 말을 듣자 가슴이 철렁했다.

"내 홍문관에서 강 상궁의 필체를 보고 한두 번 감탄한 게 아니오. 누구인지 꼭 만나보고 싶었는데 이렇게 기회가 생겼소."

김옥균은 벙글벙글 웃고 있었다.

"아 참, 난 김옥균올시다."

경계심에 찌푸리고 있던 강 상궁은 '김옥균'이란 말에 움칠했다. 김옥균이 이른 나이에 장원급제한 사실은 자신도 알았다.

"무슨 일인데 길을 막고 이러십니까?"

강 상궁은 냉랭하게 물었다.

"놓칠까봐 실례했소. 내 강 상궁을 만나면 이 말을 꼭 하고 싶었소."

김옥균이 손으로 입을 잠시 가린 뒤 말했다.

"글이 단아하면서도 절도가 있고, 그런가 하면 달리는 말의 격동이 느껴지는 신묘한 운필이라고 말이오."

강 상궁은 장옷 아래서 얼굴을 붉혔다. 그 바람에 몸까지 더워졌다.

'이 양반은 그걸 어찌 알았을까.'

대왕대비와 중전마마에게 칭찬은 들었지만 직접 사대부에게 이런 호평을 듣기는 처음이었다. 신기하고 반가웠다.

"내 평소에는 진서眞書(한문)를 많이 쓰지만 언문 쓰기도 좋아하오. 그래서 더 강 상궁의 글씨를 눈여겨 봐뒀소."

"예 그럼 전…."

강 상궁이 몸을 돌리려는데 김옥균이 막아섰다.

"내 부탁이 하나 있소이다."

"부탁요?"

"이런 비가 쏟아지네. 이거라도."

김옥균은 가지고 있던 우의를 펼쳐 강 상궁에게 덮어주었다. 강 상궁의 몸에서 부드러운 향기가 은은하게 배어 나왔다. 대궐 궁녀들의 미모는 알아주지만 강 상궁의 반듯한 이목구비는 서사상궁이라는 기예를 더해서인지 반짝였다.

"에그머니나."

강 상궁은 깜짝 놀라 기겁을 했다.

"옷이 너무 젖을까 그리 한 것이니 무례했다면 용서하시오."

"조심하십시오."

"알았소. 다음에 언문으로 쓴 글을 하나 주시오. 내 그걸 보며 연습하고 싶소이다."

"저는 중궁전에 매인 몸이라…."

"글이 되면 다음 달 보름, 탑골 승방으로 갖다 주시오."

김옥균은 씨익 웃더니 날 듯이 사라졌다.

나가노 교타로는 도쿄 아사쿠사에 문을 연 서양요릿집에 가기 위해 인력거에 올라탔다. 친구인 니시무라가 만나자고 한 것이다.

도쿄는 하루가 멀다 하고 달라지고 있었다. 도쿄는 서양 흉내내기 대회를 벌이는 것 같았다. 나가노는 수프를 먹을 줄 몰라 들고 마시다 옷을 버렸다는 이야기가 떠올랐다.

서양요릿집은 성업이었다.

"늦어서 미안하네. 일이 워낙 많아야지."

"자네 요즘 형편이 괜찮은가? 서양요릿집에서 만나자 하고."

"외무성 일은 많은가?"

"자네한테만 얘기하는데… 아무래도 조선을 칠 거 같아."

나가노는 소리를 낮춰 속삭였다.

"뭐? 드디어 정한征韓(조선 정벌)인가?"

"쉿, 조용히 하라구."

"아 미안. 드디어 이타가키의 소원이 성취되는군."

나가노는 친구가 와인을 주문하자 기분이 좋아졌다.

"솔직히 이타가키만의 소원은 아니지. 사이고나 기도, 오쿠보 모두 정한론자 아닌가."

나가노가 빈정대듯 말했다.

"그러고 보니 유신 주역들이 모두 정한론자네. 갑자기 조선은 왜 친다는 거야?"

"사무라이들의 불만을 배출하려는 거지. 이타가키도 정한론을 주장하다 밀리니까 민권 운동한답시고 돌았잖나. 불만 많은 사무라이들이 그 아래로 몰려들고 있고. 사이고는 아예 군사학교를 세워 불평하는 사무라이들을 키웠으니 정부가 골치 아플 수밖에."

"역시 외무성에 있으니 돌아가는 사정을 잘 아는군."

"일본은 개항한 뒤로 서양 수입품이 쏟아지니까 모든 게 비싸졌어. 사무라이뿐만이 아니라 다들 불만이야. 민권 운동한다며 신문을 자꾸 부추기니까 불만도 더 커졌고."

나가노는 취기가 돌자 말이 자유로워졌다.

"메이지 정권은 사쓰마와 조슈, 도사 놈들의 합작품 아닌가. 그런데 사쓰마의 대장인 사이고와 도사의 이타가키가 저렇게 정부에 반기를 드니 권력자들이 어떡하겠나."

"조선이 계속 천황을 인정하지 않고 일본을 무시하는데 이번엔 잘 될까?"

나가노는 왜관에서 만난 조선인이 생각났다. 조선에 가면 다시 찾아보고 싶었다.

과거를 돌이켜보면 도쿠가와 막부는 조선통신사를 데려오기 위해 정성을 쏟았다. 통신사가 오면 일본 유자儒子들은 필담이라도 나누고 글을 받기 위해 얼마나 목을 뺐던가. 지금같이 조선을 미개인 취급하는 건 아닌 듯 싶었다.

조선을 치는 일에 구로다 기요타카가 특명전권 대신 물망에 오르고 있는 점도 한심했다. 구로다는 만취하면 개가 되는 인간이었다.

부사에는 이노우에 가오루가 거명되는데, 그는 광산 불하 사건으로 사법성의 조사를 받기 직전이다. 이토 히로부미가 친구를 위기에서 구하기 위해 부사로 밀고 있다는 소문이었다.

"잘 되겠지. 페리가 구로후네를 몰고 온 것처럼 우리도 구로후네를 몰고 조선을 치러 간다니까 말이야."

페리는 4척의 거함을 끌고 와 독립기념일이라며 대포를 쏘아대고, 훈련한다며 공포탄을 쏘아 올려 일본인을 공포에 떨게 했다. 페리는 무장한 채 대통령 친서를 전하겠다며 쇼군이 있는 막부로 쳐들어갈 듯 위협하지 않았던가.

"니시무라, 술이나 마시지 뭘 그렇게 캐물어?"

"실은 나 얼마 전에 〈도쿄니치니치신문〉에 입사했다네."

니시무라가 안주머니에서 명함을 꺼냈다.

포함砲艦 운요호

"도쿄니치니치신문?"

나가노는 눈꼬리가 홱 올라갔다.

"왜 미리 말 안 했어. 이거 신문에 쓸 거야?"

화가 난 나가노가 니시무라의 멱살을 잡았다. 정권 실세인 이토나 이노우에가 자신의 발설을 안다면 할복을 지시할 것이다.

"진정해. 설마 친구를 사지死地로 몰겠나. 친구 팔아 출세할 생각은 없어."

니시무라는 나가노를 달래며 와인을 한 병 더 시켰다.

"자, 오늘 얘기는 걱정 말아. 사무라이로서 맹세하지."

"진짜 사무라이로서 맹세하는 거지?"

"날 믿으라구. 이번엔 내가 좀 알려줄까?"

서양요릿집에 앉은 남자들은 상투를 자른 잔기리를 하고 있었다. 여자들은 둥근 방석 같은 히사시카미 머리에 하카마 차림이었다. 서양요릿집답게 서양 냄새를 풍겼다.

"일본이 러시아와 조약을 맺은 건 아나?"

"난 조선에 관계된 일만 한다구."

"일본이 쿠릴 열도를 갖는 대신 러시아에 사할린을 넘겨준 거야. 재밌는 건 러시아와의 밀거래 내용이지."

"밀거래?"

"음. 일본이 조선을 치고 들어가도 러시아가 놔두기로 한 거야."

나가노로선 깜짝 놀랄 일이었다.

"정말인가? 메이지 실세들이 권모술수로 정권을 잡더니 이젠 러시아와 그런 거래를 하는군."

"나가노, 꽤나 위험한 발언을 하는군. 흐흐흐. 바보 같은 지나支那(청국)는 '조선의 내치와 외교는 관여하지 않는다'고 비공식적으로 대답했다는군."

"지나가?"

"지나와 러시아가 OK 했으니 이제 조선을 치는데 거칠 게 없어졌지."

"자넨 도대체 어디서 그런 이야기를 들었나?"

"일본이 대만을 치니까 놀란 영국 공사가 오쿠보 내무경에게 이렇게 말했다는군. '일본이 대만이 아니라 조선으로 진출한다면 열강들이 지원할 것이오'"

"영국놈들이 중국을 뺏기기 싫으니까 조선을 던져준 거군."

"강 상궁, 무슨 일 있는가?"

강 상궁은 왕비의 부름을 받고 편지를 대서代書하고 있었다. 깜짝 놀란 강 상궁이 눈을 동그랗게 떴다.

"예? 마마 무슨 말씀이시옵니까?"

김옥균을 만난 후 며칠째 잠을 설쳐 머릿속이 혼미했는데, 왕비의 말에 가슴이 철렁했다. 왕비는 매우 예민했고 판단이 빨랐다.

'혹시 내 뒤라도 밟은 게 아닐까?'

궁녀는 왕의 여자였다. 사내와 사사로이 만났다면 끌려가 곤장을 맞고 유배나 극형을 받았다.

"강 상궁 손톱에 먹물이 끼여서 말일세. 먹물이 든 건 처음 보는데."

왕비는 강 상궁을 뚫어지게 쳐다보았다. 강 상궁은 손에 먹물이 묻는 일이 없었다.

"황, 황송하옵니다 마마. 먹을 갈고 벼루에 놓는다는 게 그만 거꾸로 놓아 이리 되었사옵니다. 불민한 소인을 용서하옵소서."

"자네야 워낙 먹을 곱게 갈아 글씨가 가볍고 부드럽지. 고민이 있나 했네."

강 상궁은 여자 살결보다 더 고운 벼루에 먹을 갈면서 정성을 다했다. 글씨는 맑은 먹물만큼 상쾌하면서도 단아해 대궐 윗전들이 좋아했다. 강 상궁은 붓을 든 채 덜덜 떨었다. 중전의 눈빛이 가슴을 파고드는 듯했다.

"오늘은 자네 일진이 좋지 않은 듯하니 그만 물러가게."

강 상궁은 가슴을 쓸어내리며 처소로 돌아왔다. 중전도 무섭지만 궁녀를 감독하는 제조 상궁과 감찰 상궁의 눈도 조심해야 했다.

내일이 보름이었다. 마침 내일은 번을 서지 않아 중전마마가 찾는 일도 없으리라.

'아냐, 난 안 갈 거야. 사내에게 그만치 당하고도 정신을 못 차렸어.'

그러나 이미 김옥균에게 줄 글을 써놓았다. 눈같이 새하얀 순지純紙에 쓴《소학》의 앞 구절이었다.

강 상궁은 무엇에 홀린 듯 옷을 훌훌 벗고 몸을 닦기 시작했다.

허드렛일을 돕는 비자가 바깥에서 외쳤다.

"앗, 마마님. 감찰 상궁 마마님 오셨수."

1876년 1월.

나가노는 예측대로 구로다가 전권대사, 이노우에가 부사를 맡은 '대對조선 특사'에 차출됐다.

일본의 포함砲艦 운요호는 사전 예고도 없이 해안을 측량한다며 강화도 깊숙이 들어가 조선 수비대의 포격을 자초했다. 운요호 함장은 출항에 앞서 "조선이 포격을 해오면 운이 좋은 것"이라며 말하고 다닐 정도였다.

포격을 받은 운요호는 군인을 상륙시켜 살인과 약탈, 방화를 저질렀다.

일본 정부는 조선의 공격을 받았다며 구로다 기요타카 전권대사를 보내 강력 대응하기로 결정했다. 군함 닛신과 모슌 2척과 운송선 다카오마루, 교류마루, 하코다테마루, 본함인 겐부마루로 '대조선 선단'을 구성했다.

나가노가 배에 오르자 이노우에가 불렀다.

"이번 임무는 엄중하니 목숨을 바칠 각오를 하라."

"옛."

"이쪽은 무쓰의 후배인 포병 소좌 오카모토 류노스케. 앞으로 조선과 관련해 활약할 사람이니 잘 알아두게."

'면도칼'이란 별명을 가진 무쓰 무네미쓰는 외무성 초기부터 재직했고, 이토 히로부미와도 가까운 사이였다.

운요호 사건의 거대한 그림을 주도한 자는 이토 히로부미였다. 메이지 정부의 음과 양이 그의 손을 거치고 있었다. 나가노는 이토 히로부미의 엄청난 비밀을 알고 있지만 무덤까지 가져가야 할 극비였다.

거대한 선단이 바다를 칼로 가르듯 조선을 향해 나아가기 시작했다.

강화도 조약과 승려의 요지경

"세자는 내가 안겠네."

"예 마마."

왕비는 잠든 세자를 조심스레 안았다. 세자의 통통한 빰에 입을 맞추니 달콤한 젖내가 감돌았다. 왕비는 아이 넷을 잃고 천신만고 끝에 낳은 세자였다. 세자책봉을 위해 온 청나라 칙사는 기어이 세자의 얼굴을 보겠다며 버텼다.

"세자가 너무 어리고 날씨가 차서…."

"날씨는 그리 차지 않아 괜찮을 것 같습니다."

왕이 불편한 심기를 보였지만 칙사는 막무가내였다. 하는 수 없었다. 칙사의 횡포는 왕비의 분심을 자극했다. 더욱 분노한 것은 일본이었다. 조정은 세자책봉을 위해 칙사가 오는 비

상상황에, 일본까지 대포를 쏘아대며 강화도로 들이닥치자 정신이 없었다.

일본은 강화도로 포함을 끌고 와 모든 걸 날려버릴 듯 겁박했다. 조선으로선 목구멍에 해당하는 강화가 뚫리면 한양이 위험했다.

“이번에 두 나라의 관계가 해결되지 않으면 배를 끌고 곧장 한양으로 갈 것이오. 본국에는 조선의 무례를 참을 수 없다며 대부대가 출병을 기다리고 있소.”

구로다는 회담장에 나온 접견 대관 신헌을 강박했다. 이노우에 가오루는 이토 히로부미가 지령을 내린 ‘조일수호조규(강화도 조약)’ 안을 쥐고, 분위기를 험악하게 몰고 갔다.

이토 히로부미는 프랑스 고문 부아소나드Boissonade와 ‘조일수호조규’ 안을 깊숙이 모의했다. 부아소나드는 조선에 운요호에 대한 보상을 요구하면서 조약 체결을 강박하라고 충고했다.

세 가지는 절대 양보하지 말라고 단단히 일렀다. 부산 외에 추가로 항구를 개항할 것, 조선 해역을 맘대로 항해할 권리, 운요호 포격에 대한 사과였다.

운요호는 부아소나드의 조규안이 완성되자 곧바로 출항해 사건을 일으켰다.

‘드디어 올 것이 왔구나.’

왕비는 불안하게 예견은 했지만 막상 닥치고 보니 눈앞이 캄캄했다. 서양 오랑캐에 의해 쑥대밭이 된 북경을 떠올리자 소름이 끼쳤다.

'불쌍한 백성들.'

왕비는 눈물이 쏟아졌다.

'청국의 치란흥폐治亂興廢는 우리가 반드시 알아야 한다.'

유신환이 아버지와 나누던 이야기가 떠올랐다. 아편전쟁을 겪은 청국을 보며 피를 토하듯 한 말이었다.

왕비는 눈물을 급히 닦았다.

'백성들을 보고 와야겠어.'

왕비는 미복 차림에 쓰개치마를 쓰고 상궁 몇 명과 은밀히 궁 밖으로 나왔다. 광화문 앞 땔감 시장에는 장작과 잔솔가지가 수북이 쌓여 있었다. 돼지 다리를 장대에 매달아 지고 가는 자, 옹기를 집채만 하게 엮어 놓은 옹기장수, 숯장수, 짚신장수가 사람들을 기다리고 있었다. 검게 그을리고 주름이 패인 사람들이 일상을 이어가고 있었다.

왕비는 백성들을 보며 마음을 가라앉혔다.

'절대로 굴복하지 않을 것이야.'

이듬해 2월 조선은 일본과 '조일수호조규'를 체결하고, 수신사를 보내기로 했다.

왕은 일본의 강력한 방일 요청을 받고, 김기수를 수신사修

信使 정사로 정했다. 조선통신사가 끊긴 지 60여 년만으로, 옛 우호를 닦아 신의를 돈독히 한다는 의미로 '수신사'라 이름 지었다.

4월 홍문관 응교 김기수는 일본 사행에 오르기 전 왕을 알현했다. 왕은 김기수에게 일본이 그동안 어찌 변했는지, 무엇을 세워 성공했는지 자세히 보고 오라 명했다.

김기수는 중전의 밀서를 받고 잔뜩 긴장했다. 주상보다 중전이 더 두려웠다.

'일본은 말이 엿처럼 달고 태도가 오래 아는 사이처럼 친근하지만 그 검은 속마음은 알 수가 없소. 경은 조심 또 조심하시오. 오늘의 실수에 내일의 보복이 있을 것이오. 이 밀서는 읽은 즉시 태워버리시오.'

수신사는 조선통신사 때처럼 왜학 역관과 한어 역관, 화원 · 악공 · 기수 · 교자꾼 · 고수 · 나팔수를 포함해 70여 명으로 꾸려졌다. 태웅도 수행원의 한 사람으로 끼였다.

김기수는 부산에서 해신제를 올린 뒤, 수신사를 태우러 온 일본 증기선을 보고 입을 다물지 못했다. 거대한 두 개의 돛 사이로 시커먼 굴뚝이 치솟았는데 상상치 못한 형상이었다.

아카마가세키(시모노세키)와 고베, 요코하마를 거쳐 도쿄에 도착했다.

이노우에 가오루가 수신사 일행을 맞았다. 김기수는 이노우에 얼굴에 난 칼자국이 맘에 들지 않았다. 독직 사건으로 궁지에 몰렸던 이노우에는 운요호 사건을 성공적으로 처리했다는 인정을 받아 부활한 상황이었다.

공부경工部卿이자 법제 장관인 이토 히로부미가 나타났다.

"드디어 조선의 사신이 일본에 오셨으니 과거처럼 두 나라의 우호가 돈독해지리라 믿습니다."

서른여섯 살의 이토 히로부미는 몸가짐이 날랬는데 두 눈이 섬뜩하게 빛났다.

"나 역시 일본의 문명개화를 위해 서양 여러 나라를 방문하고 배웠습니다. 조선도 이번 기회에 많이 보고 배워가길 바랍니다."

일본 관료들은 서양식 관복을 입고 나왔다. 조선의 수신사 일행은 그 모양이 꼴사나워 처음엔 시선을 피했다. 아랫도리가 민망하게 몸에 딱 붙었다. 아랫도리 위로 음낭이 튀어나와 만지지 않아도 알 수 있을 정도였다.

이노우에가 김기수에게 은밀히 목소리를 낮췄다.

"이왕 오셨으니 공장과 군대를 다 둘러보고, 다른 곳도 두루 유람하십시오."

"송구하지만 전하께서 명하신 기일이 있어서 불가합니다."

김기수는 정중하지만 잘라 거절했다.

"이런 공식적인 자리 말고 따로 조용히 만나고 싶습니다."

이노우에는 포기하지 않고 은근한 말투로 다가왔다.

"서로 공적으로 하지 못할 이야기가 무엇입니까?"

이노우에는 김기수의 냉랭한 반응에 인상을 찌푸렸다.

수신사는 굉음을 내며 시커먼 연기를 날리는 화륜차를 타보고, 육군성의 군대 조련하는 모습과 해군성에서 대포 쏘는 모습을 참관했다. 공학료를 방문해서는 전선電線 가설 과정을 시찰하고 양학교육기관인 가이세이開成학교와 도쿄여자사범학교를 견학하고 귀국했다.

김옥균은 박영효, 서광범과 나들이 겸 봉원사를 찾았다. 김옥균은 유대치의 소개로 불교에 빠져든 뒤 봉원사와 근교 사찰을 자주 드나들었다. 불경을 탐독한 뒤 불교의 세계를 박영효에게 들려줬다. 박영효는 달변인데다 학문이 높은 김옥균의 말에 빠져들었다.

김옥균은 박영효, 서광범과 승방을 다니며 생각을 주고받았다.

"환재 선생 말씀처럼 나라가 부강하고 힘이 있으면 이런 일은 당하지 않았을 텐데."

김옥균이 일본에게 당한 일을 두고 한 말이었다.

"일본은 지금 어떤 나라가 됐습니까?"

박영효가 김옥균을 쳐다보며 물었다.

이때 문이 열리고 승려 한 명이 들어왔다. 작달막한 키에 넓적한 얼굴, 눈 색깔이 평범하지 않았다.

"소승 잠시 실례하겠소이다."

"누구요?"

서광범이 미간을 찌푸리며 경계했다.

"지나가다 우연히 말소리를 듣고 실례를 하게 됐소이다. 소승은 이동인이라 합니다. 뭘 좀 보여드리고 싶어서요."

김옥균은 흥미가 생겨 앉을 것을 권했다. 이동인은 보자기를 끌러 뭔가를 꺼냈다.

"여기에 눈을 바짝 대고 안을 한번 보시지요."

컴컴한 작은 상자 같은 곳에 서양 마차와 서양인이 그려져 있었다. 찰칵거리는 소리가 나자 상자 안에서 서양의 다른 풍광이 나타났다.

"이게 무엇이오?"

김옥균이 놀라 외쳤다.

"왜어로 '노조키카라쿠리'라 합니다. '요지경'이라고도 합죠. 그림이 요상하지요? 영국이라는 나라의 풍물이올시다."

서광범과 박영효도 차례로 눈을 대보고 크게 놀랐다. 세 사람은 의구심에 찬 눈길로 이동인을 바라보았다.

"소승은 유신을 일으켰다는 일본이 궁금해서 이것저것 보고 들었습죠. 부산에서는 왜승倭僧을 사귀어 그쪽 이야기도 듣고 책도 얻었소이다. 이 책을 한번 보십쇼. 원하면 다른 것도 구해보겠소이다."

김옥균은 봉원사에 있다 보니 강 상궁이 강하게 생각났다.

'그 여인을 만나야 해. 내 사람으로 만들겠어.'

김옥균의 눈앞에는 풍만한 몸매에 맵시 있게 차려입은 강 상궁이 솟아올랐다.

사랑을 허락하다

"배 띄워라-."

한잔 얼큰하게 한 태웅은 흥얼거리며 방에 들어섰다.

"앗 아버님."

태웅은 방안에 앉아 있는 민범호를 보고 깜짝 놀랐다.

민승호가 폭발 사고로 숨진 이후, 그 집에 머물던 태웅과 초계는 함께 나오게 됐다. 왕비는 민승호의 집안에서 추문이 나오자 엄하게 경고했다. 민승호의 부인은 태웅과 초계도 내쫓았다. 왕비에게 추문을 밀고한 사람이 초계라고 생각했다. 왕비는 태웅과 초계를 위해 집을 마련해주었다.

"네 혼담이 들어와서 왔다. 너 사는 모습도 볼 겸해서."

민범호가 아들을 앉혀놓고 훑어보았다.

"아버님 전 과거 준비 때문에 여념이 없습니다. 중전마마께서 하루빨리 과거를 보라 하셔서요."

"과거 준비한다는 녀석이 술집에서 공부를 하고 왔느냐?"

"사실 민씨 문중이 벼슬을 독차지한다는 소리가 있는데 저까지 한몫하는 거 같아 두렵습니다."

"그 말은 괜한 핑계 아니냐? 사람들 말이 맞기도 하고 틀리기도 하지."

"예?"

"지금의 여흥 민문은 순원왕후 때의 안동 김문과는 다르다. 그때는 안동 김문이 영의정과 좌우 정승을 번갈아 맡고, 당상관까지 다 차지했지. 대왕대비께서도 풍양 조씨를 영의정에 중용하셨다. 하지만 지금은 여흥 민씨 중에 누가 영의정을 했느냐. 주상께서 친정을 하시면서 이유원 대감이 영의정에 오르지 않았느냐. 김병국, 김병학 형제처럼 안동 김씨나 풍양 조씨까지 두루 기용하고 말이야."

"하오나, 당숙들이 요직에 있지 않습니까."

"그건 중전마마의 뜻도 있지만 주상께서 원하신 거야. 대원군이 물러나고 하루속히 우군을 만들어야 하는데 나라 안팎에서 위협은 커지니 믿을 만한 민씨를 택하신 거지. 여흥 민문은 전하의 외가이기도 하니까."

그러고 보니 민겸호도 주상전하의 외삼촌이었다.

다음날 초계는 태웅의 방에 들어가 왜서倭書를 찾았다. 태웅이 김기수를 따라 일본에 가기 전에 빌려 간 책이었다.

"여기 있었네."

초계가 책을 들자 뭔가 툭 떨어졌다. 일본식 꽃문양이 새겨진 편지봉투와 편지지였다.

"아이 예뻐라."

편지를 본 초계는 놀랐다. 왜관에서 본 나가노 교타로가 초계에게 보낸 편지였다.

'민태웅 씨가 일본을 방문해서 얼마나 반갑고 기뻤는지 모릅니다.

하지만 당신이 함께 오지 않아 매우 안타깝고 섭섭했습니다.

그날 왜관에서 만난 이후 한시도 잊은 적이 없습니다.

하룻밤 술잔을 나눈 정이 이토록 깊어질 줄 몰랐습니다.

민태웅 씨와 같이 오셨더라면 도쿄를 구경시켜드렸을 텐데요.

다음엔 한양이나 도쿄에서 꼭 만나길 하늘에 기원합니다.'

외출했던 태웅이 들어왔다. 술을 마셨는지 얼굴이 발그레했다.

"남의 방에서 뭐 하시오?"

태웅은 초계를 보자 뭔가 들킨 듯 가슴이 두근거렸다.

“이 책을 찾으러 왔어요. 도련님.”

초계는 태웅을 빤히 쳐다보았다.

“왜관에서 만났던 일본인 아닌가요. 이 사람?”

초계가 편지를 보이며 태웅에게 물었다. 태웅이 편지를 확 빼앗아 구겨버렸다.

“이상한 자식이야. 그보다 이걸 준다는 게 늦었소.”

태웅이 서가에서 작고 이쁘장한 책을 꺼냈다.

“뭔가요? 도련님.”

“주려고 일본에서 하나 샀소.”

“예?”

초계는 풋 하고 웃음을 터뜨렸다. 왜어로 된 작은 책을 열어 보니 사랑을 노래한 시집이었다.

“왜어를 더 많이 익히셔야 겠어요. 도련님. 시들이 모두 사랑시네요. 호호.”

초계가 입을 가리며 놀리듯 웃어댔다.

“다 읽어보고 산 거요.”

얼굴이 빨개진 태웅이 초계의 허리를 꽉 안았다.

“어.”

태웅은 멍해지면서 순간 초계의 입술에 입을 맞췄다. 긴장했지만 초계가 가만히 있자 이번엔 힘껏 빨아들였다.

초계가 드디어 태웅에게 마음을 열었다. 태웅은 예전의 소년이 아니었다. 자신을 말없이 바라보던 강렬한 눈빛의 뜻을 알게 됐다.

태웅은 초계의 옷고름을 조심스레 풀었다. 눈부신 몸이었다. 몸은 얇은 꽃잎처럼 희고 보드랍지만, 중심에는 짙은 암술처럼 사내를 꼼짝 못하게 하는 마력이 있었다. 날씬한 허리와 단단한 엉덩이, 보기 좋게 뻗은 두 다리가 태웅을 허둥지둥하게 만들었다.

태웅은 초계를 처음 봤을 때부터 묘한 기분이 들었다. 초계가 '배 띄워라'를 불렀을 땐 완전히 마음을 빼앗겼다.

초계가 태웅의 옷을 벗겼다. 도포를 입었을 때보다 더 커 보이는 몸이었다. 초계의 촉촉한 눈이 환희로 물들었다. 태웅은 자신이 초계의 첫 사내임이 놀라웠고, 초계는 태웅의 현란한 몸놀림에 한숨을 내쉬었다.

두 사람은 희열의 광염에 휩싸였다.

"아휴, 얼마만이우."

초계는 강 상궁을 보자 얼싸안았다. 중전의 명으로 궁 밖 출입을 못하던 강 상궁이었다. 강 상궁은 바깥 출입을 못하자 많이 아팠다.

"내가 하도 아파 누우니 마마께서 포기하신 듯해."

"상사병인가?"

"에그, 누가 들을까 무섭다."

강 상궁은 오랜만에 장죽을 피며 초계에게 봉서를 전달했다. 봉서를 읽은 초계의 얼굴이 심각하게 굳어졌다.

"그동안 뭣 땜에 금족령이 내려졌수?"

강 상궁은 한숨을 내쉰 뒤 김옥균과의 일을 털어놓았다.

"마마께서 뭔가 이상하다고 느끼신 모양이야. 죽다 살아났지."

강 상궁은 장죽을 깊이 빨며 허공을 응시했다.

"다른 사람이 알면 난 죽는다. 입 다물어."

"두말하면 잔소리지. 그나저나 한번 만나서 이야기나 들어보우."

"그러다 발각되면 어쩌려구."

"한번 사는 목숨인데 뭘."

강 상궁은 저도 모르게 탑골 승방으로 발걸음을 옮겼다. 시일이 많이 흘렀지만 한번 가보고 싶었다.

동자승이 강 상궁을 흘깃 보더니 또르르 들어가 종이 뭉치를 들고 나왔다.

"이름이 '월창'이우?"

"아니 어떻게 내 이름을."

"김 교리께서 오면 주라고 하셨수."

강 상궁은 급히 편지들을 열어보았다.

'오지 않아 몹시 걱정된다' '꼭 만나길 바란다'는 내용이었다.

김옥균의 글은 달필이었다. 자신만만하면서도 박력 넘치고, 단단하고 매력적인 필체였다. 강 상궁의 가슴이 불타올랐다.

'그이를 한 번만이라도 만나고 싶어.'

이범진은 입궐하라는 전갈을 받고 오랜만에 왕을 뵈었다. 난초향이 은은했다. 왕비가 함께 있었다.

"과거 준비는 잘 되어 가느냐?"

왕이 반가운 얼굴로 이범진을 맞았다.

"보고 배운 게 없어서… 황송하옵니다. 전하."

"제주에서 귤이 올라오면 감제시柑製試가 있을 터이니 준비하거라."

이범진이 놀라 왕을 바라보았다.

"빨리 조정에 들어와서 전하를 보필하세요."

왕비가 웃으며 말했다.

"전하, 성은이 망극하옵니다. 하오나 천한 출생인 소인은 감히 생각지도 못하고 있사옵니다."

이범진의 눈에 눈물이 가득했다. 이경하의 서자로 태어난 이범진이었다. 이경하가 진주에 있을 때 기생에게서 난 아이여서 '범진'이란 이름을 붙였다.

"세상이 바뀌고 있는데 그게 무슨 흠입니까?"

왕비의 또렷한 말이 이범진의 가슴을 파고들었다.

"중전의 말이 맞다. 그런 생각일랑 버려라."

"소인 당장 죽어도 한이 없사옵니다."

이와쿠라, 꽃 선물을 받고 감격하다

"자네가 나가노인가?"

"예 나가노 교타로입니다."

재빨리 훑어보는 이토 히로부미의 눈이 뱀처럼 느껴졌다. 나가노의 몸을 휘감으며 얼마나 견딜지 조이는 듯했다.

"조선과 조약을 맺었으니 가서 할 일이 많다. 자네가 조선말을 잘한다고 하더군. 조선에 대해 잘 아나?"

"많이 부족합니다."

"그런데 자네 낯이 익단 말야… 혹시 이와쿠라 사절단에 같이 갔었나?"

"예 야마구치 공을 수종했습니다."

일본은 1871년 12월 미국을 비롯한 서구 열강과 맺은 불평

등 조약을 개정하기 위한 예비교섭단을 임명했다. 일명 이와쿠라 사절단이었다. 조약 개정을 위한 예비 교섭이 가장 큰 목표였고, 나머지는 서구 문물 시찰이었다. 이와쿠라 도모미가 단장이 되고, 부사는 기도 다카요시와 오쿠보 도시미치, 이토 히로부미, 야마구치 마스카 4명이었다.

'메이지 유신 3걸'로 불리는 최고 실력자 기도와 오쿠보가 포함되고, 막후 역할을 도맡던 이와쿠라와 이토가 끼어 무게감이 컸다.

"어쩐지 낯이 익다고 했네."

나가노의 눈앞에는 당시 샌프란시스코 항의 숨 막힐 듯 짙은 안개가 떠올랐다. 기선 아메리카호를 탄 사절단이 미국 땅에 발을 딛기 직전이었다.

사절단 대부분이 서구 세계는 처음이었다. 단장인 이와쿠라가 존마게(상투)에 일본 옷을 입겠다고 고집하자, 다른 이들이 "서양인들이 비웃는다"며 뜯어말렸다.

사절단은 미국인의 열렬한 환영을 받았다. 사실 미국은 쇄국을 고집하던 일본을 자신들이 개항시켰다는 자부심이 컸다.

이들이 묵는 앨링턴 호텔로 그랜트 대통령의 영부인이 환영의 꽃다발을 보냈다. 300달러나 하는 꽃다발이었다. 이와쿠라는 "서양의 가장 격식 있는 선물을 받았다"며 감격했다.

미국은 대대적인 환영 퍼레이드를 벌이고 매일 밤 환영 파

티를 열어줬다.

드디어 3월 4일 사절단이 백악관을 방문해 그랜트 대통령을 알현했다.

그랜트 대통령은 "조약 개정에 대해 각국이 어떤 생각을 하는지 사전협의하는 모양인데 어렵지 않게 목적을 달성할 것"이라며 "오히려 급한 건 무역통상 규정을 개정하는 것"이라고 했다.

메이지 정부는 치외법권이 포함된 불평등 조약 개정이 가장 큰 과제였고, 그랜트 대통령의 뜻밖의 언질에 사절단은 흥분했다. 워싱턴 주재관이던 모리 아리노리가 "정계 거물들이 오셨는데 아예 조약을 개정해야 한다"고 부추겼고, 이토 히로부미가 적극 찬성했다. 이와쿠라는 이토의 말만 듣고 피시 미 국무장관과 조약 개정을 협상하려 했다.

그러나 피시는 "개정 협상을 위한 전권위임장이 있느냐"며 정색을 했다. 부랴부랴 오쿠보와 이토가 전권위임장을 받으러 일본으로 돌아갔다.

그 사이 독일 공사가 워싱턴을 방문해 사절단의 기도 다카요시를 만났다.

"일본이 미국에게 혜택을 주면 최혜국 조항에 따라 다른 유럽 국가에게도 똑같이 혜택을 줘야 하는데, 이를 아십니까?"

이와쿠라 사절단에는 누구도 '최혜국 조항'의 의미를 아는 이가 없었다. 서구를 가장 잘 안다는 이토 히로부미도 몰랐고, 기도나 오쿠보는 더 몰랐다.

1854년 미 · 일화친조약을 맺고 20년 가까이 지났음에도 열강의 간교한 술수를 몰랐던 것이다. 하는 수 없이 이와쿠라 사절단은 조약 개정의 꿈을 접고 선진문물 시찰로 돌아섰다.

오쿠보와 이토가 일본에서 전권위임장을 받아오느라 5개월을 허비했다. 런던에서는 일본인이 낀 사기단에게 걸려 12만 5000엔을 날려버리는 사고까지 있었다.

영국에서는 빅토리아 여왕이 여름휴가를 떠난 바람에 허탕을 치며 시간을 낭비했다.

영국도 대대적으로 사절단을 환대했다. 하지만 조약 개정에 대해선 얼굴색을 바꿨다. 오히려 일본에서의 종교와 내지 여행의 완전 자유를 요구했다.

기도 다카요시는 화가 머리끝까지 치밀어 소리쳤다.

"내 수발이나 들던 도시스케(이토 히로부미의 옛 이름)가 나라를 망칠 뻔했다."

"조슈와 사쓰마가 어떻게 메이지유신을 성공시킨 줄 아나?"

나가노는 이토가 어떤 대답을 원할까 재빨리 머리를 굴렸다.

"조슈와 사쓰마에게는 부국강병을 도모할 자본이 있었기 때문이지."

"혹시 도자기 말씀인가요?"

"바보는 아니군."

이토가 담배를 피워 물었다.

"도요토미 히데요시 공이 분로쿠노에키(임진왜란)를 일으켜 조선 도공을 끌고 오라 시켰지. 사쓰마의 시마즈 요시히로가 조선 도공들을 끌고 와서 사쓰마에키(사쓰마 도자기)를 성공시켰지. 조슈도 그렇고. 도자기를 서양에 팔아 번 돈이 엄청났거든. 그 돈으로 총과 대포도 사고 포함도 샀지."

"예…."

"조선은 미개하지만 간단한 나라는 아닐세. 조선에 가서 핵심 인사들과 친분을 쌓아두게. 자네가 외무성에 올린 보고서를 보니 왕비의 조카와 만난 적이 있더군. 이들을 손아귀에 넣고 내밀한 정보를 파악하는 게 군의 임무다."

"옛."

"특히 왕비의 측근을 파악해서 우리 사람으로 만들라. 나같이 적의 칼날 위를 날았던 사람에게는 특별한 촉수가 있거든. 왕비는 앞으로 일본이 가장 주시해야 할 대상이다. 명심하라."

한성의 지전紙廛에 일찍부터 삿갓을 눌러쓴 자가 나타났다.

그는 '최 보따리 선생'의 지시를 받고 질 좋은 종이를 사러 왔다.

'조선 닥나무로 만드는 한지가 천하일품이다. 원나라 세조도 고려 종이를 최고로 쳤다. 백번 손질한다 해서 백지百紙라고도 한단다. 천년을 가니 얼마나 대단하냐.'

스승은 한때 조지소造紙所에 있어서였는지 한지의 진가를 알았다.

가게에는 크고 두꺼운 장지에서부터 넓고 긴 대호지, 순창에서 나는 상화지霜花紙, 꽃무늬가 찍힌 능화지菱花紙, 얇으면서도 튼튼한 죽청지, 매미 날개같이 얇다는 선익지蟬翼紙가 저마다 자신을 뽐내고 있었다.

이때 익숙한 목소리가 들려왔다.

"아휴 예뻐라. 이 분홍 바탕에 나비랑 꽃이 있는 궁전지宮箋紙 좀 봐요. 마마께 올리면 좋아하시겠다."

"내가 사줄 테니 쓰시오. 마마께는 대궐에서 알아서 올릴 텐데 뭐. 자나 깨나 중전마마만 생각하오?"

"어머 이걸 사주신다고요?"

초계가 애교 있는 미소를 지었다. 보조개가 깊숙이 패였다. 초계와 태웅 두 사람의 눈이 부딪혔다. 태웅이 슬쩍 초계의 장옷을 당겼다. 초계의 얼굴이 빨갛게 물들었다.

'초계가 아닌가.'

삿갓을 쓴 자가 손에 들었던 종이를 떨어뜨렸다. 강원도에서 스승 최시형의 심부름을 온 달수였다.

초승달에 찔리다

"환재가 돌아갔으니 요즘은 누구 사랑방에 모이고 있느냐?"

왕비는 머리를 조아리고 있는 조카 민영익에게 물었다. 박규수가 타계했으니 그 사랑방에 모이던 무리의 동향을 물은 것이다.

민영익은 얼굴이 작고 선이 섬세했다. 과거에 급제한 뒤 이조참의까지 올라 이목을 모았다.

"김옥균과 금릉위, 서광범은 봉원사에 어울려 다닌다고 합니다. 일부는 소신의 사랑방에도 오고 있습니다."

"네 집을 드나드는 여덟 명을 '8학사'라 부르더구나."

"황송하옵니다."

민영익은 왕비가 8학사에 대해 알고 있자 등짝에서 땀이 났다. 왕비는 누구보다 정보가 빨랐다.

"8학사 중 누가 인물이지?"

"김옥균은 벌심伐心이 지나친 게 흠이지만 역시 뛰어납니다. 어윤중도 사리판단이 빠릅니다."

강 상궁은 한구석에서 대서를 위해 고양이처럼 앉아 있었다. 그때 '김옥균'이란 소리가 귀에 박혔다.

'그이가 봉원사에 드나든다고?'

왕은 어윤중을 전라우도 암행어사로 낙점했다.

일본과 조약을 맺고 갈 길이 바빠졌는데 흉년마저 들어 농민의 형편이 말이 아니었다.

"호남이 흉년을 겪고 있으니 경은 성심을 다해 백성의 고통을 살피시오."

왕은 어윤중을 불러 당부했다.

"소신 불민하오나 어찌 목숨을 아끼겠사옵니까."

기골이 장대하고 퉁퉁한 체격의 어윤중은 머리를 조아렸다. 얼굴이 크고 장부다워 관모가 머리에 꽉 끼어 보였다.

어윤중이 전라도로 떠나기 전에 한양에서부터 '용서해달라' '잘 봐달라'는 청탁이 쏟아졌다. 어윤중은 들은 척도 하지 않았다. 암행어사로 10개월간 고을을 훑으며 수령 48명에 대해 냉엄한 평가를 매겨 보고했다.

무장현감 성대영은 그로 인하여 많은 백성이 편안하게 생활하고 있어 우도右道에서 최고입니다.

전前 전주판관 권용규는 아전이 10만 냥을 사사로이 써버렸는데도 이를 발견하지 못해 파직하였습니다.

전 고부군수 이수은은 공공의 재물을 사사로이 갖거나 재물을 빼돌린 것이 3만 2,000냥이었습니다.

영암군수 민창호는 잘 다스리고 있었습니다.

전 김제군수 윤병성은 관문에 '감히 사적인 일을 부탁하려는 자는 이 문을 들어오지 말라'는 글을 걸어놓고 있었습니다.

의정부 대신 중 일부는 어윤중의 일 처리가 분수를 넘어섰다며 파직을 주장했다. 어윤중이 잡세 혁파, 환곡 폐지, 조운선 제도 개선 같은 파격적인 내용을 올리자 비난한 것이었다. 왕은 어윤중이 강직하면서 배짱 있는 일 처리에 매우 흡족했다.

왕비도 어윤중을 눈여겨보기 시작했다.

밤공기가 맑아 자수정 같은 바닷속을 거니는 듯했다.

강 상궁은 두 다리가 공중에서 허우적거린다고 느꼈다. 강 상궁이 봉원사로 밀서를 보내자 김옥균으로부터 친구의 별장에서 만나자는 전갈이 왔다. 장옷을 깊이 덮어쓴 강 상궁은 몇 번이고 멈춰섰다.

'감찰 상궁에게 들키면 목숨을 부지하기 어려워. 내가 무엇을 위해 목숨을 거는 거지?'

강 상궁은 어느새 별장의 문을 두드리고 있었다.

별장의 정원에는 갖가지 꽃들로 화려했다. 찔레꽃은 청순하면서도 고혹적인 자태로 흔들거리고 있었다. 홍자색 해당화가 스란치마를 입은 왕녀처럼 현란함을 뽐냈다. 물에는 꽃을 피우기 위해 잔뜩 부풀어 오른 연꽃 봉오리가 터질 듯했다. 계곡에서 우당탕 흘러내리는 물소리가 우렁찼다.

"오랜만이오."

김옥균은 강 상궁을 보자 반가움을 이기지 못했다. 강 상궁의 자색이 숨이 멎을 만큼 매혹적이었다.

"예."

강 상궁도 김옥균이 그리웠다.

"벗에게 별장을 비워 달라 했소. 우리 둘뿐이니 안심하시오."

"말씀하신 걸 가져왔습니다."

강 상궁은 궁체로 쓴《소학》을 건네주었다.

"드디어 손에 넣었군."

김옥균은 강 상궁의 아름다우면서도 힘찬 필체를 보며 감탄했다.

"내 강 상궁에게 긴히 할 말이 있소. 실은…."

"무엇이지요?"

길고 짙은 속눈썹을 치켜뜬 강 상궁의 모습이 달 속 항아姮娥 같았다. 투명한 피부에 석류 같은 입술. 톡 튀어나온 앞이마는 저돌적이었다. 김옥균은 강 상궁을 멍하니 바라보다 손을 덥석 잡았다.

"앗, 어찌 이러십니까."

"신필神筆을 보여주는 거룩한 손이요."

"이러시면…."

강 상궁이 손을 빼려 하자 김옥균이 손을 더욱 굳게 잡았다. 초승달의 뾰족하고 단단한 끝이 맹렬히 뚫고 들어오는 듯했다.

청룡이 나르샤

왕은 금릉위 박영효와 김옥균을 내려다보고 있었다.

박영효는 왕을 자주 알현하면서 김옥균에 대해 이야기했고, 마침내 왕 앞에 나오게 했다.

"경이 나라 밖 정세에 관심이 많고 식견도 있다고 들었소."

왕은 스물여덟, 김옥균은 스물아홉. 펄펄 끓어오르는 왕성한 기가 맞부딪혔다. 왕은 부국강병의 꿈을 그리며 밤잠도 설치며 부풀어 있었다.

"소신 미욱하오나 나라를 위해 한시도 미룰 수 없다고 생각하고 있사옵니다."

"어찌해야 한다고 생각하오?"

"일본을 보면 왜왕과 신료가 한몸이 되어 태서泰西(서양)의 기술을 익히고 있사옵니다. 무기와 군대를 정예화하니 서양도 넘보지 못하는 나라가 되었사옵니다. 우리도 타국과 통교하고 부지런히 기술을 배우면 반드시 강한 나라가 될 것이옵니다."

"일본을 어찌 믿을 수 있겠소?"

"앞으로 서로 간에 틈이 벌어지지 않게 하면서 그들의 지식과 기술을 배우면 두려울 것이 없사옵니다. 일본이 동양의 영국이라면 조선은 동양의 법국이 될 수 있사옵니다."

왕과 김옥균의 대화는 십장생 병풍 뒤로도 들렸다. 왕비가 조용히 병풍 뒤에서 두 사람의 이야기를 듣고 있었다.

"전하, 지금은 엄중한 상황입니다. 일을 신속히 진행해야 합니다."

왕비는 심각한 눈으로 왕을 바라보았다.

"나도 그렇게 생각하오."

김옥균과 이야기를 나눈 왕은 의욕이 넘치고 있었다.

"주변에 전하를 보필할 신료들을 둬야 합니다. 시대에 맞는 인재도 키우고요."

왕비의 목소리가 곧고 힘차게 울렸다.

"누가 좋을까?"

"박규수에게 배운 자들이 한발 앞서나가지 않을까요. 그중 몇 명은 유신환의 제자였습니다."

"중전은 어찌 그리 잘 아오?"

"봉서 선생은 아버님의 친구였기에 알고 있사옵니다. 민영목과 민태호, 민규호가 봉서 선생에게 배웠습니다. 개항에 대해 오래 전부터 고민해온 사람은 다를 것입니다. 조사들을 왜국에 보내 태서의 문물이 무엇인지 보고 오게 하십시오."

왕비의 목소리가 빨라지고 높아졌다.

"왜국도 태서를 흉내내기 위해 '구미사절단'을 구라파에 급파했사옵니다."

"구미사절단?"

"태서를 배워 외세를 막겠다는 속셈이었지요. 왜국이 저리 빨리 강해질 수 있었습니다. 참, 왜국에 남길 유학생도 보내야 합니다."

"유학생을 보낸다고?"

"왜국은 태서에 유학생을 많이 보냈습니다. 전부터 왜국 안에 화란인들이 살고 있어 난학이라는 학문도 융성했고요. 우린 양이만 나타나도 혼비백산 달아나지 않사옵니까."

"그건 그렇지. 조사들 보내기에도 자금이 부족한데 유학생까지 보내면 어찌 감당할까."

"나라의 명운이 달린 일입니다. 제 패물이라도 팔겠사옵니다."

"알았소. 어떻게든 해봅시다."

왕은 왜국의 상황을 소상히 알고 있는 왕비에게 놀랐다. 왕비는 왕의 손을 다정하게 잡았다.

"전하는 반대세력들과 맞서느라 겨를이 없으십니다. 전하의 힘을 덜어드리는 것이 저의 소임이옵니다."

왕은 김홍집이 이끄는 수신사를 일본으로 보냈다. 김홍집은 아버지 김영작이 박규수와 막역한 사이였고, 개혁적인 가풍 속에서 자랐다. 일본의 동향을 살피고, 그들이 종용하는 인천 개항과 관세 문제를 협상할 임무가 주어졌다. 일본은 수신사 대접은 후하게 하면서도 협상은 회피했다.

김홍집은 일본 주재 청국 참사관 황준헌을 만나 세계정세를 들은 뒤 《조선책략》을 받아왔다.

1880년 12월.

왕은 개항 이후 급박한 상황에 대처하고 개화 정책을 추진할 '통리기무아문'을 세웠다. 기존의 의정부나 6조 체제는 개화를 추진함에 있어 걸림돌이었다. 민겸호가 중요한 군무와 변정을 담당하는 당상에 임명됐다. 대왕대비의 조카인 조영하, 안동 김씨의 김병덕, 영의정 이최응(대원군의 형)의 아들 이재긍이 당상에 뽑혀 무게감을 보여줬다.

왕은 어윤중이 포함된 신사유람단을 일본에 파견하기로 했다.

"일본 대장성 조사는 누구에게 시킬까?"

왕은 마주앉은 중전에게 물었다.

"어윤중입니다."

"나도 그렇게 생각하고 있었소."

왕은 미소를 지으며 중전의 어깨를 쓰다듬었다.

"어윤중의 일 처리가 꼼꼼하고 평소에 세제稅制에 관심이 있지 않았습니까. 전하도 많이 신뢰하고 계시고요."

"그렇지. 어윤중이 적임자야. 민종묵에게 세관 조사를 맡길까 하오."

"장차 나라를 바꾸려면 막대한 자금이 필요합니다. 세관은 조선의 돈줄이 될 게 분명하니 믿을 만한 자에게 맡겨야 합니다."

"홍영식은 육군성을 조사하라고 시킬 작정이오."

"예 적당한 인물이옵니다."

"박정양에게도 중요한 부처를 맡기고 싶은데…."

"외무성을 맡기시옵소서. 앞으로 다른 나라와의 관계가 중요해질 터이니까요."

"그렇지. 이들이 일본으로 가서 면밀히 조사하고 돌아오면 앞으로 큰 힘이 될 것이야."

왕은 신하들의 실력과 성향을 꿰고 있는 중전과 조사들이 각기 맡아 연구할 분야를 정했다. 명문가 출신으로 경력이 풍부한 젊은 관료들이었다.

그러나 김홍집의 《조선책략》이 알려진 뒤 반왜反倭 척사파의 반발이 거세 '동래부 암행어사'란 이름으로 몰래 파견해야 했다.

어윤중은 세금과 예산 등 재정에 대한 세세한 조사를 마친 뒤 유길준과 윤치호, 유정수, 김양한을 남겨 국비 유학시켰다. 유길준은 후쿠자와 유키치가 운영하는 게이오의숙慶應義塾에, 윤웅렬의 아들 윤치호는 영어학교인 도진사同人社에 들어갔다.

김홍집이 가져온 《조선책략》의 후폭풍은 좀체 가라앉지 않았다. 《조선책략》은 조선이 러시아를 막기 위해 청국과는 긴밀히 지내고, 일본 · 미국과 손잡아야 한다는 내용이었다. 개화에 대한 인식을 넓히고자 관리와 유생들에게 읽혔는데 거센 반발이 일었다.

척사파들은 "금수 같은 오랑캐와 손을 잡으라니 망국의 길로 가고 있다"며 들고 일어났다.

퇴계 이황의 후손인 이만손은 집단 상소인 '영남만인소萬人疏'를 올리며 이를 주도했다.

개화를 추진하는 왕에 대한 맹렬한 공격이었다.

척사파가 들고 일어나자 대원군의 복귀를 노리던 자들이 움직이기 시작했다. 대원군 측근 안기영이 왕을 끌어내리고 대원군의 서자 이재선李載先을 옹립하기로 모의했다.

반란군을 3군으로 나누어 제1군은 왕궁을 습격해 국왕을 폐위하고, 제2군은 외척과 재상들을 타살하며, 제3군은 일본 공사관과 별기군 교련장을 습격하여 일본인을 살해하고 무기를 탈취한다는 음모였다.

역모는 이풍래가 포도청에 밀고하면서 발각됐다. 조정은 발칵 뒤집혔고, 주모자는 참형에 처해졌다. 왕의 이복형 이재선은 제주도로 유배된 뒤 사약을 받았다.

"전하, 미음을 쑤어왔습니다."

왕비가 미음을 떠 왕에게 가져갔다. 초췌해진 왕이 손을 내저었다. 왕은 배다른 형이 역모에 연루됐다는 사실에 치를 떨었다. 더욱 분노한 것은 이들을 암암리에 사주한 아버지, 대원군이었다. 무섭고 치욕스러웠다.

"이럴 때일수록 마음을 다잡으세요. 잡된 무리에 마음을 쏟지 마시옵소서. 더 크고 강한 적은 밖에 있사옵니다. 쓸개를 씹으며 하루빨리 나라를 강하게 세워야 하옵니다."

왕비는 누이처럼 강하게 말했다. 지아비의 비통한 마음을 생각하자 피눈물이 났다.

왕의 눈물이 미음그릇으로 툭 떨어졌다. 왕이 자신감을 갖고 앞으로 나아가려는데 대원군이 발목을 잡고 거꾸러뜨리려 했다.

왕비는 왕의 눈물을 닦아주었다.

"어찌 그리 얼굴이 환하신지요?"

강 상궁은 김옥균을 보자 반가움과 설레임으로 얼굴이 붉어졌다.

'필시 나를 만나서 그럴 거야.'

강 상궁은 속으로 생각했다.

"전하의 총애를 받으니 신이 나지 않겠소?"

"아 예…."

강 상궁의 올라간 입꼬리가 일그러졌다.

"앞으로도 중전마마에 대해 상세히 알려주시오. 일거수일투족이 중요하오."

김옥균이 강 상궁의 손을 꼭 잡으며 말했다.

"어찌 그리 중전마마에 대해 알고 싶으세요?"

"이젠 서로 마음을 터놓을 때도 됐으니 말하리다. 실은 나와 금릉위, 서광범은 '충의계忠義契'를 결성했소."

강 상궁의 가슴이 철렁 내려앉았다.

"충의계요?"

"그렇소. 강 상궁도 우리 충의계의 일원이요."

"예? 뭐 뭐라고요?"

강 상궁의 가슴에 얼음 같은 비수가 꽂혔다.

"충의계야말로 이 나라를 구할 지사들의 결사요. 그러나 아무한테도 얘기해선 안 되오."

"제가 왜 충의계이옵니까? 저는 몰랐고, 허락한 적도 없습니다."

"지금이라도 알았으니 그리 아시오. 이미 우린 한배를 탄 몸이요."

임오군란의 서막

"정녕 가셔야 해요?"

등잔불이 흔들릴 때마다 초계와 태웅의 그림자도 벽을 타고 출렁였다. 초계는 태웅이 김윤식이 이끄는 영선사에 수종隨從으로 뽑히자 심란했다.

민태호는 유신환의 가르침을 함께 배웠던 김윤식을 적극 후원했다. 청국의 앞선 문물을 배우기 위한 영선사에 김윤식이 낙점되도록 힘을 보탰다. 태웅은 한어를 잘하고 상해 유학 당시 이홍장의 양무운동을 보았기 때문에 뽑혔다. 이홍장은 서태후의 신임 아래 직예총독과 북양대신을 맡아 청의 외교통상을 실질적으로 책임지는 막강한 실세로 떠올랐다.

영선사 유학생 38명을 뽑았는데 중인 이상 20명은 학도學徒

라 하여 이론을 배우게 했다. 18명은 공장工匠이라 하여 기술을 익히게 했다. 천진기기국에서 탄약제조법과 화학·제련·기초기계학·외국어를 배울 계획이었다.

"가고 싶지 않아."

태웅이 초계의 투명한 입술을 손으로 살짝 건드렸다.

"아이 참 도련님도."

초계가 태웅의 품에 안기며 얼굴을 묻었다.

초계는 대문 앞에서 서성거리는 자를 발견했다. 삿갓을 들어 올리자 달수의 얼굴이 드러났다.

"아 여긴 어찌 알고."

초계는 화들짝 놀라 주저앉을 뻔했다. 달수의 시원한 눈과 짙은 눈썹, 높고 곧은 코가 더욱 수려해졌다.

"냉수 한 그릇 얻어 마시자."

초계는 태웅이 없는 집에 달수를 들이는 게 걸렸다.

"나으리가 아시면 곤란하니 빨리 가."

초계는 고개를 돌리며 차갑게 말했다.

"나으리? 그려… 오지 말아야 하는디 와 버렸다."

달수가 풀이 죽자 초계의 마음이 흔들렸다.

"밤에 잘 곳은 있어?"

"사촌이 왕십리에 산다. 그리 가야지."

달수가 뒤돌아섰다.

"초계야, 내가 널 잊을 수 있을까…."

"무슨 헛소리야."

"평생 너만 그리워하며 살 거 같다. 그게 너무 징그럽다."

달수의 짙고 커다란 눈이 그렁그렁했다.

"스승님이 글을 익히라 하셔서 이 돌대가리가 죽어라 글을 배웠다. 사실은 너한테 잘 보이고 싶어서였어. 근데 너만 보면 맴에도 없는 소리가 튀어나와. 그래놓고는 얼매나 가슴을 쥐어뜯는지."

"그만해."

초계가 귀를 막았다.

"강 상궁 어디 아픈가? 얼굴에 핏기 하나 없네."

"아니옵니다."

"이거 자네에게 주는 선물이야 요긴하게 쓰게."

"이건 단계연端溪硯이 아니옵니까? 어찌 이리 귀한 걸 내려주시는지요."

왕비에게서 최상품 벼루인 단계연을 받아든 강 상궁은 몸둘 바를 몰랐다.

"앞으로 더 갈고 닦아서 신필神筆이 되어보게. 사내로 태어났으면 조선을 호령할 명필인데, 내가 감찰 상궁을 붙인 건 자네가 재색을 겸비해서 경계하라고 그런 것이야. 앞으로 중요한 일을 할 테니 더욱 조심하고."

왕비는 강 상궁의 얼굴을 똑바로 쳐다보며 말했다.

"마마, 이 은혜를 어찌 갚을 수 있겠사옵니까."

강 상궁은 중전마마를 배신한 자신의 처신이 부끄러워 눈을 감았다. 자신을 이렇게 만든 김옥균이 미웠다. 아니 스스로 그 속으로 들어간 자신이 못 견디게 미웠다.

일본은 조선에 개항지를 더 늘리라고 종용하면서 군함을 끌고 오겠다고 겁박하고 있었다. 왕은 협박에 이가 갈리지만 군사력을 키워 맞서는 수밖에 없었다.

조사시찰단으로 다녀온 홍영식의 《일본육군총제總制》를 읽고 느낀 바가 컸다. 홍영식은 일본 육군성을 맡아 육군본부, 육 · 해군사학교와 포병공창, 육군조련장을 방문해 세밀히 조사했다. 홍순목은 척사파지만 아들 홍영식은 개화에 기울어 몸을 아끼지 않았다.

"별기군을 창설하라."

조선은 청국에 신식 군대를 훈련할 군사교관을 요청했으나 자꾸 지연되자 일본공사관의 육군 소위 호리모토 레이조에게 군대 훈련을 맡겼다. 일본 공사가 신식 군대를 만들라고 거듭 주장하면서 호리모토를 추천했다. 일본 무기가 청국보다 우수

했고, 이미 한양에 와 있는 호리모토를 기용하면 시간과 경비를 줄일 수 있었다.

별기군은 한복과 양복을 절충해서 만든 검정 군복을 입었다. 바지는 한복같이 통이 넓었고 상의는 짧게 해서 끈으로 묶었다. 모자는 검은 모직으로 만들어 상투 위에 얹고 턱밑에서 끈으로 묶었다.

"기오쓰게."

호리모토가 '기오쓰게'를 외치면 통역관이 옆에서 외쳤다.

"기착氣着(차렷)."

"가케아시."

통역관이 조선말로 외쳤다.

"뛰어갓."

별기군이 일제히 뛰어가자 교련장에는 뿌연 먼지가 일어났다. 처음에는 행진에 발도 안 맞고 총대를 메는 것도 제각각이었지만 차츰 자리를 잡아갔다. 별기군은 수가 늘어 병졸 300여 명, 사관생도 140여 명이 훈련을 받게 됐다.

별기군이 훈련장 밖으로 나오면 구경꾼들이 몰려들었다.

"에잇 퉷 오랑캐 앞잡이 놈들."

훈련도감 소속 훈국병들은 별기군을 보며 분통을 터뜨렸다. 자신들은 13개월째 봉록미가 밀려있는데 별기군은 배 이상 받으며 거르는 일이 없었다.

기존의 5군영이 무위영과 장어영, 2개 영으로 개편되면서 많은 인원이 잘려나갔다. 남은 자들은 언제 자신들이 잘려나갈지 몰라 극도로 불안에 휩싸였다.

1882년 7월.

가뭄으로 땅이 쩍쩍 갈라지고 날은 타는 듯 뜨거웠다.

전라도에서 쌀 실은 배가 들어왔고, 훈국병들은 도봉소로 봉록미를 받으러 오라는 전갈을 받았다. 쌀을 받아 얼른 열어 본 훈국병들의 얼굴이 험악하게 일그러졌다.

욕망의 나르시시즘

“이 죽일 놈들.”

쌀을 받아든 김춘영이 고함을 질렀다. 쌀이 반쯤 썩어 잿빛이었고 겨와 돌까지 섞여 있었다.

“이걸 사람이 먹으라고 주는 거여?”

유복만이 눈알을 부라리며 창고지기를 노려보았다. 군병들은 화가 치밀었다.

“왜 받기 싫으냐? 처먹기 싫으면 도로 내놔.”

선혜청 창고지기가 이죽거렸다.

“뭐야? 이놈이.”

김춘영과 정의길, 유복만, 강명준이 달려들어 창고지기를 패기 시작했다.

"아이쿠, 이놈들 내가 누군 줄 알고."

얻어터진 창고지기가 울먹였다.

"그만들 하쇼. 이러다 사람 잡것소."

훈국병인 사촌을 따라왔던 달수가 겨우 뜯어말리자 창고지기가 달아났다. 다음날 선혜청 당상 민겸호는 창고지기를 팬 4명을 잡아들였다.

"큰일 났어요. 춘영이 형님하고 우리 형하고 다 잡아 죽인대요."

김춘영의 아버지 김장손에게 유복만의 동생 춘만이 달려왔다.

"뭐라고? 이놈들이…. 통문을 돌려 사람들을 모으자."

왕십리에서 살던 김장손과 유춘만은 동별영(인의동)에 모이자는 통문을 돌렸다. 훈국병들은 왕십리에 주로 살면서 부족한 녹봉을 채우기 위해 좌판 장사를 해왔다. 훈국병 중에는 동임洞任이 많아 동네에서도 영향력이 컸다. 민겸호가 잡아들인 자들은 군병 50명 이상을 지휘하는 기총旗摠 급이었다. 군병들의 충격이 컸다.

동민들도 따라나섰다. 흉년인데다 일본이 조선 쌀을 쓸어가면서 쌀값이 무섭게 뛰었다. 더욱이 밀려오는 일본 상품 때문에 자신들이 내다 파는 물건은 팔리지 않았다.

'민 씨들이 오랑캐를 끌어들이고 탐학한다'는 소문이 퍼지고 있었다.

대원군이 경복궁을 무리하게 지으면서 당백전을 남발하고 청전淸錢을 유통시키면서 이미 재정은 곪아 있었다. 탐학하는 관리들의 비리도 근절되지 못했다.

개화를 추진하면서 청과 일본으로 시찰단과 유학생을 파견하고 새 기구를 신설하면서 막대한 재원이 필요했다. 그 여파가 모여져 훈국병 급료에까지 나타난 것이다.

군병과 동민 수십 명이 훈련도감 본영인 동별영으로 모여들었다. 이들은 상관인 무위소대장 이경하를 찾아가 하소연했다.

"저희들 사정을 들어보시고 제발 살려주십쇼."

"이 사람들아, 나는 요즘 힘이 없네. 자네들 사정을 편지로 써줄 테니 민 대감을 직접 찾아가 보게."

이경하는 군병의 무리를 민겸호에게 돌렸다. 민겸호는 왕의 외삼촌으로, 별기군 창설을 주도했다. 민씨 척족의 실세가 되어 세미를 담당하는 선혜청 당상이 되었다.

김장손과 유춘만은 사람들을 이끌고 민겸호의 집으로 몰려갔다.

탕탕탕-

"민 대감을 뵈러 왔소."

"대궐에 가고 안 계신다. 이놈들 혼나기 전에 썩 물러가거라."

쌀을 나눠주다 두들겨 맞은 창고지기가 아닌가. 창고지기는 다른 하인들과 지붕에 올라 군병들에게 돌을 던지며 얻어터진 분풀이를 했다.

"이 자식들이…."

화가 폭발한 군병들은 문을 부수고 들어가 창고지기와 하인들을 잡아 죽였다. 군병들은 홧김에 민겸호의 하인까지 죽였지만 뒤늦게 덜컥 겁이 났다. 그러나 장어영 군병까지 가세해 수백 명으로 수가 불어나자 과격해졌다.

"운현궁으로 가자."

"무슨 일이냐?"

대원군은 운현궁으로 몰려든 군병의 무리를 보고 소리쳤다.

"억울한 소인들의 목숨을 살려 주십시오. 대원위 대감."

"다들 물러가라."

대원군은 호통을 친 뒤 아소당我笑堂으로 들어갔다. 잠시 후 대원군은 김장손과 유춘만을 내실로 은밀히 불러 밀담을 나눴다. 대원군은 가인家人인 허욱에게 군복으로 갈아입고 칼을 쥔 뒤 군병들을 지휘하게 했다. 허욱은 운현궁에서 대원군의 손자 이준용을 가르친 자로, 왕비의 얼굴을 알고 있었다. 대원군은 왕비의 얼굴을 아는 허욱에게 군병들을 몰고 대궐로 들어가라고 지시했다.

"대감께서는 너희들 편이시다. 다들 대오를 정렬한 뒤 하명을 따르라."

대원군의 얼굴은 희열로 광채가 나고 몸은 기쁨으로 공중으로 떠올랐다. 꿈에 그리던 순간이 온 것이다. 그동안 겪은 배신감을 생각하면 자다가도 벌떡 일어났다. 난병들이 민씨들을 쳐 죽일 것이다. 이 순간을 위해 송장처럼 죽은 듯 살아왔다.

"으하하핫."

대원군의 눈에선 눈물이 흐르고 입은 찢어질 듯 웃고 있었다.

대원군을 만난 군병들은 지시를 받고 조직적으로 움직였다. 무기고가 있는 동별영으로 몰려가 조총과 창, 칼을 탈취한 뒤 어영청 무기고까지 열어 무장을 강화했다. 우발적 사고가 정변으로 바뀌는 순간이었다.

사태가 심각해지자 왕은 민겸호와 이경하를 파직하고, 대원군의 장남 이재면을 무위대장에 명했다. 이경하를 급히 군병들에게 보내 설득시켰으나, 오히려 군병들에게 쫓겨났다.

군병들은 왕과 직속상관의 명령을 거역한 난병亂兵으로 돌변한 것이다. 별기군까지 난병에 합류하면서 이들을 제압할 군병이 없었다.

제1대는 종로로 뛰어가 포도청을 습격해 수감 중인 김춘영과 유복만을 꺼냈다.

제2대는 별기군 훈련장인 하도감으로 몰려가 교관 호리모토와 일본인들을 죽였다.

제3대는 경기감사인 김보현을 찾기 위해 서대문 부근 경기 감영을 습격했지만 찾지 못하자 창고에서 무기를 탈취했다. 김보현은 민씨 일파가 되어 선혜청 당상을 지낸 인물이었다.

"우린 그만 돌아가자."

달수가 사촌에게 속삭였다. 광폭해지는 난병들 때문에 초계가 걱정돼 몸이 달았다.

"민 씨들을 죽여야 우리가 산다고 하셨구먼."

사촌은 대원군과 밀담을 나눈 이야기를 전해 들었다. 싸움과 살생을 훈련받은 자들의 살기는 무시무시했다.

"왜놈들을 쓸어버리자."

어두워지자 난병들은 부근에 있는 일본공사관으로 몰려갔다. 일본 공사 하나부사는 공사관이 포위되자 탈출을 결심했다.

"기밀문서는 모두 태우고 이곳을 빠져나간다. 모두 대오를 흐트러뜨리지 말라."

기밀문서를 서둘러 태우고 공사관에도 불을 질렀다. 하나부사가 먼저 문을 박차고 나오고 28명이 거총 자세로 일제히 남대문을 향해 뛰었다.

우르릉 쾅!

천둥 번개가 치며 장대비가 쏟아지기 시작했다.

왕비는 간밤에 눈을 붙이지 못했다.

'무기를 탈취하고 일본공사관을 습격했다…. 대원군이다. 군란의 배후는 대원군이야.'

대원군은 서자 이재선을 내세워 역모를 꾸몄다. 왕을 폐위하고 무기를 탈취해 일본공사관을 습격한다는 역모였다. 지금 그대로 진행되고 있었다.

주상을 죽이기 위해 자경전에 폭탄을 터뜨리고, 처남을 폭약으로 죽인 장본인. 어머니마저 죽인 자였다.

'한쪽이 숨이 끊어져야 끝이 날 전쟁인가.'

'자신의 업보를 지고 영원히 기억되게 하리라.'

왕비가 마음을 진정시켰다.

"전하, 대원군을 부르시옵소서."

왕비의 까칠해진 목소리가 침전을 울렸다.

왕은 충혈된 눈으로 왕비를 쳐다보았다.

"가자."

난병들은 민씨 일파에 협력했다는 이유로 영의정을 지낸 대원군의 친형 이최응을 무자비하게 참한 뒤 창덕궁으로 향했다. 난병들은 돈화문을 향해 총을 요란하게 쏘아댄 뒤 쏟아져 들어갔다. 왕은 형 이재면을 급히 대원군에게 보내 입궐을 명했다.

난병들은 시퍼런 칼과 창으로 대궐 기둥과 난간을 쳐대며 소름끼치는 굉음을 냈다.

"중전마마, 어서 피하시옵소서. 난군들이 쳐들어오고 있사옵니다."

지밀상궁이 다급히 아뢰었다.

"마마, 제 옷으로 갈아입으시옵소서."

강 상궁이 급히 나와 자신의 옷고름을 잡아당겼다.

"강 상궁 어찌 이러나."

"시간이 없사옵니다. 어서요."

왕비는 강 상궁의 옷으로 갈아입었다.

강 상궁은 왕비가 궁녀들과 빠져나가자 머리에 달았던 개구리첩지를 빼 멀리 던져버렸다.

'중전마마, 부디 옥체를 보존하시옵소서.'

왕비 옷으로 갈아입은 강 상궁은 난병들이 고함을 지르며 달려오자 두 눈을 감았다.

대원군은 왕의 입궐 명령을 받고 운현궁을 나섰다. 부대부인 민씨도 4인교를 타고 급히 따라나섰다.

'제발 중전과 겸호가 무사하도록 비옵니다.'

부대부인은 가마 안에서 몰래 성호를 그었다. 친동생 승호를 죽인 대원군이 무슨 일을 저지를지 알 수 없었다.

난군들이 휘두르는 칼과 창, 총소리로 대궐은 아수라장이었다. 궁인과 시종들이 비명을 지르며 사방으로 달아났다.

"이를 어쩌나."

부대부인은 궁녀들 틈에 섞여서 나오는 왕비를 발견했다. 부대부인은 가마에서 얼른 내렸다.

"얼른 가마에 뫼시어라."

왕비는 왕의 생모를 보자 입술을 깨물며 가마에 올랐다.

"멈춰라."

왕비를 태운 가마가 급히 빠져나오자 칼을 든 난군이 달려왔다.

"웬 가마냐?"

"계집이 타고 있는데."

"중전 아닌가?"

"끌어내."

서너 명이 칼과 창을 들고 달려들어 가마를 발로 차 쓰러뜨렸다.

"악."

왕비는 가마가 부서지며 쓰러졌다. 한 명이 왕비의 손목을 비틀어 끌어냈다. 날뛰던 난군들이 모여들고 있었다.

"이게 무슨 짓인가."

바람같이 나타난 자가 소리쳤다. 붉은색 군복을 입은 무예별감 홍재희(홍계훈)였다. 건장한 홍재희는 거침없이 난군을 밀치고 앞으로 나섰다.

“네 놈은 누구냐?”

“별감도 몰라보는가.”

난군은 홍재희의 무서운 고함소리에 순간 기가 죽었다. 한 손에 칼을 든 홍재희는 누구라도 벨 듯한 기세였다.

“이는 내 누이 홍 상궁이다. 몸이 아파 데려가려고 왔더니 이게 무슨 난린가.”

“누이라고?”

홍재희는 난군들이 멈칫하는 사이 왕비를 둘러업고 궁을 빠져나왔다.

민겸호와 대신들은 대전 앞까지 밀고 들어온 난군에 속수무책이었다.

“내놓으시오. 내놓으시오!”

난군들이 칼과 창을 두드리며 떠나갈 듯 소리쳤다.

“민 대감의 일이니 나가서 소임을 다하시오.”

대원군이 민겸호를 보며 냉랭하게 말했다. 대원군은 왕으로부터 전권을 위임받은 것처럼 행동했다.

‘이제 명복이는 발톱 빠진 매다. 중전마저 죽이면 명복이의 날개를 뜯어내는 것이니 이제 내 세상이다.’

“대감, 아니 자형 제발 살려주시오.”

민겸호가 대원군의 옷을 붙들며 애원했다. 민겸호는 부대부인의 친동생, 대원군의 처남이었다.

"내게 무슨 힘이 있다고 이러시오."

대원군은 얼굴에 냉소를 띠며 민겸호의 손에서 옷자락을 빼냈다.

시퍼렇게 질린 민겸호가 떠밀리듯 층계를 내려가자 난군들이 달려들었다.

별전別殿에 있던 왕에게는 내관 두 명과 조영하, 김병시만이 곁을 지키고 있었다. 밖에는 칼과 창을 든 난군들이 겹겹이 에워싸고 있었다. 사태가 심각해지자 김병시가 왕을 업고, 조영하가 뒤를 호위하며 나왔다.

한 명이 칼을 들고 막아서자, 김병시를 알아본 난군이 말렸다.

"저분은 승동 대감이시다. 죄가 없으니 해쳐선 안 된다."

서둘러 빠져나온 왕은 뜰에서 뭔가 활활 타고 있는 것을 보았다.

"저것이 무엇인가?"

"황송하옵니다. 전하께서 애써 모으신 양서洋書들인 줄 아옵니다."

산더미같이 쌓인 양서들이 타닥타닥 소리를 내며 무섭게 타오르고 있었다. 부국강병을 꿈꾸며 어렵게 사 모은 양서들이었다.

"양창(총)과 대포도 불타고 있사옵니다."

왕은 눈의 초점을 잃었다. 정신은 연기를 따라 공중으로 흩어지고 있었다.

악몽을 꾸고 있었다.

후쿠자와를 찾아간 김옥균

난군들은 민영익 등 민씨 척족의 집으로 몰려가 깨부수고, 수상한 자를 보면 처단했다.

거리에는 시신들이 뒹굴고 악취가 진동했다.

집을 지키던 초계는 부들부들 떨고 있었다. 난군 몇 명이 들이닥쳤다.

"민가 놈은 어디 있느냐?"

"지금 여기에 없소. 멀리 청국에 갔소."

"뭐? 거짓말이지?"

"민가 놈의 첩인가 본대 우리도 맛 좀 볼까?"

한 명이 초계를 넘어뜨린 뒤 치마를 쫙 찢었다.

"뭐여!"

총을 든 달수가 나타나 치마를 찢은 자의 목덜미를 쥐고 흔들었다.

"누구냐?"

달수가 군패軍牌를 까 보였다.

"운현궁 서 포수를 모르더냐? 이 여자는 삯바느질하는 내 처구먼."

"운현궁?"

난군들은 운현궁이란 말에 주춤했다.

"재수 없이. 나루터로 가자. 쥐새끼 한 마리도 도망치지 못하게 막으라는 대원군의 명령이다."

달수는 난군들이 사라지자 군패를 숨겼다.

"초계야, 어서 도망가자."

"안돼… 마마가… 마마가 찾으실지 몰라."

눈물과 공포로 얼어붙은 초계가 덜덜 떨며 겨우 말했다.

"아직도 마마 타령이냐? 중전은 죽었다고."

대원군은 그날로 개화를 이끌던 통리기무아문을 혁파하고, 군대도 훈련도감 등 이전의 5영 체제로 되돌렸다.

"중전이 승하했음을 선포하라."

대원군은 난군들이 궐에 난입한 당일 국상 선포를 지시했다. 아무리 찾아도 나타나지 않는 왕비를 죽었다고 선언해 돌아오지 못하게 함이었다. 영의정 홍순목과 김병국이 통곡하며 반대하고 예조와 홍문관에서도 반대했다.

"경들은 입 다물라."

대원군의 눈에 살기가 가득했다.

김옥균은 조사시찰단이 일본을 다녀온 뒤 자신도 일본을 직접 봐야겠다는 생각이 강해졌다. 왕의 내밀한 허락을 받고 일본 나가사키에 도착했다.

'바로 이것이야. 조선이 나아갈 길이 바로 이거야.'

김옥균은 나가사키의 조선소와 제련소를 둘러보며 흥분했다. 오사카의 군수공장과 조폐국을 보며 메이지 유신의 성과를 실감했다. 도쿄는 말로만 듣던 서구의 모습을 보여줬다. 밤이 내리자 주위를 환하게 밝히는 가스등이 켜졌다.

"외무성의 나가노 교타로입니다. 일본에 계실 동안 통역을 도와드리겠습니다."

"고맙소. 김옥균올시다."

김옥균은 일본에서 조선의 거물로 환대받자 하늘 위를 걷는 듯했다.

〈도쿄니치니치신문〉은 '조선 개화당 수령 김옥균 씨가 일본을 찾았다'고 보도했다.

김옥균이 가장 만나고 싶었던 사람은 후쿠자와 유키치였다. '일본 근대화의 아버지'라 불리는 후쿠자와는 유럽에서 1년을 머물고 미국을 두 번이나 다녀올 정도로 서구 사정에 밝았다. 후쿠자와가 경험을 토대로 쓴 《서양사정》은 엄청나게 팔리면서 문명개화에 대한 커다란 반향을 일으켰다.

후쿠자와는 《문명론의 개략》을 쓰면서 'Civilization'을 '문명개화'로 번역한 장본인이었다.

근대인을 양성한다며 게이오의숙(게이오대학)을 세우고, 〈지지신보時事新報〉를 창간해 여론을 주도했다.

"잘 오셨소. 김옥균 선생."

후쿠자와가 자신의 집을 찾은 김옥균의 손을 잡았다. 후쿠자와는 일본인 치고 키가 크고 건장했는데 특히 인중이 길고 깊었다. 녹색 유카타 위에 검정 하오리를 입고, 흰색 타비에 조리를 신고 있었다.

후쿠자와의 아내 긴錦이 직접 차를 내왔다.

"조선의 대정치가가 찾아와줘서 큰 영광입니다."

김옥균은 후쿠자와가 자신을 알아주자 흥분했다.

"옛날부터 일본은 조선에서 문명을 받아들였지요. 문자와 유학 · 불교 · 의학 · 역법 · 공예까지 일본으로 건너오지 않은 것이 없소. 조선은 '일본 문명의 선생'이라고 할 수 있지요. 다만 최근 조선을 보면 안타까울 따름입니다."

"후쿠자와 선생에게 조언을 받고 싶어 왔습니다. 조선도 일본처럼 서구 문명을 활발히 받아들여 발전해야 합니다."

"진정한 애국자이십니다. 일본의 앞선 경험을 나누면 조선도 문명 개화할 수 있습니다. 선생 같은 분이 앞장서면 가능합니다."

김옥균은 가슴이 터질 듯 벅차올랐다.

'전하가 날 신임하시고 후쿠자와가 도와주면 뭐든 할 수 있어. 이제 나 김옥균이 조선을 개혁하리라.'

김옥균은 여섯 살인 자신을 양자로 보낸 고향의 가난한 아버지가 떠올랐다. 지난날이 떠오르자 목구멍이 뜨거웠다.

후쿠자와는 김옥균을 보며 혀로 뜨거운 차를 굴렸다.

'조선은 황금의 땅이다. 학교를 졸업하고도 일자리가 없어 불만인 일본인을 조선으로 보내면 된다. 사회 불만 세력을 조선으로 실어 나르고, 일본인은 시장을 개척할 수 있으니 일석이조가 아닌가.'

후쿠자와의 주름 패인 얼굴에 미소가 떠올랐다. 그는 이토 히로부미처럼 메이지 유신 때 칼을 휘두르지 않아 권력 분점에 끼지 못했다. 한낱 이토 같은 자가 지금처럼 높이 올라가다니 한심할 뿐이었다. 후쿠자와는 김옥균을 통해 자신의 욕망을 조선에서 대리만족을 할 수 있을 것 같았다. 서른두 살의 김옥균은 자신만만하고 거침이 없었지만 마흔여덟 살의 후쿠자와는 노회했다.

김옥균은 후쿠자와와 일본 외무성의 도움으로 일본 정계와 흥아회興亞會 인사를 두루 만났다.

“선생께서 도와주셔서 이번 방문이 참으로 보람됩니다.”

“조선의 선각자를 만났으니 당연히 도와야지요. 참 이동인 씨 소식은 유감입니다.”

김옥균과 승려 이동인은 개화의 꿈을 나눈 동지였다.

이동인은 부산에 진출한 일본 히가시혼간지東本願寺 별원을 드나들며 일본에 대한 정보를 모았다. 히가시혼간지가 부산에 별원을 낸 것은 조선의 유력자들과 친분을 쌓아 친일 인사로 만드는 데 있었다.

김옥균과 박영효는 순금을 마련해 이동인의 일본 밀항 자금으로 건넸다. 김홍집은 수신사로 도쿄를 방문했을 때 만난 이동인을 민영익에게 소개했다. 민영익의 천거로 이동인은 왕을 알현하는 데까지 이르렀다. 이동인은 일본에서 군함을 극비리에 구매하라는 왕명을 받았으나, 1881년 갑자기 행방불명되었다. 암살됐다는 소문이었다.

나가노는 샤미센을 연주하는 예기藝妓의 희고 긴 흰 손가락을 바라보고 있었다. 샤미센의 흐느끼는 소리가 몸을 휘감으며 긴장을 하나씩 풀어헤쳤다.

“후쿠자와가 김옥균과 무슨 얘기를 했나? 특종 하나만 주게.”

니시무라가 나가노에게 물었다.

"쉿."

"이렇게 말했겠지. 국가가 문명개화를 하는 데에는 구미형과 일본형이 있소. 구미형은 200~300년에 걸쳐 이뤄졌지만 일본은 한 세대 만에 해냈소. 조선도 늦게 시작했으니 일본형을 따르는 게 좋을 것이오."

나가노는 솜털이 보송보송한 예기의 목선을 따라가다 깜짝 놀랐다.

"후쿠자와의 기만술이 잘 먹히던가? 우리끼리 말이지만 일본은 200년 전에 벌써 남만南蠻(스페인, 포르투갈)에 개항한 거 아닌가. 한 세대 만에 성공한 게 아니지."

김옥균이 일본 방문을 마치고 귀국길인 시모노세키에 도착한 때 나가노가 허겁지겁 뛰어왔다.

"김옥균 선생 큰일 났습니다. 조선에서 군란이 일어나 왕비 전하가 승하하시고 일본공사관도 불타버렸답니다."

"뭐요? 어떻게 이런 일이."

김옥균의 목구멍에서 처절한 비명이 솟구쳤다.

언론을 누르고 임오군란을 이용하다

한양에서 도망쳐 나온 일본 공사 하나부사는 인천에서 영국배 '플라잉 피시'의 도움으로 겨우 나가사키에 도착했다. 외무성에 급히 임오군란을 타전했다. 일본은 각의를 열어 조선을 맹비난했다. 이토 히로부미, 이노우에 가오루와 함께 '조슈 3걸'로 불리는 야마가타 아리토모의 발언이 강경했다. 조선이 즉시 사죄와 배상금 협상에 나서지 않으면 무력으로 다뤄야 한다는 의견이 나왔다.

니시무라는 각의의 결정을 기다리며 외무경 이노우에의 비서를 은밀히 기다리고 있었다. 일본인은 조선에 대한 기사를 가장 좋아했다.

1876년 〈도쿄니치니치신문〉은 일본에서 처음으로 '호외'라는 걸 냈다. '일조수호조규(강화도조약)' 타결 때문이었다. 호외는 날개 돋친 듯 팔려 이후 호외 유행을 일으켰다.

이노우에의 비서가 바짝 긴장한 채 나타났다.

"어찌 됐나?"

"하나부사를 조선에 보내 사죄와 거액의 배상금을 받아내기로 했네. 발표까지 쓰지 말아줘. 요즘 분위기가 심상치 않아서 조심해야 해."

이 무렵 일본은 이노우에 가오루의 저열한 공작으로 들끓고 있었다. 이타가키 다이스케는 의회개설과 정부의 폭력적 탄압을 반대하며 자유당을 세웠다. 야당 당수로 인기가 치솟았다.

정권을 쥔 이토, 이노우에, 야마가타 같은 메이지 주역들은 위기감을 느꼈다. 이토 히로부미는 헌법을 조사한다며 유럽에 가 있었지만 이노우에로부터 상황을 보고받고 있었다.

이노우에는 이타가키의 명성을 끌어내리기 위해 고토 쇼지로를 이용했다.

고토는 이타가키를 설득해 헌법 조사를 위한 해외 시찰에 나서게 했다. 이노우에가 해외 외유 비용을 대기로 한 것은 밝히지 않았다. 이노우에는 육군 납품기한이 끝나는 미쓰이三井에 납품을 3년 연장해 주는 대가로 외유 자금 2만 엔을 내라고 요구했다. 미쓰이로선 몇 배의 이익을 얻을 수 있어 쾌히 승낙했다.

야당인 이타가키가 정권의 검은돈을 받아 외유를 떠난다고 알려지자, 사람들은 이타가키에 실망하고 분노했다. 이노우에의 비열한 음모도 비난받았다.

궁지에 몰린 메이지 정권 앞에 임오군란이라는 호재가 발생했다. 들끓는 여론을 조선으로 돌릴 수 있는 절호의 기회였다.

"니시무라 조심하게. 괜히 패가망신하지 말고."

니시무라는 그 말에 정신이 번쩍 들었다. 언론을 억압하는 '신문지조례'가 공포된 것이다. 〈도쿄아케보노신문〉의 편집장 스에히로 뎃초가 이를 비판하다 2개월 금고와 막대한 벌금형을 받았다. 스에히로는 정권의 독재를 계속 비판하다 결국 투옥되고 말았다.

이후 일본 정부는 도쿄에서 신문사를 세울 경우 경시청을 통해 내무성에 신고하고, 발행인은 보증금으로 1천 엔이라는 막대한 돈을 내게 했다. 관의 허가를 받지 않고 보도할 경우 피의자로 몰아 인쇄 원판을 몰수했다. '신문허가제'를 통해 반정부 보도를 규제했고 말을 듣지 않으면 폐간시켰다.

니시무라는 바깥으로 나와 찬 공기를 마셨다. 비서가 누렇게 뜬 얼굴로 달려왔다.

"제발 오늘 일은 한 자도 쓰지 말게. 아내도 있고 자식들도 먹여 살려야 한다구."

니시무라는 조용히 고개를 끄덕였다. 담배를 꺼내 물었다.

까딱하면 자신이 먼저 끌려갈지 몰랐다.

니시무라는 후쿠자와 유키치를 떠올렸다. 후쿠자와 같은 명망가가 제 목소리를 내고 있다면 지금처럼 언론이 움츠러들지는 않을 텐데. 메이지 정권은 후쿠자와에게 친정부 신문 〈지지신보〉를 만들도록 했다.

이토 히로부미는 후쿠자와에게 신문 창간을 권하면서 "정부는 곧 의회를 개설해 민의를 반영할 것"이라며 은근히 명분을 던져주었다. 후쿠자와는 자신이 세운 게이오의숙의 운영자금이 버겁자 정부의 지원을 받아들였다.

메이지 정권은 강한 압박에도 불구하고 언론을 틀어막지 못하자 '보안조례'를 공포했다. 결사와 집회는 금지하고 경찰관이 옥외집회 금지권을 가졌다. 내란 음모자와 교사자는 황거皇居(천황의 거처)나 행재소(천황이 외출할 때 사용하는 임시 처소)로부터 3리 밖으로 퇴거시킬 수 있었다.

보안조례가 발동되자 핵심 운동가들은 일제히 검거되고, 570명에 가까운 반정부 인사는 퇴거 명령을 받았다. 명령을 받은 자는 경찰관 2명이 지켜보는 가운데 1주일 내에 퇴거해야 했다. 거부하면 즉시 연행됐다. 도쿄의 주요 역마다 쫓겨나는 운동가들로 어수선했다.

보안조례는 민권운동과 언론을 탄압하는 데 훌륭한 효과를 발휘했다.

김윤식은 무릎 위의 손을 달달 떨었다.

'지금 주복周馥이 뭐라 하는 건가?'

"조선에서 군란이 일어나 조정 대신들이 죽고 일본 영사관은 불탔다고 합니다. 무슨 일인지 물어보고 싶어 급히 뵙자고 했습니다."

청국은 주일공사 여서창이 임오군란을 긴급 타전하면서 알게 됐다. 이홍장의 막료인 천진 해관도海關道 주복은 김윤식의 얼굴이 창백해지자 차를 권했다. 청국은 조선과의 외교·통상 업무를 이홍장에게 일임하면서 천진 해관이 그 일을 맡았다.

김윤식은 왕명을 받고 유학생을 이끌고 천진에 와 있었다. 서구와 조약을 맺은 이후 관세를 비롯해 여러 문제를 청국과 의논하고 있던 중이었다.

'주상은 어찌 되셨는가.'

'김홍집과 민영익은 죽었겠구나.'

'가족들은 살아 있을까?'

주복은 영선사 김윤식에게 다시 면담을 요청했다.

군란 소식을 들은 김윤식은 천진에 있던 어윤중과 밤새 고민하며 잠을 설쳤다. 김윤식은 어윤중보다 열세 살이나 많았지만 속마음을 나누는 사이였다. 어윤중은 일본의 문물을 살피기 위해 파견된 신사유람단을 이끈 장본인이었다.

척사파의 눈을 피하기 위해 젊고 유능한 관료들로 구성된 조사들은 남루한 차림으로 일본으로 건너가야 했다. 어윤중은 생명의 위험을 무릅쓰고 개화의 희망을 품었던 시간을 떠올리자 감정이 북받쳤다.

"조선으로 사람을 보내 군란을 탐문할까 합니다."

주복은 김윤식을 보며 필담을 시작했다.

"이번 일은 난당들이 우발적으로 저지른 게 아닙니다. 작년에… 이재선 역모 사건이 있었는데 그때도 일본인을 죽이려 했습니다. 지금 일어난 변란은 작년 사건과 일치합니다. 일본이 이번 일을 트집 잡는다면 국면은 돌이킬 수 없게 됩니다. 병선을 하루빨리 급파해 우선 난을 평정해야 합니다."

"살해된 대신 중에 조약 체결을 담당했던 사람이 있는가요?"

"중전마마는 다른 나라와의 외교를 강력하게 주장하다 먼저 화를 입은 것입니다. 궁중에서는 밤이 깊어도 등불을 끄지 못한 지 9년이나 되었습니다. 폭발 사고가 있었기 때문입니다. 중전마마는 불안하여 무당들이 축원하는 걸 일삼고, 신하들을 복종하게 하려고 상을 많이 내려 원망을 받기도 했습니다. 그러나 이것은 대원군에게 화를 당할까 두려워한 나머지 자기 보호 계책에서 나온 것입니다."

일본은 하나부사 공사를 전권위원으로 명해 군함과 함께 조선으로 출동시켰다.

육군성은 구마모토 진대의 1개 대대를, 해군성에서는 정예함 금강·비예·청휘·일진호가 출진했다.

귀국길에 올랐던 김옥균은 군란 소식을 듣고 일본군 배에 함께 올라탔다. 청국의 군함 3척과 상선 2척도 조선에 도착했다. 청국 배에는 김윤식과 어윤중이 타고 있었다. 박규수의 사랑방에서 개화와 부국강병을 꿈꾸던 김옥균은 일본 배에, 김윤식은 청국 배를 타고 들어온 것이다.

일본군 군화 소리가 지축을 울렸다. 하나부사가 조선의 반대를 무시하고 일본군 500명을 이끌고 한성으로 들어왔다. 사람들은 창검을 치켜들고 군화 소리를 울리며 입경하는 일본군을 보자 소름이 끼쳤다.

일본군대가 창덕궁 바로 앞까지 들이닥치자 모두가 경악했다. 하나부사는 돈화문을 거쳐 중희당까지 직행했다.

"먼 길에 무사히 도착해서 다행이오."

왕은 침착하려 애쓰며 화를 참았다.

하나부사는 몇 마디 얼버무린 뒤 안주머니에서 거액의 배상금 등 협상안을 올렸다. 외교적 의례나 격식을 완전히 무시하고 국왕에게 직접 문서를 올리는 엄청난 무례를 범했다.

왕은 숨을 가다듬은 뒤 영의정에게 잠시 물어본 뒤 문서를 받았다.

"3일 안으로 답을 주시기 바라옵니다. 전하."

막무가내의 하나부사는 시한을 정하고 물러났다.

3,000명에 가까운 청국군도 소총을 곧추세우고 수십 개의 깃발을 휘날리며 입경했다. 청국군대가 일으키는 먼지가 뿌옇게 피어오르고 피리 소리가 귀를 찢듯 날카롭게 울려 퍼졌다. 청국군은 총사령부를 동대문 밖 동묘에 설치하고, 오장경 제독의 본대는 별기군의 훈련장이었던 하도감에 차렸다. 총병 오조유는 동별영, 총병 황사림은 청파, 장광전은 남소영에 각각 진을 쳤다.

하나부사는 청군이 대규모 병력을 민첩하게 투입해 한양을 요새화하자 새파랗게 질렸다.

하나부사는 외무경의 지시에 따라 대원군을 만났다. 이노우에는 '나중에 대원군과 협력할 일이 생길지 모르니 관계를 잘 유지하라'는 특별지령을 내렸다.

창덕궁 연현문延賢門을 지나자 대원군이 정무를 보고 있는 처소였다. 대원군은 일본이 요구한 거액의 배상금과 조건들이 터무니없다며 거부했다. 일본군보다 더 많은 수의 청국군이 입경한 것을 염두에 둔 대응이었다.

청국으로선 쇄국과 척화를 주장하는 대원군은 문제의 인물이었다. 군란이 일어나기 전 이홍장은 조선에게 미국, 영국과 조약을 맺도록 했다.

일본이 조선을 노리고 있는 상황에서 여러 나라와 조약을 맺게 해 독점하지 못하게 한 것이다. 이홍장도 대만이나 베트남은 포기해도 조선만은 반드시 지켜야 한다고 생각했다. 조선을 빼기면 북경까지 위태롭다고 우려한 것이다.

마건충과 오장경은 운현궁을 예방한 뒤 대원군을 자신들의 군영으로 초대했다. 대원군이 청국 군영으로 갈 준비를 하자 측근인 정현덕이 말렸다.

"대감 아무래도 낌새가 수상하니 가지 마십시오."

"걱정할 것 없다."

다시 정무를 쥐게 된 대원군은 두려울 게 없었다.

마건충은 군영으로 온 대원군과 2시간 넘게 필담을 나눈 뒤 연회를 시작했다. 풍성하게 차린 요리에 술잔이 채워졌다.

"국태공(대원군)의 만수무강을 축원하옵니다."

모두가 잔을 높이 들었다. 이때 문이 벌컥 열리고 100명이 넘는 건장한 청국 군병이 번개같이 들어왔다. 청국병은 대원군을 양쪽에서 번쩍 들었다.

"이게 무슨 일이오?"

청국병은 대원군을 가마에 태운 뒤 쉬지 않고 달려 남양에 대기 중인 청국 군함에 태웠다.

아사달의 성모처럼

홍계훈은 왕비를 업고 궁에서 빠져나와 윤태준의 집으로 숨었다.

극비리에 민영위에게 왕비의 행방을 알렸다. 급히 달려온 민영위는 왕비를 벽동 민응식의 집으로 모셨다. 이들은 대원군과 난군의 위험이 계속되자 왕비를 여주를 거쳐 충주로 모셨다.

왕비는 고운 다리에 피고름이 나고 급기야 턱이 딱딱 부딪치는 오한과 고열에 시달렸다.

"내- 내 몸이 어찌 이러느냐. 탕약은 어딨느냐."

왕비가 오한으로 몸을 부들부들 떨며 이를 악물었다. 민응식이 눈물을 뿌리며 다급히 말했다.

"중전마마 황송하옵니다. 학질이신 듯하옵니다."

"전하가 기다리신다. 나가야 해. 세자는 어디 있느냐?"

사방에서 불이 활활 거리고, 난군들이 도끼로 내리치려는 순간이었다.

"이놈들 감히 어디라고."

왕비는 고열과 악몽에 사지가 뒤틀렸다. 초계가 몸부림치는 왕비를 필사적으로 안았다.

"악! 어딜 손대느냐."

"초계이옵니다."

왕비의 손톱이 초계의 손등을 파고들었다. 초계를 팽개치고 문고리를 잡아 뜯던 왕비가 기절해 정신을 잃었다.

"이범진입니다. 중전마마를 호종하기 위해 달려왔습니다."

이범진은 민응식에게 절을 하며 말했다. 한양에서 말을 달려온 이범진은 먼지를 잔뜩 뒤집어쓰고 있었다.

"자넨 이 대장의 아들 아닌가?"

"예 맞습니다."

"그놈 아들이라고? 당장 쫓아내. 여기가 어디라고 기어들어와."

누군가 흥분해 소리쳤다. 이경하가 훈국병들이 몰려왔을 때 잘 타이르고 대처했으면 대원군이 일을 키울 빌미를 제공하지 않았을 것이었다.

민응식이 격분한 자를 말렸다.

"여긴 왜 왔나?"

"아버님의 죄가 큽니다만 중전마마의 은혜를 갚기 위해 달려왔습니다."

"대원군의 첩자 아닌가. 수상해. 이곳은 어찌 알았지?"

이범진은 눈물을 뚝뚝 흘렸다.

"딴마음을 품었다면 지금 제 목을 치십시오."

뿌연 하늘에 두 개의 해가 나타났다.

사방은 자욱한 안개에 휩싸이고, 두 개의 해가 음산하게 내려다보고 있었다. 왕경王京(경주) 사람들은 문을 걸어 잠그고, 아낙들은 아이들을 부둥켜안고 울부짖었다.

하늘의 기운을 읽은 일관日官이 왕에게 아뢰었다.

"인연이 있는 승려를 찾아 산화散花 공덕을 해야 재앙을 물리칠 수 있습니다."

왕은 높은 누각에 올라 애타게 기다리다 지나가는 한 명을 발견했다.

"이름이 무엇인가?"

"월명이라고 하옵니다."

월명의 갸름한 얼굴은 옥처럼 깨끗하고 빛났다. 먹줄로 그은 듯 곧은 코와 가지런한 눈썹, 붉은 입술을 가졌다. 그윽한 향이 흘렀고, 학처럼 우아했다.

"기이한 일이 벌어졌으니 하늘을 감복시켜 보라."

"저는 국선國仙의 무리옵니다. 향가는 알지만 범패는 모르옵니다."

"나라의 사정이 급한데 향가면 어떠한가."

월명은 높이 쌓은 제단에 올라 삼매에 들어갔다. 묘한 소리를 내자 나무들이 흔들리고 구름과 바람이 휘몰아쳤다. 강력한 힘을 지닌 기이한 소리였다. 영기靈氣를 담은 소嘯였다.

월명은 이어 향가를 불렀다. 천만 개의 향을 사르듯 사방에 그윽한 향이 감돌았다.

드디어 하늘이 개이고 기이한 현상이 사라졌다.

'꿈이구나.'

왕비는 땀으로 흠뻑 젖었다. 주위는 고요하고 어둠 속에서 한 줄기 빛이 꽂히고 있었다.

'월명사? 월명이 화랑이었구나.'

왕비는 만신창이가 된 자신에게 하늘이 암시를 주는 것처럼 느꼈다.

'도대체 왜 나를?'

난군이 가마를 발로 차 쓰러뜨렸을 때가 생각나자 피가 솟구쳤다. 궁궐을 침입하면 3족을 멸하는 중벌을 받았다. 그에 더해 지엄한 왕비를 해하려 했으니 그 죄의 무거움은 말할 수 없었다.

"마마, 정신이 드시옵니까?"

"초계구나…."

밖에서 인기척이 났다.

"밖에 누구냐?"

왕비는 경계심에 몸을 떨었다.

"여주 나으리가 밤낮으로 지키고 계시옵니다."

왕비는 몸을 닦고 옷을 갈아입은 뒤 민범호를 들게 했다.

"중전마마, 잘 이겨내셨사옵니다."

"군란은 어찌 됐나요?"

핼쑥해진 왕비의 입술이 마른 땅처럼 갈라졌다.

"중전마마, 저들의 죄는 패악무도 하지만 긍휼히 여기시옵소서."

순간 왕비는 민범호를 노려보았다.

"중전마마, 옛날에는 성모聖母가 나라를 다스렸사옵니다."

"무슨 소립니까?"

"황송하옵니다. 아사달이란 시대는 여군주가 다스렸습니다. 신라도 처음에는 성모가 나라를 다스렸지만 후에 왕위 계승이 남자로 바뀐 겁니다. 박혁거세와 알영을 아시지요?"

"신라의 시조와 배우자 아닙니까."

"사서를 자세히 들여다보면 알영이 왕이었다는 걸 짐작할 수 있사옵니다. 신라를 오래도록 계림鷄林이라 불렀사옵니다. 나라 이름은 바뀌어도 옛 이름은 오래 남는 법이옵니다. 계림의 유래는 알영이 계정鷄井에서 태어나서 붙여진 이름이옵니다. 왕이 태어난 우물이 아니면 국호로 세울 수 없는 것이지요."

"신라 이야기가 나왔으니 말인데 꿈에 월명을 보았습니다."

"월명도 화랑이었습니다. 화랑은 무예와 영적 기운으로 나라를 지킨 신군神軍이지요. 일연이 승려이다 보니 불교색을 입힌 겁니다. 월명은 선가仙家의 '사뇌가'로 유명합니다. 삼매의 심오한 경지를 노래한 것이지요. 선가의 전통은 고려까지 이어졌고 아시다시피 민적이란 어른이 국선이었지 않습니까."

"어디서 이런 걸 아셨습니까?"

"《삼한고기三韓古記》와 몇 권을 구해 보았습니다. 중전마마도 예사롭지 않은 기운을 타고 나신 듯합니다."

왕비는 민범호의 말을 듣자 기운이 솟았다.

'국난을 당했으니 하늘의 기운을 빌어 이겨내야 해.'

"아사달의 성모는 밝음으로 나라를 다스렸사옵니다."

그날 밤 왕비는 뒤척이다 잠을 이루지 못했다. 몸은 괴롭고 걱정은 태산 같았다.

문밖에 누군가 있는 게 분명했다. 초계는 아니었다.

"누구냐?"

왕비는 몸을 일으켜 소리쳤다.

"…."

"밖에 누구냐. 초계냐?"

"중전마마…."

'이 목소리는?'

사내의 굵은 목소리가 가늘게 떨리고 있었다.

"중전마마, 죄인 대령하고 있사옵니다."

왕비는 문을 조금 열고 내다보았다.

이범진이 눈물을 떨구며 엎드리고 있었다.

"초계야."

술에 취한 태웅이 상해의 황포강변에 주저앉았다. 영국과 프랑스, 독일, 러시아 깃발을 단 군함과 상선 수백 척이 숲처럼 버티고 있었다. 한양의 군란 소식을 들은 태웅은 믿을 수가 없었다.

"초계야 살았느냐, 죽었느냐."

태웅의 눈에서 하염없이 눈물이 흘렀다. 마차가 멈춰서더니 남자와 여자가 내렸다. 여자는 서양 드레스를 입고 모자를 썼지만 중국인이었다. 여자가 프록코트를 입은 남자에게 뭐라 하자, 남자는 태웅을 쳐다본 뒤 마차에 올라 사라졌다.

"태웅?"

태웅은 취한 눈으로 여자를 보았다. 짙은 눈썹에 광대뼈가 매력적인 얼굴이었다. 턱선이 귀여웠고 찢어진 눈매와 높은 코가 아름다웠다. 양옥주였다.

"옥주?"

"호호, 날 알아보네."

"몰라보겠군. 이건 뭐야? 서양 옷을 입고선."

"얼마나 마신 거죠? 우선 씻고 옷도 갈아입어요."

옥주가 데리고 간 저택의 외양은 서양식이지만, 내부는 도자기와 병풍으로 꾸민 중국식이었다. 옥주는 올렸던 머리를 내리고 푸른색 치파오로 갈아입었다.

"아까 그 남자는 누구야?"

"그거부터 물어보는 걸 보니 나한테 관심 있나 봐요."

옥주가 포도주를 따라주었다.

"아버지가 이중당(이홍장) 선생의 막료인 건 알아요? 아버지가 날 영국으로 보낼 줄 알았는데 갑자기 모스크바로 보냈어요. 거기서 광산을 하는 데밀로프를 만났어요."

"음흉한 아라사 놈들."

"러시아는 영국도 두려워하는 강대국인걸. 러시아가 영국 다음으로 땅이 넓은 나라라구."

"어떻게 그런 걸 다 알지?"

"러시아에서 역사와 군사학을 공부했어요. 서양 외교관들 통역을 해주면서 알게 된 것도 많고. 조선은 왕비가 왕보다 더 영민하다고."

"말조심해. 중전마마는 내 고모님이셔."

옥주가 태웅의 허벅지에 걸터앉았다.

"이렇게 만나니 얼마나 반가운지. 옛날 날 구해준 은인이잖아요. 그때 내 입에 청심환을 넣어줄 때부터 내 마음을 가져간지도 몰라. 혀로 녹여서 내 입 안으로 넣어줬잖아요. 돌아가지 말고 여기에 남아요. 나와 모스크바나 나가사키로 가든지. 중요한 정보를 많이 알려줄게."

태웅은 머릿속이 어질했다.

"하나만 알려줄까? 목인덕穆麟德이라는 독일인이 조선에 세워질 해관海關 책임자로 파견될 거야. 우린 운명적인 사람이라구."

옥주가 태웅의 손을 잡아 침대로 끌었다. 두 사람의 밤은 깊고 길었다.

왕비의 귀환

충주에서 몸을 숨기고 있던 왕비는 은밀히 이용익을 한양으로 보냈다. 이용익은 충주에서 한성까지 수백 리 길을 하루에 주파하며 왕비의 밀서를 왕에게 올렸다.

'중전이 살아 있다.'

왕은 중전의 친필 봉서를 받자 살 것 같았다. 하나부터 열까지 함께 의논하고 자신을 지지해주던 중전이 사라지자 왕은 정신이 나간 듯했다. 중전의 존재가 얼마나 큰지 뼈에 사무치게 깨달았다.

"마마, 어디로 가시려고요?"

민응식은 문을 열고 나오는 왕비를 걱정스레 바라보았다.

"방안에만 있으려니 갑갑해서 뒷산에 올라가보려고요."

왕비는 한양에서 소식이 없자 초조해지기 시작했다.

'전하가 날 잊으신 건가?'

'또 무슨 변고가 있는 건 아닐까?'

'세자는 무사하겠지?'

방에만 숨어있으려니 만 가지 생각이 떠올라 가슴이 터질 듯했다.

"얼마나 불편하시고 답답하시겠사옵니까."

민응식이 울면서 고개를 떨구었다.

"조금만 참으시면 한양에서 좋은 소식이 있을 것이옵니다."

"그래도 한 바퀴 돌고 오렵니다."

"제가 모시고 다녀오겠습니다."

이범진이 앞장을 섰다. 무리가 몰려다니면 주위 사람의 의심을 살까봐 이범진만 나서기로 했다.

몸이 허약해진 왕비는 종이짝처럼 말라 있었다. 바깥바람을 쐬자 불안하고 억울했던 마음이 조금씩 풀려나갔다. 바람에 흔들리는 들꽃이 자신을 반기는 듯했다.

'들꽃만이 날 반겨주는구나.'

이범진은 꽃을 꺾어 바치려 손을 뻗었다.

"아서요."

이범진은 멈칫했다.

"하지 마세요. 들꽃이 그 자리에 있어야 우주의 기운을 받고 제 생명을 다할 것 아닙니까. 꺾지 마세요."

"예 황송하옵니다."

이범진은 머리를 긁적이며 물러섰다.

왕비는 높은 바위에 올라 한양 쪽을 바라보았다. 눈에는 대궐의 왕과 세자가 아른거렸다. 한양을 향해 하염없이 바라보는 눈이 서글펐다.

멀리 땔감을 위해 잔솔가지를 줍는 아낙이 보였다. 왕비는 돌아갈 곳이 있고 지아비가 기다리는 아낙이 부러웠다.

"전하께서 곧 사람을 보내 모실 겁니다. 소신은 두 분이 내려주신 은혜로 다시 태어난 사람입니다."

왕은 이범진이 대과에 합격한 뒤 빠르게 끌어올렸다. 개화정책을 추진하는 통리기무아문에 군무사 주사로 차하했다. 하위직이지만 요직이자 실무를 맡는 자리였다. 무엇보다 왕이 부를 때마다 자주 알현할 수 있었다. 이범진은 지칠 대로 지친 왕비를 보자 가슴이 무너졌다.

"그날 홍재희가 업고 나오지 않았다면 죽었을 겁니다."

"마마, 이걸 한번 해보시겠사옵니까?"

이범진은 뭔가를 꺼내 왕비에게 올렸다. 정교하게 깎아 만든 장죽이었다.

"장죽이네요?"

"예 답답할 때 한 대 하시면 도움이 되실 겁니다."

이범진의 얼굴이 빨개졌다.

"상궁과 나인들이 많이 하더군요. 한 번 해볼까."

왕비가 장죽을 받아들자 이범진이 재빨리 불을 붙였다. 장죽을 빠는 왕비는 서툴렀지만 곧 익숙해졌다.

"기분이 나아진 것 같네요."

이범진은 하늘을 날 것 같았다.

날이 어두워지고 있었다. 드넓은 하늘에 붉은 노을이 깔리고 있었다.

"중전마마, 황공하오나 제게 업히시옵소서."

이범진이 바닥에 앉아 등을 내밀었다.

"어찌 이러십니까?"

왕비가 놀라 물었다.

"대궐이라면 내관이나 궁녀가 업어드리겠지만 지금은 사정이 어려우니 소신이 대신하겠습니다. 지금 날이 어두운데 발이라도 헛디디시면 큰일이옵니다. 나라의 불행이옵니다."

이범진이 눈물을 글썽이며 간절하게 왕비를 올려다보았다.

왕비는 드디어 한양으로부터 환궁을 준비하라는 전갈을 받았다.

왕은 중전을 맞이하기 위해 꽃과 봉황을 조각한 특별 가마를 보냈다. 청국 군영에서 뽑은 수백 명의 군사가 창과 칼을 들고 왕비의 가마를 호위했다.

왕은 문무백관이 도열해 돌아오는 왕비를 성대히 맞도록 했다. 가마와 호위 행렬이 도성 안으로 들어섰다.

"중전마마!"

"마마!"

"왕비 전하!"

거짓 국상으로 상복에 흰 삿갓까지 썼던 백성들이 중전의 행차를 보자 큰절을 올리며 환호했다. 죽은 줄로만 알았던 왕비가 살아 돌아오자 백성들은 감격했다. 어버이가 살아 돌아온 듯 춤을 추며 펄쩍펄쩍 뛰었다.

왕비는 가마 안에서 백성들을 바라보았다. 한 사람 한 사람의 모습이 소중했다. 백성들이 가엾기도 하고 서럽기도 했다. 뜨거운 무엇이 왕비의 깊숙한 곳에서 솟구쳤다.

〈2권에 계속〉